Leseturm
Literaturkreis Merseburg

Geschichten aus dem Leseturm III
Das Wendebuch
Erlebte Revolution 1989/90, Massenflucht, Reisefreiheit,
D-Mark, Wiedervereinigung.
Wir sind das Volk!

Erneut haben sich Autoren aus Merseburg und Umgebung im Leseturm zusammengetan und erzählen nun aus der Kernzeit der Wende, als alles begann, aus der Norm zu fallen. Geschichten, die Geschichte erlebbar machen. Geschichten, geschrieben, um Erinnerung wachzuhalten auch für diejenigen, die seinerzeit nicht an den Orten des Geschehens oder noch nicht geboren waren.

Der **Leseturm Literaturkreis Merseburg** ist eine offene und freie Vereinigung von und für Autoren aus Merseburg und Umgebung. Neben dem Austausch über literarische Projekte und Arbeiten werden Lesungen und andere Veranstaltungen gemeinsam geplant. Sie möchten bei uns mitmachen? Weitere Information finden Sie im Internet unter: www.leseturm.net

In der Reihe „**Geschichten aus dem Leseturm**" sind bereits erschienen: Geschichten aus dem Leseturm II – Merseburg zwischen Russenkaserne, Strandkorb und TH * Geschichten aus dem Leseturm ...geschrieben in, über und um Merseburg herum * Weihnachtsgeschichten aus dem Leseturm

Leseturm
Literaturkreis Merseburg

Geschichten aus dem Leseturm III

Das Wendebuch

Erlebte Revolution 1989/90, Massenflucht, Reisefreiheit, D-Mark, Wiedervereinigung. Wir sind das Volk!

Herausgegeben von

Katharina Mälzer

Autoren

Beatrix Haushälter, Birgit Gerlach, Dietrich Werner, Emily Mann, Hans-Dieter Weber, Heidrun Kligge, Jana Mann, Jürgen Jankofsky, Jürgen und Christel Tippelt, Katharina Mälzer, Nikeas, Peter Gehre, Philine Eschke-Scheubeck, Regina Oversberg, Rüdiger Paul, Tilo Buschendorf

2018

www.leseturm.net

Schlagworte
DDR, Wende, Wiedervereinigung, friedliche Revolution,
Erinnerungen, Erzählungen, Merseburg, Trabbi, Kampfgruppen,
Buna, Gummiknüppel, D-Mark, Begrüßungsgeld, Massenflucht

Impressum
Hrsg.: Katharina Mälzer, Merseburg, 2018 – Umschlag- und
Titelgestaltung: Pierre Kynast – Titelbild: Loch in der Mauer (Peter
Gehre)

Erste Ausgabe © pkp Verlag, Pierre Kynast, Leuna, August 2018 –
Internet: http://www.pkp-verlag.de – Herstellung und Vertrieb:
Books on Demand GmbH, Norderstedt – Taschenbuch: ISBN
9783943519372 – E-Book: ISBN 9783943519389

Inhalt

Graffiti..8
Rüdiger Paul

Politische Episoden aus meinem Leben zur…. 14
Philine Eschke-Scheubeck

Kommunalwahl im Mai 1989 18
Katharina Mälzer

Reiseerlebnisse 20
Birgit Gerlach

Urlaub 26
Katharina Mälzer

Ich möchte mich nicht verstecken. Peter Ramm ..35
Jürgen Jankofsky

Bürgermeistergespräche 1989 43
Katharina Mälzer

Wo warst du damals? 47
Beatrix Haushälter

11.11.1989...50
Philine Eschke-Scheubeck

Wendezeiten I 55
Tilo Buschendorf

Berlin, Öffnung der Mauer am Potsdamer Platz ...60
Katharina Mälzer

Begrüßungsgeld 67
Heidrun Kligge

Das Begrüßungsgeld 71
Regina Oversberg

Auszug aus einem Brief an die West… 75
Katharina Mälzer

Ein Brief zum Fünfzigsten 77
Jana Mann

Zahnpastablues 85
Rüdiger Paul

Wendejugend 89
Nikeas

Bücher 108
Katharina Mälzer

Ahnungslos aus der Provinz in die … 113
Jürgen und Christel Tippelt

Wendezeiten II 119
Tilo Buschendorf

Leipzig, 9. Oktober 124
Katharina Mälzer

Geschichten aus der Wendezeit.................................. 126
Dietrich Werner

Was wird bleiben?.. 143
Regina Oversberg

Buna.. 147
Katharina Mälzer

Zwei Interviews zur Wende 153
Emily Mann

Kapitäne der Landstraße.. 180
Regina Oversberg

Ausreisen, Rücktritte, Nachrichten........................... 186
Katharina Mälzer

Die Mauer ist weg... 190
Peter Gehre

Hallorenkugeln... 199
Rüdiger Paul

Wirre Gedanken eines Merseburgers 218
Hans-Dieter Weber

Graffiti

Rüdiger Paul

Graffiti nutzten schon die Römer als Medium, sich anderen mitzuteilen.

Wenn man in Pompeji eine Nachricht verbreiten wollte, schrieb derjenige die Neuigkeit, für alle sichtbar, an die Hauswand.

Die Staatsführung der DDR machte sich diese Plattform ebenfalls zu eigen. Überdimensionierte Banner waren allgegenwärtig und zeigten dem Volk, wo es langgeht. In den Jahren seit der Gründung des Landes entstand ein regelrechter Bannerkult. Bloß, daß diese im Laufe der Zeit niemanden mehr interessierten. Im Gegenteil, es nervte die Leute, wenn ihnen an maroden Hauswänden in großen Lettern Durchhalteparolen entgegenprangten.

In meinem Lesebuch fand sich in den sechziger Jahren eine Geschichte, in welcher jemand mit Farbe auf eine Wand „Wählt Ernst Thälmann!" geschrieben hatte. Eilends gingen die damaligen Machthaber gegen die Schmiererei vor, indem sie das Machwerk der Konterrevolution mit Farbe übertünchten. Schon am nächsten Tag schimmerten die Buchstaben der Aufschrift durch die aufgebrachte Farbe. Nach wie vor war der Aufruf Thälmann zu wählen lesbar. Der nochmalige Versuch, Farbe aufzubringen, scheiterte kläglich. Letztendlich ging man bei, schlug mit Hammer und Meißel den Putz ab.

Uns Jungpioniere sollte das Lesestück lehren, daß man auch aus dem Untergrund heraus seine Meinung vertreten muß. Zudem kam die Aussage, daß es nicht einfach ist, Meinungen anderer zu unterdrücken.

Ein Jahr vor dem Mauerfall bekam ich eine Besuchserlaubnis zur Hochzeit meines Cousins. Die Freude war groß, selbst im Interzonenzug über die Grenze bis nach Hamburg fahren zu können. Auf einem meiner Spaziergänge durch die Hansestadt entdeckte ich die Hafenstraße. Zu der Zeit das Viertel der Hausbesetzerszene, die ich nur aus den Nachrichten der Tagesschau kannte. Grellbunt waren ganze Häuserfassaden mit unterschiedlichen Parolen übersät. Inhalte der farbenfrohen Graffitis waren Abrüstung, Kampf gegen Atomkraftwerke, Emanzipation, Liebe und Frieden. Über allem prangte ein überdimensionales „Peace"-Symbol.

Nicht einmal das zu tragen war in der DDR erlaubt.

Der Spielfilm „Beat Street" lief seit 1983 in den Kinos rauf und runter.

Der Film sollte das Elend der Jugendlichen in der New Yorker „Bronx" bloßstellen.

Genau das Gegenteil wurde erreicht. Unter den Jugendlichen in der DDR hatte dieser Film eine regelrechte Lawine losgetreten.

Alles was nachgeahmt werden konnte, wurde nachgeahmt. Die Kreativität kannte keine Grenzen. Es bildeten sich Breakdance-Clubs, Bands und es entwickelte sich zaghaft eine Graffiti-Szene.

Die Graffitis hatten andere Inhalte, boten jedoch einen guten Kontrast zu den verordneten Parteitagsparolen.

Breakdancer waren nicht unbedingt meine Zielgruppe, da ich mich bei Klängen der Rock- und Bluesmusik austobte.

Es sollte nicht lange dauern, als ich das erste, mich berührende Graffiti zu sehen bekam.

An einem kühlen Septembermorgen nahm ich auf dem Weg zur Straßenbahnhaltestelle in gewohnter Weise schnellen Schrittes die Granitstufen der Fußgängerunterführung am „Hotel Drei Schwäne".

Unten im feuchtkalten Tunnel flackerte eine Neonröhre brummend vor sich hin.

Nachdem ich ein paar Meter zurückgelegt hatte, erblickte ich auf den Bodenfliesen eine Parole. Neun große weiße Buchstaben mit eiliger Hand auf den Tunnelboden gepinselt. Eine Freude stieg mir ins Gesicht. Hier hatte sich jemand getraut, wenn auch im Verborgenen. „STASI RAUS!" war die Aussage. Mehr nicht und auch nicht weniger.

Wer mag heute noch ermessen, wie wichtig es dem Schreiber gewesen war, genau diesen Satz auf die feuchten Fliesen zu pinseln. War er feige, hier im dunklen Tunnel heimlich so etwas mitteilen zu wollen? Nein, eher das Gegenteil, fand ich, er zeigte Gesicht. Diejenigen, um die es in den drei Silben ging, hatten perverse Methoden entwickelt, um aus dem Verborgenen Menschen zu erniedrigen. Und sie hatten das, was der einsame Maler im Tunnel tat, unter Strafe gestellt.

Ich blieb stehen, dachte an die Mitarbeiter, die um die Lösung der Losung nicht vorbeikommen. Was in deren Köpfen vorgeht. Daß der Wind sich gedreht hatte, war allgegenwärtig zu spüren. Beim Verlassen des Tunnels auf der gegenüberliegenden Seite sann ich noch nach; es kamen mir Zweifel. Was, wenn ich gesehen wurde, und verdächtigt werde, der Urheber der Stasiparole zu sein. Keine Ahnung mehr, wie es in meinem Kopf weiter arbeitete. Jedoch spürte ich an dem Tag, daß in meinem Inneren ein Punkt überschritten war. Daß man Mut brauchte, um in dieser Zeit etwas zu bewirken.

Vielleicht waren die neun Buchstaben auch das Zünglein an der Waage, daß ich zum ersten Mal Mut faßte, in Leipzig an der Montagsdemo teilzunehmen.

Kaum eine Woche später fuhr ich mit dem Fahrrad über die Bahnbrücke an der Leunaer Festwiese. Von weitem konnte ich sehen, wie vier Genossen der Werkspolizei direkt neben der Werksmauer eine große Plane entfalteten.

Auf die graue Werksmauer hatte jemand mit weißer Farbe „Die Mauer muß weg!" gepinselt.

Einem anerzogenen Reflex gehorchend, versuchten die Genossen, mit der Plane die Losung zu überdecken. Das Geschriebene sollte mit aller Macht vor den Blicken der zum Schichtwechsel zahlreichen Passanten verborgen bleiben.

Zu dem Zwecke stoppte man an der Haltestelle „Heiterer Blick" alle in Richtung Leuna-Werk fahrenden Straßenbahnen. Die um diese Zeit voll besetzten Triebwagen durften erst nach der totalen Losungsfinsternis den Ort der „Wahrheit" passieren.

Zeitversetzt traf dann ein eilig zusammengewürfelter Trupp Sandstrahler ein. Mit viel Aufwand strahlten die Kollegen jede Menge Sand auf das, was nicht sein durfte.

Ein strahlend heller Fleck erinnert mich heute noch an den Mut des unbekannten Malers.

Ähnliches ereignete einige Tage später in Blickweite, an der südlichen Fassade des Uhrenladens vor der Eisenbahnbrücke. Heute ist in den Räumen ein Begräbnisinstitut ansässig.

Als ich mit dem Fahrrad am Schaufenster vorbeifuhr, vernahm ich Maurerspechte. Sie arbeiteten an der Fassade der HO-Verkaufsstelle scheinbar im Akkord. Die weiß gekleideten Herren Handwerker waren nicht etwa damit beschäftigt, eine Wand zu verputzen. Nein, im Gegenteil, sie meißelten den Putz von der Hauswand. Auf dem ersten Blick erschloß sich für mich kein Grund für dieses emsige Tun. Denn der Putz saß fest am Mauerwerk. Er hatte nur einen Makel, auf seine rauhe Oberfläche hatten zuvor „Neue-Forum-Hände“ eine Losung gepinselt. Diese lag für mich unlesbar in Form von kleinen grauen Putzbrocken auf dem Gehweg. Anschließend wurde die noch ganz junge Losung mit Besen und Schaufel entsorgt.

Daß es sich um keinen der Staatssicherheit wohlwollenden Satz handelte, war offensichtlich. Denn in angemessener Entfernung vom „Tatort“ standen in gewohnter Weise zwei, mit schwarzen Lederjacken bekleidete Herren. Auf dem Dach ihres Dienstfahrzeuges vom Typ Lada thronte eine Dachantenne. Sie beobachteten die Ausführung ihrer Anordnungen durch die Maurerbrigade. In den Dienstzimmern der VEB Leuna-

Werke machten die für unsere Sicherheit verantwortlichen Genossen eben keine halben Sachen.

Sie hatten immer gut aufgepaßt und ihre frühe Lektion aus unserem Lesebuch gelernt.

Graffitis setzten im Herbst ´89 ebenso wie die Menschen, die zu den Montagsdemos auf die Straße gingen, Zeichen für eine Zeitenwende. Ein Signal zum Aufbruch, auch für mich.

In unserer Demokratie prägen Werbebanner das Straßenbild. Es gibt Graffitis, vor denen stehe ich mit Respekt. Spontan fällt mir dazu die „Freiluftgalerie" rund um die Landsberger Straße oder unterschiedliche „Street Art Galerien" in Halle ein. Verschiedene Bilder beinhalten Botschaften, wie sie einst in Pompeji verstanden werden sollten. (Mein Favorit: Paulo Ito „Das letzte Abendmahl" in der Landsberger Straße 3.)

Anders im alltäglichen Straßenbild. Gruppen von Linken, Rechten oder frustrierte Fußballfans bringen Parolen auf die Fassaden, die im Laufe der Zeit bis zur Unkenntlichkeit mit Gegenparolen überschrieben werden. Mit Farbe an die Wände gestottert, überlagern sich sinnfreie Buchstabenketten.

Das liest sich wie die in der Geschichte aus meinem Lesebuch.

Dank der ´89er Graffitimaler müssen nun Maurerbrigaden keine Parolen mehr von den Wänden hacken. Die einstigen Auftraggeber hatten, nachdem die Mauer weg war, die Lederjacken an den Nagel gehängt und sich eilig wieder unters Volk gemischt.

Neun Buchstaben sei dank.

Politische Episoden aus meinem Leben zur Wendezeit

Philine Eschke-Scheubeck

Kommunalwahlen 07.05.1989

Ich wohnte inzwischen in Halle-Neustadt. Es rumorte schon gewaltig im Volk. Die Kirchengänger und Ausreisewilligen trafen sich zu Veranstaltungen in der Kirche. Von Freunden erfuhr ich, jetzt, bei dieser Wahl, gehen sie alle nicht hin. Weil so viele nicht wählen gehen würden, könne auch nichts passieren. Ich überlegte noch, gehe ich dieses Risiko ein, trotz meiner bisherigen Erfahrungen? Denn zur Volkskammer- und Bezirkstagswahl am 14.06.1981 wurde ich von vier fremden Menschen mit der Drohung „Wenn Sie kein Staatsfeind sind, kommen Sie jetzt mit wählen", abgeholt. Damals hatte ich gar keine politische Absicht, da das Wahlergebnis ja sowieso schon feststand. Damals wollte ich nur mein krankes Kleinkind nicht allein lassen. Meine Entscheidung wurde mir 1989 wieder einmal abgenommen. Einige Tage vor der Wahl sprach mich eine freundliche Frau aus dem Haus an: „Du willst doch im Juni Westbesuch haben, dann wäre es besser, du würdest wählen gehen." Ich war nur verblüfft, woher die das wußte und bedankte mich verdattert für die vertrauliche Info. Diese Vorwarnung war immerhin noch nett. Wieder ging ich artig wählen. Der blöde Westbesuch sagte kurzfristig ab.

Sommer 1989

Es rumorte weiter in der DDR, die erhoffte Lockerung der Reisefreiheit wurde nicht verkündet. Die Situation verschärfte sich langsam. Die Grenze in Ungarn hatte Löcher. Aus Sorge um mein Kind und auf Grund meiner Erfahrungen, wie jede Geringfügigkeit furchtbar politisch aufgebauscht wurde, hielt ich mich aus allem heraus. Eines Nachts, ich hatte eigentlich fest geschlafen, wurde ich durch irgendwas geweckt. Ich schlug die Augen auf, und in meinem Schlafzimmer war helles Licht. Ich dachte, mein Kind wäre hereingekommen, aber ich war allein im Zimmer. Verwundert wollte ich das Licht wieder ausschalten, da bemerkte ich, die Lampe brannte gar nicht. Jetzt war ich völlig verblüfft. Wo kam das helle Licht her? Ich sah nun, das grelle Licht schien zum Fenster herein. Ich öffnete das Fenster, um zu schauen, was da los sei. Vom Balkon schräg gegenüber war ein extrem heller Scheinwerfer auf mich gerichtet. Jetzt fotografierten mich zwei auch noch mit Blitzlicht! Ich war empört. Sind das Besoffene? Spanner? Ich drohte zu ihnen hinüber: „Aufhören, sofort aufhören. Ihr spinnt wohl. Ich hole die Polizei, ihr Spanner!" Zur Antwort kicherten die nur. Dann aber hörten sie auf zu knipsen und machten den Scheinwerfer aus. Wütend legte ich mich wieder schlafen. Am nächsten Tag nach der Arbeit ging ich erstmal schauen, wer das war. Ich wußte ja genau, auf welchem Balkon die Spanner gestanden hatten. Ich schrieb mir den Namen vom Klingelschild auf und wollte zur Polizei gehen. Da traf ich meine Freundin aus dem Haus und erzählte ihr aufgebracht den ungeheuerlich frechen Vorfall. Sie machte „pscht, pscht" und zog mich in ihre Wohnung. Sie warnte mich, ich solle keinesfalls eine Anzeige machen, ich solle keinen Staub aufwirbeln, ob ich nicht wüßte, daß die Stasi so was mache. Das konnte ich gar nicht glauben, Spannerfotos im Bett? Warum ich? Ich war doch brav gewesen, bin sogar zur Wahl gegangen!

Meine Freundin erklärte mir, das tue ihr unendlich leid, das sei garantiert wegen ihr und ihrem Mann geschehen, weil wir beide doch so engen Kontakt haben. Dann gestand sie mir, daß sie einen Ausreiseantrag gestellt hätten, weil sie zu ihren nahen Verwandten in den Westen wollten. Trotzdem war ich verblüfft. Aber inzwischen traute ich unserer Staatsmacht alles zu. Uns standen die Tränen in den Augen, war uns doch klar, daß wir uns bald nie wieder sehen würden. Ich war mir sicher, die Stasi läßt mich nicht mal mehr in die Tschechei fahren.

Von der Anzeige habe ich abgesehen, es hätte ja sowieso nichts gebracht und wer weiß, wie die einem noch das Wort im Munde herumgedreht hätten.

Daß nur wenige Wochen später die Mauer fallen würde, ahnte ja keiner.

Kommunalwahl im Mai 1989

Katharina Mälzer

Die Frau wurde von beiden Leuten, die freundlich grüßten, als sie den Garten des Ehepaars am Wahlsonntag betraten, ignoriert. Keiner sprach sie an. Die Leute waren mit der Wahlurne gekommen, fragten den Mann, ob er wählen war. Und als dieser verneinte, fragte man, ob er noch gedenke, wählen zu wollen. Ein weiteres Nein kam, die Leute verabschiedeten sich, wünschten noch einen schönen Sonntag und verließen den Garten.

Ein komisches Gefühl blieb zurück, der Restsonntag schien sich einzutrüben. War sie heimlich wählen gewesen? Man glaubte an eine gewisse Allmacht des Staates. Aber sie war sich treu geblieben. Wenn sie eine Einladung zur Vorstellung der Kandidaten der Wahl bekommen hätte, denn es gab solche Veranstaltungen, wie ja auch Bilder in den Zeitungen darüber auftauchten, ja, dann wäre sie wählen gegangen. Dann hätte sie gewußt, wem sie ihre Stimme hätte geben können. Aber so? Sie hatte es im Vorfeld auch herumposaunt, daß sie ihre Wahl vom Kennenlernen der Kandidaten abhängig mache. Wenn, dann. In freier Abänderung des Slogans „Wer wen." Irgendein gekauftes Ohr hätte es doch weitertragen können. Das Ehepaar war sich nicht einig, welchen Schluß man ziehen sollte, könnte.

Wer wußte was?

Reiseerlebnisse

Birgit Gerlach

Es war eigenartig. Alle sahen mich heute irgendwie komisch an, waren ungewohnt zurückhaltend, nicht unfreundlich, ein wenig so, wie wenn ich die Neue wäre und sie erst einmal Tuchfühlung mit mir aufnehmen müssten. Endlich, am Nachmittag, lüftete der Hausmeister das Geheimnis. Während er am Heizkörper in meinem Zimmer herumschraubte, verriet er mir, dass niemand erwartet hatte, dass ich zurückkäme, zurück aus dem goldenen Westen.

Ich wiederum hatte mich darüber gewundert, dass sie mich hatten fahren lassen, zum Geburtstag meiner Großmutter. Mich, als junges hoffnungsvolles Mitglied der Gesellschaft, das noch alles Potential in sich trug, dem Gedeihen des Sozialismus zu dienen. Klopfenden Herzens hatte ich im Warteraum des Volkspolizeikreisamtes gesessen, um dem Aufruf meiner Nummer zu harren, hatte dann mit angehaltenem Atem das schäbige Büro betreten und war darauf gefasst gewesen, dass mir mit scheinheiligem Bedauern mitgeteilt würde, dass es ihnen leidtäte. Fast beiläufig reichte mir jedoch eine Beamtin den Pass der Deutschen Demokratischen Republik über den Tisch und wünschte mir eine gute Reise.

Meine Großmutter war sehr stolz auf ihre Dreizimmerwohnung mit Balkonblick auf die Schwäbische Alb. Die Einrichtung unterschied sich kaum von dem, was ich als üblich empfand. Über manche Dinge wunderte ich mich jedoch. Es gab einen extra Behälter für Plasteabfälle. Wozu? In ihrer Küchenschublade lag eine große Schere. Auch das war mir schleierhaft. Zur Bereitung welcher Mahlzeit braucht man eine Schere?

Am nächsten Tag gingen wir gemeinsam einkaufen. Im Laden, der hier Supermarkt und nicht Kaufhalle hieß, taten sich neue Fragen auf. Was ist an diesem Geschäft super? Warum ist alles in Folie eingeschweißt? Aha, deshalb die Schere in der Küche! Aber warum steckt die Ware dann noch zusätzlich in einer Schachtel? So auch die leckeren Erdbeeren, die hier im März im Regal standen! Mir lief sofort das Wasser im Mund zusammen, und ich bat meine Oma, diese mit in den Einkaufskorb zu legen. „Das kannst du ja nicht wissen", erklärte sie mir, „aber bei uns kauft man solche Sachen nur dann, wenn sie gerade im Angebot sind." Damit waren die Erdbeeren im wahrsten Sinne des Wortes vom Tisch. Was sie nicht wissen konnte: Auch bei uns kaufte man Dinge, wenn sie gerade im Angebot waren. Aber das bedeutete hier wohl etwas anderes.

Am Nachmittag war die alte Dame mit der Enkelin aus der Zone, wie man hier sagte, bei einer befreundeten Familie eingeladen. Sie wollten wissen, ob ich von der Fülle der Waren in den Kaufhäusern auch so überwältigt gewesen wäre wie meine Mutter, die sie im Jahr zuvor begrüßt hatten, nahezu den Verstand habe sie verloren.

Ich lobte ein wenig, wie hübsch es hier war. Angesichts der Tatsache, dass ich meine Mutter nach ihrer Reise unverändert erlebt hatte, machte ich mir erst einmal keine Sorgen um meinen Verstand. Inzwischen hatten sich die Kinder des älteren Paares zu uns an die Kaffeetafel gesellt. Sie schwärmten davon, wie schön ihr Leben sei, und hatten jede Menge gute Ratschläge parat. Wenn ich ein Mann wäre, dann könnte ich gleich im Westen bleiben, Arbeit würde ich ganz sicher finden. Natürlich müsse man hier richtig arbeiten. Wer das nicht lernen würde, für den sähe es schlecht aus. Aber, seitdem die vielen Türken hierhergekommen seien, wäre alles nicht mehr so wie früher. Sogar zu ihrem Zahnersatz müssten sie jetzt dazuzahlen. Die Ausländer richteten das Land noch zugrunde.

Ich stocherte in meiner Schlagsahne herum. Der strahlende Glanz, von dem sie sprachen, bekam braune Flecke und die Luft war irgendwie muffig.

Am nächsten Tag begleitete mich meine Großmutter zum Rathaus, um das Begrüßungsgeld abzuholen. Das Almosengefühl musste ich überwinden, denn die Gabe ermöglichte mir, Zugfahrkarten zu kaufen und eigene Erkundungen zu unternehmen.

Das Hohenzollernschloss Sigmaringen, gelegen auf dem Berg einer ehemaligen mittelalterlichen Burganlage, erstieg ich bei strahlendem Sonnenschein. Es war alles so unglaublich, dass ich mir vorkam wie im Film.

Auch eine Fahrt nach Ulm leistete ich mir. Vom Hauptbahnhof lief ich zur Altstadt, sah mir die Schaufenster an, kramte in Wühlkisten und war erstaunt, dass allerlei hübsche Sachen für wenig Geld zu haben waren. Ich kaufte mir ein paar traumhaft schöne dunkelgrüne

Absatzschuhe, die man hier High Heels nennt, wie mich die lächelnde Verkäuferin belehrte.

Am Ende der Geschäftsstraße überragte es alles: das Ulmer Münster in seiner beeindruckenden Schönheit. Ganz langsam schritt ich über den Platz, um den Anblick zu genießen. Doch was war das? Fassungslos starrte ich auf einen Bauzaun, der rechts den Platz begrenzte. In Riesenlettern war zu lesen: „Freiheit duldet keine Mauern!“ Niemanden schien das zu interessieren. Das war da einfach auf die Bretterwand gesprüht. Mitten auf einem öffentlichen Platz. Und alle fanden das normal. Nicht auszudenken, was in Merseburg passiert wäre! Keinen Tag hätte die Losung überdauert. Fieberhaft wäre nach dem Staatsfeind gesucht worden. Ich machte mehrere Fotos, auch das war den Passanten egal. Für mich war schon die Existenz dieser Parole der Ausdruck der Freiheit schlechthin. Es war *das* Ereignis meiner Reise!

Nach dem Besuch des Münsters stieg ich auf dessen Turm, konnte weit über die anmutige Landschaft sehen, die Donau, die Blau, das Fischer- und das Gerberviertel, und auch die Buchstaben auf dem Bauzaun waren von hier oben noch gut zu erkennen.

Eine Woche später kehrte ich aus dem Land der glänzenden Fassaden zurück in das der resignierten Baufälligkeit.

Der Absatz meiner schicken grünen Westschuhe verabschiedete sich in der Folgewoche auf dem Kiesweg zum Bad Lauchstädter Theater, da steckt er wohl noch heute.

Ein halbes Jahr später tanzten die Menschen auf der Berliner Mauer.

Auf einer der Brachflächen in der Gotthardstraße wurde ein Verkaufszelt aufgebaut, ein mit Brettern ausgelegter Weg führte durch den Matsch in das neue Konsumparadies. Delegationen kluger Leute reisten aus dem Westen an und fragten, was wir denn hier gebrauchen könnten, womit uns zu helfen wäre. Es kam mir so vor, wie wenn ich nackt im Winter aus einem Fluss stiege und jemand mich fragte, was er mir Gutes tun könne. Sie verschenkten Kopierer, dass wir Wahlkampf führen könnten. Bald waren die Tonerpatronen leer und das Papier alle.

Jedoch niemand reglementierte mehr etwas. Es war erlaubt, Ideen zu haben.

Einige Jahre später wurden die Fassaden der ersten Häuser renoviert, noch ein paar Jahre später wurden sie mit Parolen besprüht, mit Buchstabenreihen, die für mich keinen Sinn ergaben. Man durfte, wie gesagt, eigene Ideen umsetzen.

Und wer wollte, konnte grüne High Heels tragen. Oder Besseres tun. Zum Beispiel eine eigene Firma gründen oder eine Schere in die Küchenschublade legen.

Übrigens: Neben dem Ulmer Münster, der Königin der Gotik, prangt heute, statt des besprühten Bauzauns, in Glas und runder Betonfassade das Stadthaus wie eine Majestätsbeleidigung. Ein ablehnender Bürgerentscheid hatte es nicht verhindern können. Ein paar Schritte weiter wirbt eine Bank: „Freiheit. Erinnern Sie sich? Unser Komfortkredit begleitet Sie." Ich erinnere mich. Merseburg bekam vier neue Bankhäuser, zwei davon stehen seit Jahren leer.

Meine Tochter hat in Niedersachsen studiert. Das Gerede von Ost und West, meint sie, sei nur etwas für alte Leute. Ihre Herkunft sei Europa.

Umso mehr erstaunte mich kürzlich ein Erlebnis in Malaysia. Ein junger Taxifahrer bemühte sich trotz meiner miserablen Englischkenntnisse redlich, mit mir ein Gespräch zu führen. Er erkundigte sich, aus welchem Teil Deutschlands ich denn käme. Auf meine Antwort reagierte er hocherfreut: „I like East-Germany. My friends are from Leipzig."

Urlaub

Katharina Mälzer

Sommer 1989

Mit Freunden in drei Autos sollte es wieder nach Bulgarien ans Schwarze Meer, ans südlichste Zipfelchen kurz vor der Grenze zur Türkei gehen.

Der Weg nach Bulgarien ging damals für einen DDR-Bürger immer am Eisernen Vorhang entlang; Tschechoslowakei, Ungarn, Rumänien. In Rumänien benötigte man Benzintalons, um im Land tanken zu können. Direkt an der Grenze an einer Bude wurde uns dieses Jahr gesagt, Talons bekäme man nur gegen Schecks oder DDR-Mark. Wir hatten jedoch von der Bank zu Hause nur die Landeswährung Lei, keine Schecks, bekommen. Soviel DDR-Mark hatten wir nicht dabei, beziehungsweise war es für den Tausch gegen Forint bestimmt. Für Forint konnte man auch Westsachen kaufen. In jeder großen Stadt gäbe es Touristeninformationen oder Hotels, dort könne man gegen Lei tauschen. Wir wandten ein, pro Stadt gäbe es nur 20 Liter, wir benötigten jedoch 140 Liter. Wir diskutierten mit der Frau an der Bude. Plötzlich sagte sie, in fünf Minuten könnte sie viele Din-A4-Seiten mit den Problemen Rumäniens vollschreiben. Und irgendwann erbarmte sie sich unser und verkaufte uns gegen Lei je 10 Liter Benzin und das bessere Premium für insgesamt 107 Lei. Im Abseits standen Rumänen, die uns 10 Liter für 400 Lei verkaufen wollten, statt Geld würden sie auch drei Päckchen Kaffee nehmen (ein Päckchen Mona-Kaffee kostete 8,75 Mark).

Eine rumänische Freundin fuhr mit uns in ein Hotel. Sie konnte nicht selbst fahren, da an dem Sonntag, an dem wir sie besuchten, die Fahrzeuge, deren polizeiliches Kenzeichen auf eine gerade Ziffer endete, Fahrverbot hatten. Die Begleitung einer Einheimischen war bedeutsam, durften wir doch für jedes Auto 50 Liter kaufen! Die letzten Benzintalons besorgten wir uns in einem weiteren Hotel auf unserem Weg nach Bulgarien. In einem Lebensmittelgeschäft versuchten wir, etwas zu essen zu kaufen. Kaum Licht, es stank, Ketchup, Erbsen, grüne Tomaten – alles Konserven in Gläsern, schon trüb; Sprotten im Glas, woraus das Öl schon quetschte. Ein Freund hatte Geburtstag, wir fuhren ins Stadtzentrum von Bukarest. Wir gingen in ein Café. Gegenüber stand ein schönes Gebäude, Ceauşescus Regierungssitz; es war jedoch für Fußgänger abgesperrt. Überall sah man Miliz mit Gewehren. Im Café roch es muffelig. Kaffee gab es nicht, nur Limonade konnten wir in kleinen Flaschen kaufen, trüb schwamm etwas unten darin, vielleicht Fruchtfleisch, hofften wir. Der Kuchen sah aus wie diese tschechischen Kuchen. So seltsam eingefärbt, rosa, gelblich oder weißlich grün. Der Kuchen war sehr süß, die Creme schmeckte allerdings etwas widerlich. 365 Kirchen habe Bukarest, eine schauten wir uns an. Ganz schwarz waren die Wände, ab und an schimmerte die Ikonenmalerei hindurch. Wir fuhren weiter, an Brücken sahen wir die großen Transparente: Romania Comunism – Ceauşescu Eroism“, was soviel bedeutet wie Rumänien Kommunismus – Ceauşescu Heldentum. (Vier Monate später wird Nicolae Ceauşescu gerichtet, öffentlich erschossen werden! Die Hinrichtung an einer Mauer, gemeinsam mit Elena, seiner Frau, übertrug man im deutschen Fernsehen.)

An der Grenze nach Bulgarien ging es schnell, wir bekamen nicht einmal einen Stempel. Auf dem Zeltplatz bei Achtopol, dem südlichen Zipfel Bulgariens, traf man sich Jahr für Jahr. 1989 war er sehr leer. Waren es die Preise? Man hatte diese so erhöht, auch handschriftlich zusätzliche Kurtaxen, eine Schwarzmeergebühr von umgerechnet 45 Mark pro Person, eingeführt, so daß ein Freund vorzeitig wieder abreiste. Die Bulgaren schienen überfordert zu sein, riefen uns in schlechtem, aber gut verständlichem Deutsch zu: „Fahrt doch in die Türkei oder nach Griechenland, da bekommt ihr Geld zurück, auch schon bei schlechtem Wetter.“ Eis gab es nicht, bei Ansichtskarten standen noch zwei Motive zur Auswahl. Über 50 Postkarten verschickten wir in jenem Jahr! Die Nachrichten meldeten, ab heute könne man von Leipzig nach Frankfurt am Main für 400 bis 700 Mark fliegen. Ein Freund fragte: „Mit Rückflug?“ Ein anderer antwortete: „Wozu Rückflug?“ Allerdings nicht über die deutsch-deutsche Grenze, sondern über die Tschechei (über die innerdeutsche Grenze durften nur die vier Siegermächte des Zweiten Weltkriegs fliegen).

Ein befreundeter Bulgare, den man aus Schulzeiten kannte, setzte sich an den Tisch und erzählte von seiner Tour mit seinem Trabbi nach Paris und nach London. Der Trabbi sei im Fährpreiskatalog nicht aufgeführt gewesen. Mittlerweile ist unser bulgarischer Freund Vertreter westlicher Firmen in Bulgarien, hatte seine Frau mit nach L.A. zu einem Lehrgang mitgenommen, denn man erkenne die Bedeutung der Familie für eine gute Betriebsatmosphäre an.

Im Land der Pfirsiche war man froh, hier auf dem Zeltplatz Tomaten zu ergattern. Für drei Lewa (ca. 10 Mark) bekam man als Highlight auch einmal Weintrauben. Das Weintraubenfeld, wo wir die letzten Jahre noch Trauben pflückten, war einem Maisfeld gewichen. Man mußte selbst kochen, um etwas Warmes in den Bauch zu bekommen. Bier organisierte man für alle, indem man es aus dem benachbarten Ort mit dem Kanister holte. (Später tauchte immer die Erinnerung auf, wenn diese eine Aralwerbung kam: der einsame Mann auf der Straße mit seinem blauen Kanister – unser war weiß.) Trinkwasser floß oft nicht; es war alles die Kunst der Organisation.

Wie lange man noch hierher fahren würde? Am Zeltplatzeingang standen Schilder: Nudism sabranjenno (FKK verboten), was aber ignoriert wurde, und … streljat (wenn man in Grenznähe kommt, werde man erschossen). Dieses Wort kannte man aus dem Russischunterricht, auf deutsch traute sich das keiner anzuschreiben. Ging man allerdings in Bulgarien ins Grenzgebiet, ins Hinterland, standen mitten auf dem Feld diese Schilder auch auf deutsch, vermutlich gestiftet von der Deutschen Demokratischen Republik.

Auf dem Heimweg zurück nach Rumänien warteten wir sehr lange an der Fähre. Die beiden Autofähren, die es gab, lagen seltsamerweise beide in Rumänien. Eine Nacht im Grenzgebiet auf Beton und einem Stückchen Wiese, ohne Toiletten oder Nahrungsangebot erwartete uns alle. Eine Notgemeinde entstand unter all den Touristen, die mehrheitlich aus der DDR stammten. Ob man schon dieses oder jenes gehört hätte. Es wurden Nachrichten ausgetauscht, die man aufgeschnappt hatte. Na ja, Ungarn, da wolle man schon nach Budapest, sehen, was da los sei. Es war eine mit Mücken und Zukunftsgedanken geschwängerte Nacht.

In Budapest gingen wir zur Deutschen Botschaft. Die Grünanlagen davor waren arg zertreten. In diesem Viertel, auf der Budaer Seite gelegen, wohnen die Privilegierten. Als wir die Treppe des Botschaftseingangs hochblickten, kam ein Mann auf uns zu. „DDR?" Als wir nickten, drückte er uns einen Zettel in die Hand, für diejenigen, die nicht mehr zurück können oder wollen und mit Angabe der Stelle, wo man sich melden müßte. Wir standen noch eine Weile, bis ein Auto mit deutscher Flagge angefahren kam. Heraus stieg der Botschafter persönlich, der uns aufmunternd zunickte.

Eines unserer Autos ging kaputt, es wurde rasch repariert. Bei der Bezahlung gab es Schwierigkeiten, man nahm die letzten Forint, war auch bereit, tschechische Kronen zu akzeptieren, über das Angebot der Bezahlung mit DDR-Mark wurde herzlich gelacht.

Die Nachrichten, wir konnten im Autoradio österreichische Sender empfangen, waren spannend. Die Zahl derjenigen, die über Ungarn rauswollten, stieg. Die Prager Botschaft kam hinzu, wir waren skeptisch, konnten uns nicht vorstellen, daß die Tschechen eine Ausreise zuließen. Ungarn saß in der Zwickmühle, die Leute wurden immer mehr. Ungarns Außenminister versuchte, die DDR umzustimmen, daß die Ausreiseanträge schneller und in kürzester Zeit bearbeitet werden müßten. Die DDR machte keine Zusage. So öffnete Ungarn für einen paneuropäischen Tag seine Grenzen, die DDR-Leute durften zu Fuß raus. Die Autos dieser Leute blieben stehen.

Wir waren neugierig. Daher fuhren wir nicht direkt nach Hause, sondern nahmen einen kleinen Umweg. Nach Györ bogen wir nicht nach Bratislava ab, sondern fuhren die Hauptstraße in Richtung Wien weiter. Wir nahmen die LKW-Nebenstrecke, da wir hofften, auf der nicht so befahrenen Straße so nah wie möglich an die Grenze zu kommen.

Als wir das Kontrollhäuschen an der Grenze sahen, blieben wir stehen und stiegen aus, um zu fotografieren. So nah an der Grenze zum Westen waren wir noch nie gewesen! Zwei ungarische Grenzer kamen und lachten, als sie unsere Kennzeichen sahen. Wir sollten unsere Personalausweise zeigen. Wir wurden gefragt, wo wir hinwollen. Nach Bratislava, wir hätten uns verfahren. Man nahm unsere Ausweise. Am Grenzhäuschen telefonierte ein Grenzer, ich verstand Zahlen. Es waren die Ziffern unserer Kennzeichen. Wir waren wohl schon beobachtet worden. Einem Militärfahrzeug mußten wir über einen Feldweg in einen Wald zu einer Kaserne folgen. Die Ausweise bekamen wir nicht wieder. Wir warteten lange, waren im Ungewissen. Ganz unruhig wurden wir. Ich hatte eine West-Reise beantragt, wer weiß, ob diese nun genehmigt würde. Ein anderer, SED-

Mitglied, zweifelte an der Sinnhaftigkeit dieser Grenzbesichtigung, befürchtete er doch Repressalien als Ingenieur auf Arbeit wegen dieser Sache. Aber wir sprachen uns Mut zu. Weg von dieser Angst, der Staat (=DDR) erfahre alles.

Man bestellte für uns einen Dolmetscher, der uns noch einmal nach dem Ziel unserer Reise befragte. Wir bekamen unsere Ausweise wieder, und das Militärfahrzeug eskortierte uns sicher an die tschechoslowakische Grenze in Richtung Bratislava. Dort verabschiedete man sich freundlich und lachend von uns.

Später, auf der Autobahn, blockierte vor uns ein Trabbi die Überholspur und unterhielt sich mit Zeichensprache mit dem Fahrer auf der rechten Spur. Wir hupten, man zeigte uns den Vogel. Wir wurden aufmerksam auf diese einzelnen Fahrer. Acht bis zehn Autos von DDR-Marken aus verschiedenen DDR-Bezirken. Doch man kannte sich! Das kam uns spanisch vor. An der nächsten Tankstelle fragten wir einen dieser Fahrer, der chefartig wirkte: „Sind das die Autos der Flüchtlinge?" Erst kam keine Reaktion, später „Das weiß ich nicht." Für uns eine eindeutige Antwort.

Sommer 1990

Die D-Mark hatten wir frisch in der Tasche. Die großen Benzinkanister, die man bisher immer dabei hatte, um weitere Strecken im deutschen Westen zu erkunden, konnten zu Hause bleiben.

Griechenland. Warum nicht Griechenland, es bot sich an. Die Bulgaren empfahlen es uns ja im letzten Jahr! Auf den Olymp, dahin, wo die Götter haus(t)en. Er war leider im Nebel, aber die göttliche Atmosphäre war zu spüren.

Griechenland, Land der Tempel, Müllhalden (es lag so viel Dreck herum, daß es uns grauste) und Tankstellen. D. meinte, in Athen gäbe es wohl mehr Tankstellen als in der gesamten DDR. Eulen sahen wir auch, warum dachte ich plötzlich an Goethe? Den Hummer bestellten wir nicht, 50 DM! Später bedauerte unser Feinschmeckerfreund, hätten wir nur, hätten wir nur; denn es sei ein Schnäppchenpreis gewesen. Auf dem Peloponnes, dieser Halbinsel in Form einer gespreizten Hand, zelteten wir. Wir lernten neue, nun österreichische Freunde kennen. Diese berichteten uns von westdeutschen Zeltern, daß diese entsetzt seien, daß wir aus dem Osten, aus der DDR hier Urlaub machten! Wir verstanden es nicht. Wir waren mit zwei Wartburgs angereist. Uns wurde erklärt, im Osten würde doch jede Hand für den Wiederaufbau gebraucht, da könne man doch nicht einfach Urlaub machen. Die Griechen sahen es gelassener. Kurz vor der Abreise zahlten wir für unseren Aufenthalt und wollten aus der Rezeption gehen, als ich vom Englisch des jungen Griechen soviel verstand, als daß wir warten sollten. Nach einigen Minuten, wir standen etwas unschlüssig herum, kam der Grieche wieder. In der Hand hielt er zwei Halbliterflaschen Ouzo, sozusagen eine für jede Wartburgbesatzung. Er gab uns die Hand, gratulierte fast, freute sich dafür, daß wir es geschafft hatten. Die friedliche Revolution! Man hatte Anteil genommen, weitab der DDR!

Auf der Heimfahrt hörten wir in Bayern Autoradio. Anrufer beschwerten sich, diese DDR-Leute seien jetzt schon überall, sogar schon in Südtirol gesichtet worden. Schnell, schnell, sagte ich. Wenn die mitkriegen, daß wir in Griechenland waren …

Ich möchte mich nicht verstecken – Peter Ramm

Jürgen Jankofsky

Ich möchte etwas sagen, und ich möchte mich nicht verstecken, mit diesem Satz trat der Romanist und Kunsthistoriker Dr. Peter Ramm unversehens in die politische Öffentlichkeit Merseburgs. Es war der 10. Oktober 1989, einen Tag nachdem die Leipziger Montagsdemo mit Zehntausenden Teilnehmern friedlich eine neue Dimension erreicht hatte, drei Tage nachdem es im Zuge der Feierlichkeiten zum 40. Jahrestag der DDR in Berlin und Dresden zu Zusammenstößen und Verhaftungen gekommen war, Wochen nachdem die Massenflucht von DDR-Bürgern vor allem über die inzwischen offene ungarische Grenze einerseits, und die blinde Starrheit und das beharrliche Schweigen der greisen Staatsführung andererseits, schlimmste Befürchtungen weckte, Monate nach einer wiederholten, doch nunmehr dummdreisten Wahlfälschung der SED...

Für den Abend des 10. Oktober 1989 hatte das längst noch nicht legalisierte Neue Forum Merseburg zu einem ersten öffentlichen Gespräch in die Stadtkirche geladen, will sagen: der *spiritus rector* Merseburger Protestes, Pfarrer Lothar König, hatte durch ein Plakat in einem Schaukasten am Pfarrhaus in der Unteraltenburg diese Veranstaltung angekündigt, und mehr als tausend Merseburger müssen diese Ankündigung gelesen haben, bevor eines Nachts nicht nur das Plakat, sondern der ganze Schaukasten brutal abgerissen wurde. Die Stadtkirche war völlig überfüllt. Immer wieder hatte die Parteiführung ähnliche Foren in vorangegangenen Tagen von Zeitungen, Rundfunk und Fernsehen als *Zusammenrottungen* verunglimpfen lassen. Umso mutiger das Statement Dr. Ramms, umso erstaunlicher, wie schonungslos der Sprachwissenschaftler derlei Vorwürfe bloßstellte: „Zusammenrottung", auf *friedlich demonstrierende Menschen bezogen, ist ein schlimmes Wort, mit Worten meines Lehrers Victor Klemperer zu sprechen, „Sprache des Ungeistes". Wer in solchen Kategorien denkt und handelt, vergiftet sein eigenes Denken. Er wird dialogunfähig. Dialog aber, offenes, unvoreingenommenes Gespräch ist lebensnotwendig, ist das einzige, was uns weiterhelfen kann. Ausgrenzen und Einschüchtern kann nur Aggressionen wecken...*

Seit Jahren hatte sich Dr. Ramm für die Pflege und den Schutz Merseburger Bau- und Kulturdenkmale eingesetzt. Wurzel seines Engagements war die Überzeugung, überkommene, unersetzbare Werte nachfolgenden Generationen erhalten zu müssen. Sein Unbehagen an der Politik der DDR-Führung, insbesondere hinsichtlich des Umganges mit dem historischen Erbe, erreichte 1988 jedoch erstmals die

Schmerzgrenze, als denkmalgeschützte Merseburger Gebäude im Zuge der so genannten Innenstadtrekonstruktion grobschlächtig abgerissen wurden: das Versunkene Schlößchen, die jahrhundertealten Häuser Gotthardstraße 20, Domstraße 14 und andere. Couragiert wandte sich Dr. Ramm an das Kulturministerium in Berlin, protestierte beim Rat des Bezirkes Halle und erreichte schließlich tatsächlich, dass man weitere unwiederbringliche Altstadtsubstanz vorerst vom Abriss verschonte. Bei den Merseburger Stadt- und Kreisgewaltigen aber war er nun in Ungnade gefallen, wurde von kulturellen Vorhaben ausgeschlossen, möglicherweise sogar bespitzelt. Das Unbehagen wuchs also, drängte letztendlich dazu, das Engagement für humanistische Werte und bei Strafe des Untergangs nicht zu kappende Wurzeln direkt in Politik münden zu lassen.

Dr. Ramm verstand Bürgerbewegung folglich nicht als Bewegung an sich, sondern vielmehr als Möglichkeit konkreter Veränderung. Innerhalb des Neuen Forums Merseburg initiierte er die Bildung von thematischen Arbeitsgruppen, zielte im Gegensatz zu Pfarrer König nicht auf Massen mobilisierende Aktionen, sondern auf größtmögliche Sachkompetenz und somit Entscheidungsbefugnis jahrelang für unmündig gehaltener, doch das Heft des politischen Handelns nun entschlossen mit in die Hand nehmen wollender Bürger.

Und wirklich erbrachte Dr. Ramms Konzept schon bald einen ersten, für das weitere Baugeschehen in der Merseburger Altstadt höchstwichtigen Erfolg. Während eines Rathausgespräches, eines Bürgerforums in Folge jener ersten öffentlichen Gesprächsrunde in der Merseburger Stadtkirche, mussten die Verantwortlichen für die Innenstadtbetonierung Anfang November 1989 auf Antrag Dr. Ramms und unter dem Druck der Anwesenden die schon eingeleitete Großblockbebauung des Areals Gotthardstraße/Ritterstraße stoppen. Gut ein halbes Jahr später sollte das neu gewählte Merseburger Stadtparlament, dessen erster Vorsteher Dr. Ramm wurde, diesen scheußlichen Bebauungsplan endgültig in Schubladen verschwinden lassen. Ein weiteres halbes Jahr später konnte den Merseburgern, dank eines von Dr. Ramm mit angeregten Architekturwettbewerbs, ein Sanierungskonzept für ihr Stadtzentrum vorgelegt werden, das den historischen Ansprüchen in Hinsicht auf Straßenführung und bauliche Gestaltung endlich gerecht werden kann.

Pfarrer König, einst treibende Kraft im Neuen Forum Merseburg, war mit seinem Verständnis, Veränderungen herbeizuführen, am 9. November 1989, mit Öffnung der Mauer, im Grunde gescheitert. Die Massen, auf die er setzte, strömten gen Westen, glaubten ihr Ziel nach meist lebenslangen Entbehrungen und Frustrationen nun wie in Trance in der Herrlichkeit des Konsums gefunden zu haben. Die Montagsdemos verkamen landesweit zu nationalistischen Kundgebungen und spielten in der weiteren politischen Entwicklung alsbald keine Rolle mehr. In Merseburg gab es vor Weihnachten immerhin noch einen vom Neuen Forum initiierten Abschluss mit Friedensgebet im Dom und Lichterkette zur Stadtkirche. Doch als der Sprecherrat des Neuen Forums Merseburg drei Tage nach der Grenzöffnung zu seiner ersten Beratung zusammenkam, fehlten selbst hier vier der gewählten acht Mitglieder, vor allem Leute, auf die Pfarrer König baute...

Folgerichtig wurde nicht Lothar König, sondern Dr. Peter Ramm erster Sprecher des Neuen Forums Merseburg. Bald wurde er auch in den Bezirkssprecherrat gewählt und kandidierte im März 1990 sogar zur Volkskammerwahl. Obwohl an Platz 2 auf der Landesliste stehend, verhinderte das republikweit unerwartet schlechte Wahlergebnis für die Bürgerbewegungen, dass Dr. Ramm in das höchste gesetzgebende Gremium der auf die deutsche Einheit zusteuernden DDR mit einzog. Bei den Kommunalwahlen im Mai schnitt das Neue Forum in Merseburg dann jedoch unerwartet gut ab, und Dr. Ramm, der bei Abgeordneten aller Parteien und Gruppierungen hohes Ansehen genoss, wurde mit 51 von 53 möglichen Stimmen zum Vorsteher des neuen Stadtparlaments bestimmt. Ein Tag, so sagte er, an den er mit großer Genugtuung zurückdenke.

Im Folgenden nutzte Dr. Ramm konsequent die Chance, seine Kompetenz in Sachen Denkmalpflege und Denkmalschutz an verantwortlicher Stelle einzubringen. Beim Neuaufbau des Merseburger Landratsamtes wurde er zum Leiter der neu geschaffenen Denkmalschutzbehörde berufen.

Und zweifellos kommt die Kontinuität seines Denkens und Handelns auch in der Rede zum Ausdruck, die er anlässlich des ersten Jahrestages der deutschen Einheit, am 3. Oktober 1991, im Merseburger Stadtparlament hielt:

Einigkeit und Recht und Freiheit, die im wahren Sinne des Wortes ergreifende Haydn'sche Melodie, mit ihrer ganzen Geschichte, ich habe sie in den zurückliegenden Zeiten manches Mal gehört, um Mitternacht im Norddeutschen Rundfunk, ohne glauben zu können, dass ich es noch erleben dürfte, sie für ganz Deutschland als Part im europäischen Konzert erklingen zu hören. Immerhin hatten wir in der Schule noch gelernt: „Und handeln sollst du so, als hinge von dir und deinem Tun allein, das Schicksal ab der deutschen Dinge, und die Verantwortung wär' dein." Diese Verantwortung schien uns genommen — ob sie es wirklich war, macht einen großen Teil unserer Selbstzweifel aus.

Einigkeit und Recht und Freiheit: Wenn es außer der Sehnsucht nach dem gleichen Wohlstand wie westlich der DDR-Grenze, einem legitimen Begehren, das wir nun auch unseren weniger glücklichen Nachbarn im Osten zugestehen müssen, ohne sie zu verachten — wenn es denn außer dieser durchaus dominierenden materiellen Sehnsucht Triebkräfte gab, so waren es die Forderungen nach Recht und Freiheit — denn: wir haben nicht gehungert und gefroren. Aber: gelitten hat, z.B., wer sich zum Wehrdienst gezwungen sah, manipuliert auch durch Lehrer, die das nicht mehr wahrhaben wollen. Ein Jahr deutsche Einheit — das ist nicht nur ein Jahr, das ist auch das entscheidende Jahr davor: erinnern Sie sich an den 9. Oktober 89 in Leipzig, den 4. November in Berlin, die große Demonstration und den Runden Tisch, für uns in Merseburg auch an den 10. Oktober 89 in der Stadtkirche, die Umweltdemo am 13. Januar 90, unsere Unterschriftenaktion für den Brief an Gorbatschow, der uns von unseren Sorgen um den sowjetischen Militärflughafen in Merseburg befreien sollte. Unvorstellbar selbst damals noch, dass das in so kurzer Zeit und so friedfertig und zivilisiert Realität werden könnte. Der Zeitraffer, „das umgekehrte Fernrohr" machen uns den ungeheuren Wandel deutlich, der sich in so kurzer Zeit vollzogen hat, den friedlichen Wandel, wie er unvorstellbar schien. Hier muss der Dank an Michail Gorbatschow stehen, ohne dessen immense Leistung dieser Wandel nicht möglich geworden wäre, und der Dank an die deutschen Politiker (vor allem seien die Namen Kohl und Genscher genannt), die die Chance des friedlichen Wandels, die die Chance der deutschen Einheit für ein geeintes Europa entschlossen genutzt haben, die große Chance zu einem friedlichen Wandel am Ende einer gigantischen Waffenballung.

Leider haben die Parteien in der Folge der Versuchung nicht widerstehen können, den gewonnenen Schatz in parteipolitische Kleinmünzen umzuprägen, so dass zu den unvermeidbaren Irritationen nach dem Zusammenbruch eines Weltsystems und dem Bankrott einer großen Idee, der viele auch in Überzeugung gedient haben — das alles gehört ja zu dem einen Jahr deutsche Einheit hinzu, diese 40 Jahre davor, über die wir noch mit uns ins Reine kommen müssen — so dass zu den unvermeidlichen Irritationen aus Partei-Egoismus noch solche Irritationen hinzugekommen sind, die die Gefahr einer neuen Trennung in der Einheit in sich bergen. Wir sollten uns hier nicht beirren lassen, wir sollten uns unser Selbstbewusstsein bewahren — von uns selbst kritisch hinterfragt und nicht gegen andere gerichtet. Wir sollten unsere Chancen suchen und sehen. Bei allen Irritationen des Moments sollten wir trotzdem den Blick heben, Abstand schaffen zu uns, neben unseren Problemen auch die der anderen sehen, die Probleme von Mitmenschen aus anderen Ländern, weniger reichen, weniger demokratischen, das Geleistete am noch zu Leistenden für unsere eine Welt messen...

Mehr denn je sollte der Einzelne gefragt sein, mit seiner Phantasie und Kreativität, mit seinem Engagement und seiner Fähigkeit zu Toleranz und Solidarität. Demokratie, wie wir sie uns erträumt und erstritten haben, braucht den bewussten Bürger, der nicht nur alle vier Jahre sein Kreuz auf dem Wahlschein macht, und Demokratie braucht das

*Ethos und das Selbstwertgefühl des Politikers, der populisti-
schen Versuchungen zu widerstehen weiß...*

Keine Frage, Dr. Peter Ramm hat nicht nur als Philologe und Kunsthistoriker etwas zu sagen, braucht sich in Merseburg und darüber hinaus auch als Politiker keinesfalls zu verstecken, im Gegenteil.

Bürgermeistergespräche 1989

Katharina Mälzer

Ich gehe am ersten November zum Bürgermeistergespräch ins Rathaus. 19.00 Uhr soll es beginnen, 19.00 Uhr stellt man fest, daß der Raum zu klein ist für die Menschenmassen, die nun runter auf die Straße drängen. Ich murmle: Kirche. Denn für einen Umzug ins HdK (= Haus der Kultur, heute wieder Ständehaus) oder in den Saal der Alu-Folie wäre es zu weit und würde zu lange dauern. Murren wird laut, denn eine Woche habe der Bürgermeister Heinz Wagner Zeit gehabt, sich nach einem geeigneten Raum umzusehen. Man geht dann auf den Vorschlag kirchlicher Chefs ein, in die Stadtkirche umzuziehen. Die wenigen Hundert Meter sind doch ein ganz schönes Stück. Endlich sind alle in der Kirche bis auf den stellvertretenden Parteisekretär, Horst Heyder, der seinen Fuß nicht in Kirchenräume setzen wollte. Der Bürgermeister beginnt seine Rede, langweilig wie gehabt. Er wird ausgepfiffen. Nun wird es sachlicher. Verschiedene Leute reden, bringen Beispiele an, wo man sich selbst widersprochen hatte. Es wird vereinbart, das nächste Mal die Generaldirektoren der verschiedenen Betriebe einzuladen.

Zwei Wochen später findet das 4. Bürgermeistergespräch statt, nunmehr im Dom. Die Generaldirektoren der Betriebe Leuna, Buna, Geiseltal, Alufolie und Papiermühle sind geladen. Der Generaldirektor von Leuna, Jürgen Daßler, benimmt sich relativ gut. Bunas Generaldirektor, Dr. Lisiecki, gibt sich volksverbunden, er duzt die Leute. Lasch spricht er über dies und jenes. „Chlorausbrüche gibt es immer mal", sagt er, als sich ein Anwohner über einen Gasausbruch beschwert, der seine Bäume im Garten beschädigte. (Aussage des Ministeriums damals, der Garten liege an der Straße, und Autoabgase können ähnliche Wirkungen hervorrufen.) Der Generaldirektor tritt ans Mikrophon, nestelt an seinen Mantelknöpfen herum und beginnt: „Ich öffne jetzt meinen Mantel, den ich bisher nur geschlossen hielt, weil es kalt ist. Ich öffne meinen Mantel, damit jeder sehen kann, wer ich bin." Gemurmel im Dom. Der Mantel ist jetzt weit offen. Er reckt die Brust nach vorn, zieht den Mantel weg: „Seht her, wer ich bin", und er zeigt nach links oben zum Kragen, „ich bin Genosse!" Das Gemurmel wird lauter, eine Frau schreit: „Wenn Sie nicht Genosse wären, wären Sie nie Generaldirektor geworden." Sie erntet Gelächter. Mir kommt es hoch. Ich melde mich auch zu Wort, trete an das Mikrophon, spüre einen irrsinnigen Druck in der Brust und stelle die Frage, ob Devisenrentabilität wichtiger sei als die Gesundheit der Menschen. Ich nenne das Beispiel Aldehyd-Produktion, wo man im Quecksilber watet, sage, daß das Produkt Aldehyd, welches exportiert werden soll, stark quecksilberhaltig ist und im *aufwärts*, dem Bunablatt, stehe dann die Überschrift: Forscher arbeiten hart, wenn die Lösung Devisen bringt.

Es werden keine Antworten erwartet, man macht eher seinem Unmut Luft.

Am 5. Dezember erzählt eine Frau von der Leitstelle Carbid vor der Mediengruppe Neues Forum, daß im Carbidofen Nummer 12 Stasiakten verbrannt worden beziehungsweise daß LKW mit Akten zur Patengruppe der sowjetischen Garnison gebracht worden wären. Sie könne Zeugen nennen. Ihr wurde gedroht, falls sie etwas sage, solle sie auf ihren Körper aufpassen. Am nächsten Tag steht die Sache mit den Akten (ohne Drohung) in der Zeitung. Im *aufwärts* wird die Aktenverbrennung dementiert.

Anfang Dezember ist Herr Lisiecki noch im Amt. Wahr sei, daß er den über INTRAK gekauften Lada im Suff zu Klump gefahren habe, nachdem er den Fahrer, der ihn ermahnte, nicht ins Auto zu kotzen, herausgeworfen hatte.

Der Produktionsdirektor muß ins Krankenhaus, ein anderer Betriebsdirektor muß wegen der Wende die Parteischule abbrechen.

Die Chemischen Werke Buna wurden in der zweiten Jahreshälfte 1990 in Buna-AG umbenannt. Karl-Heinz Saalbach, der Stellvertreter von Dietrich Lisiecki, wurde Generaldirektor, nachdem Lisiecki im Januar 1990 verhaftet wurde. (Allerdings war er schnell wieder auf freiem Fuß.)

Der Spiegel interviewte den Vorstandsvorsitzenden der Buna-AG, Karl-Heinz Saalbach.

„Im Bücherregal seines Chefbüros stehen neben ein paar chemischen Lexika drei Bände von Ludwig Erhards ‚Wohlstand für alle'. Im Frühjahr hat Saalbach zehn Exemplare davon angeschafft. Diese Bibel der sozialen Marktwirtschaft verteilt er an Mitarbeiter, die noch etwas Nachhilfe für die neue Zeit brauchen. Er selber studiert derzeit den Quelle-Katalog auf der Suche nach einer neuen Büroeinrichtung."

(Schmidt-Klingenberg, M., Der Spiegel. Hamburg (R. Augstein), Der Spiegel 46/1990)

Wo warst du damals?

Beatrix Haushälter

Wo warst du damals? Eine Frage, die ich meinem Gegenüber nie zufriedenstellend beantworten kann. Egal, wie sehr ich mich auch anstrenge. Denn damals war ich noch Quark, Sternenstaub, nicht existent. Es war eben noch nicht an mich zu denken. Für jemanden, der immer eine Antwort parat haben will und gern das letzte Wort hat, kann das sehr frustrierend sein. Selbst wenn ich Freunde und Familie frage, fühle ich mich selten von deren Geschichten und erzählten Erinnerungen angesprochen. Diese reichen in der Regel von turbulenten Reisegeschichten zur Grenze und der erstmaligen Überquerung dieser bis hin zu lapidaren Aussagen wie „An den Tag an sich kann ich mich gar nicht erinnern." oder „Ich war noch ein Kind. Die Wende habe ich verschlafen."

Und ganz gleich, wie pathetisch erzählt und mit wie viel Euphemismen und Superlativen diese Erzählungen bespickt sind, fühle ich mich in solchen Unterhaltungen oft fremd. Als würde man die ganze Szenerie durch Milchglas beobachten und verzweifelt versuchen, den Blick scharf zu stellen. Und irgendwann gibt man auf, weil die Augen schmerzen. Denn mir fehlt ganz klar der Bezug zu dieser Welt. Aufgewachsen im Warenüberfluss, einem anderen politischen System, weit entfernt von einer Ausbildung als Pionier, fällt es schwer, sich vorzustellen, dass Menschen für Bananen Stunden anstanden und Strumpfhosen nur mit Beziehungen zu kaufen waren. Dinge, die einem heute förmlich hintergeworfen werden.

Aber irgendwelche Gedanken muss ich doch zum 9. November 1989 haben und zu den Geschehnissen jener Tage. Zu den meisten anderen geschichtlichen Ereignissen habe ich schließlich auch eine Meinung. Das war damals in meiner Schulzeit immer notwendig, da der eigene Standpunkt oft Bestandteil von Leistungskontrollen im Geschichtsunterricht gewesen ist. Die Wende wurde meist mit dem Satz „Darüber habt ihr sicher schon viele Geschichten von euren Verwandten gehört." abgetan. Es folgten ein, zwei Anekdoten des Lehrers, und dann ging es weiter im Stoffplan. Doch um ehrlich zu sein, bin ich gedanklich so nah an der Wende wie an der Französischen Revolution. Ob ich nun fünf Jahre oder 200 Jahre zu spät geboren bin, ist da recht egal. Ich kann weder bei dem einen, noch bei dem anderen auf meine eigenen Erfahrungen zurückgreifen.

Aber was wäre, wenn ich dabei gewesen wäre? Wo wäre ich gewesen? Wäre ich direkt vorn dabei gewesen, Grenzposten Bornholmer Straße?

Mein Tag hätte sicher ganz normal angefangen. In Gedanken wäre ich sicher bei den letzten Montagsdemonstrationen gewesen und hätte darüber nachgedacht, wie sich die Stimmung bei den Leuten so entwickelte. So ein leichtes Knistern lag in der Luft. Selbst meine

Schwester, damals 14 Jahre alt und gedanklich meilenweit von revolutionärem Gedankengut entfernt, beschreibt mir ihre Erfahrungen so: „Es lag eine gewisse Spannung in der Luft. Die Demos hatten sich verändert, sind lauter und energischer geworden. Man spürte, dass die Menschen eine Veränderung des Systems verlangten und sich die Lage zuspitzte. Kurz vor dem Überkochen sozusagen. Kurz vor einer Wende. Die Angst, dass das ins Negative kippt, war da. Es hätte auch ein neuer Krieg ausbrechen können."

Eine Vorstellung, die ich nicht zwingend in diesem Alter hätte durchleben wollen. Von der Wende an sich habe sie dann aber kaum etwas mitbekommen.

Ich könnte mir zwar an dieser Stelle die wildesten Abenteuergeschichten in Gedanken ausmalen, wie ich die Zeit um den 9. November 1989 erlebt haben könnte, und jene niederschreiben, aber diese Geschichten wären einfach nicht wahrhaftig und authentisch.

Aus diesem Grund belasse ich es mit meiner Quark-Aussage, wenn mich jemand mit erwartungsvollen Augen fragt: „Wo warst du damals?"

11.11.1989

Philine Eschke-Scheubeck

Am Donnerstag, dem 9. November, ich hatte mich schon bettfertig gemacht, der Fernseher lief noch, hörte ich im Vorbeigehen den Tagesthemenmoderator seltsame Worte sagen. Ich hielt inne, starrte auf die Bilder im Fernseher. Was sagte der da – die Grenze ist offen, viele DDR-Bürger strömen ungehindert nach Westberlin?! Völlig fassungslos und ungläubig verdaute ich diese Nachricht. Mir kamen die Tränen – wenn das stimmen würde, könnten wir mal in die Alpen fahren und ich könnte meine Freundin wiedersehen! Leider hatte ich (wie die meisten) kein Telefon. Ich konnte mit niemandem sprechen. Ich mußte bis morgen warten, ehe ich mit meinen Eltern das Unglaubliche bereden konnte. Am nächsten Tag hatten meine Eltern diese ungeheuerliche Nachricht noch gar nicht vernommen. Welche Diskussionen und Spekulationen löste das aus. Doch ja, im Fernsehen wurde in den Nachrichten und Reportagen die Situation bestätigt. Wir glaubten nicht, daß dieser Zustand der offenen Grenze so bleiben würde. Wir waren fest davon überzeugt, in ein, zwei oder meinetwegen auch sechs Wochen kommen die Russenpanzer, und die Grenze wird wieder dichtgemacht. Und dichter als zuvor. Bestimmt können wir dann nicht mal mehr in die ČSSR reisen, wegen der Botschaftsbesetzung in Prag. Deshalb wollten wir so schnell wie möglich wenigstens für ein paar Stunden den Westen mit eigenen Augen sehen. Da wir keine Westverwandten hatten, waren wir besonders neugierig, wie es wohl im Westen aussehen würde. Alles bunt wie in der Werbung, oder würden die vielen hungernden, arbeitslosen Bettler am Straßenrand herumlungern, wie es die DDR propagierte? Am Sonnabend, dem 11.11., ging es mit dem Trabbi meiner Eltern los. Der kürzeste Weg für uns war der Harz. Wir suchten uns ein Städtchen aus, von dem wir hofften, daß dort nicht so viele hinfuhren. Bad Lauterbach. Allein waren wir natürlich nicht unterwegs. In einer endlosen Kolonne meist stinkender qualmender „Dengdengdeng-deng-Trabbis" schlängelten wir uns durch den Harz. Endlich hatten wir einen Grenzübergang erreicht. Ein paar Grenzer guckten gleichmütig aus ihrem Abseits auf die Szenerie. Wir aber wurden von einer freudig johlenden Wessi-Menschenmenge empfangen. Sie warfen uns Süßigkeiten ins Auto und klopften auf unser Trabbi-Pappendach. (Das gefiel uns nicht so.) Im Ort verteilte sich die Autoschlange. Viele fuhren auch weiter. Uns genügte das kleine Bad Lauterberg. Irgendwer drückte uns unser Begrüßungsgeld in die Hand. Eine Dame nahm uns an die Hand und erklärte, die Einwohner haben sich ausgemacht, jeder schnappt sich eine Familie und führt sie herum. Wir wollten in eine große Kaufhalle, wer weiß, ob wir noch mal in den Westen kommen. Und große Anschaffungen konnte man mit 100 DM ja auch nicht machen. Uns ist auch innerhalb von drei Tagen nicht eingefallen, was man am vernünftigsten kaufen sollte. Der Supermarkt war die richtige Entscheidung. Ein buntes Schlaraffenland, wirklich so, wie wir es in der Werbung gesehen hatten. Wir kauften unsere Lieblingssüßigkeiten, exotisches Obst, und mein Sohn durfte sich ein tolles Spielzeug aussuchen. Wie staunten wir, daß Fleisch nur halb soviel kostete wie in der DDR! Auch die anderen Lebensmittel waren oft sogar billiger als bei uns. Nur Brot und Backwaren kosteten ganz schön viel Geld, fanden wir. Am meisten beeindruckt waren wir aber nicht vom Obststand, das kannten wir ja aus dem Fernsehen, sondern von der – Käsetheke! So was hatten wir noch nie gesehen. Wir durften uns durchkosten und bekamen noch ein schönes Stück Käse geschenkt. Wir bezahlten unseren überquellenden Einkaufswagen und verließen glücklich wie beschenkte kleine Kinder den Supermarkt. Die Frau, die uns begleitete, lud uns nun zum Essen ein. Ob wir deutsch oder ausländisch essen wollten, fragte sie uns. Chinesisch, griechisch oder italienisch. Wir wählten italienisch. Daß eine Pizzeria nichts Besonderes ist, wußten wir damals nicht. Wir fanden es toll. Soo eine Auswahl an verschiedenen Pizza- und Nudelgerichten. Aha, und eine Salatbeilage mußte man extra bestellen. Das mußte ja ein toller Salat sein, mit Tomaten, Grünzeug, Champignons und Geflügelstückchen drin. Da wir nur unsere DDR-Gaststätten-Portionen kannten, bestellten wir jeder einen großen Teller Salat. Unsere Gastgeberin wies uns noch darauf hin, daß wir doch noch etwas anderes essen wollen, aber wir ließen uns von der großen Portion nicht abhalten. Wer weiß, ob wir jemals wieder italienisch essen können. Als der Salatteller kam, fielen uns die Augen raus. Wir rechneten, ausgehend von einem Kompottschälchen Beilage, mit einem Abendbrotteller Salat. Was kam, war ein Berg auf einem übergroßen Teller! Wir waren begeistert. Wir mampften uns durch. Dann kam die Pizza. Wir rechneten mit einem großen Kuchenstück, so wie vom Speckkuchen oder der selbstgebackenen Hackfleischpizza zu Hause. Wieder weit gefehlt. Ein ganzer runder Pizzakuchen für jeden. Wir waren fassungslos. Wir schauten etwas beschämt in die Runde. Was mußten die Leute von uns halten, die mußten doch denken, wir sind gierige Ossis, die zu Hause nichts zu beißen haben. Die Dame beruhigte uns und meinte, man könne die Reste ja einpacken. Na, das fanden wir erst peinlich. Wir sind doch keine Bettler. Jetzt kam auch der für uns DDRlinge ungewohnt freundliche Kellner zu uns. Er zeigte in die Runde und versicherte uns, es sei im Westen völlig normal, daß man die Reste mit nach Hause nimmt. Dafür gibt es sogar extra Behältnisse. Das fanden wir toll. Nach dem Restaurantbesuch besuchten wir noch die Wohnung der Frau. War die Stube groß, beinahe so groß wie meine gesamte Wohnung in Halle-Neustadt. Dafür schien die Frau kein Geld für Möbel zu haben, jedenfalls war die Stube nur spärlich möbliert; oder war das hier modern so? Wir tranken noch ein Sektchen, dann machten wir uns auf zur Heimreise. Beschwingt und aufgedreht von unseren neuen Erfahrungen fuhren wir wieder durch die Harzwälder Richtung Osten. Daß wir wieder in der Heimat waren, bemerkten wir auf den ersten Blick: die Landstraße wurde schlagartig dunkel. Die eben noch leuchtenden Mittelstreifen und Randmarkierungen fehlten nun. Ja, jetzt sind wir wieder in der DDR. Es wurde Ostern – die Grenzen waren immer noch offen. Wir trauten dem Frieden immer noch nicht und fuhren in die noch halbwegs verschneiten Alpen. Den höchsten Berg Deutschlands, die Zugspitze, wollten wir wenigstens noch sehen, ehe die Grenzen vielleicht doch wieder dichtgemacht werden. Wir fuhren mit der Bergbahn bis hoch. Man sah sofort, daß wir Ossis waren – wir hatten ganz andere Klamotten an als die anderen. Oben angekommen, hatten wir einen herrlichen Blick; angeblich bis Tirol – Italien. Italien – Sehnsuchtsland Italien. Wir hatten Glück – die Grenze war immer noch offen. Im nächsten Sommer verbrachten wir unseren Sommerurlaub im sonnigen Süden, wo im Sommer immer richtig Sommer ist und das Meer warm! Wir hatten weiterhin Glück – die Grenzen blieben offen. Wir bestaunten die Pyramiden in Ägypten und ich konnte mir meinen Kindheitstraum verwirklichen – ich besuchte Machu-Picchu, die berühmte Inkastadt in Peru.

Es mag albern klingen, aber dafür hat sich die Wende für mich gelohnt.

Wendezeiten I

Tilo Buschendorf

Ich bin ein Ostkind. Ein Kind der DDR. Ich werde in eine Zeit hineingeboren, in der im Osten Deutschlands die Menschen wieder einer Partei nachtaumeln, die sich führende Kraft nennt. Sie glauben wieder den schönen Sprüchen vom Wohlstand für alle und dass nun alles besser werden solle. Nur, es wird nicht der rechten Arm ausgestreckt, sondern die Faust geballt. Arbeiter und Bauern an die Macht, lautet nun die Parole. Knapp 40 Jahre später ist nichts mehr davon übrig.

Mein Leben in der DDR ist wohlbehütet und gut. Ich habe einen sicheren Arbeitsplatz, ein Dach über dem Kopf und einen Trabbi vor der Tür. Einige Quadratmeter Schrebergarten sind meine kleine Oase und sichern mir und meiner Familie frisches Obst und Gemüse. Selbstgemachte Marmelade ist immer im Haus. Kaffee auch. Nicht nur am Wochenende.

Einmal, es war kurz vor Weihnachten, geht das Gerücht um, es gäbe Apfelsinen in einem kleinen Lebensmittelgeschäft am Markt. Bin sofort hin. Als ich ankomme, steht eine Menschenschlange drei Meter vor der Ladentür. Drinnen ist auch alles voll. Immer, wenn

Leute rauskommen, darf die gleiche Anzahl rein. Nach zwei Stunden habe ich meine zwei Kilo Apfelsinen, mehr gab es nicht pro Haushalt, erstanden. Ein Kilo Rosenkohl habe ich gleich mitgekauft. Der wächst nicht so gut in meinem Garten. Zweimal im Jahr fahren wir in den Urlaub. Im Sommer steht uns, dank einstiger Arbeitskollegen, eine kleine spartanisch eingerichtete Ferienwohnung an der Ostsee zur Verfügung. Natürlich Selbstverpflegung! Bis zum Strand sind es elf Kilometer. Mit dem Trabbi ist das kein Problem. Hin und wieder bekommen meine Bekannten ein seifig duftendes Päckchen von drüben. Westpaket, sagt man lapidar. Mit Schokolade, Jacobs Kaffee und Strumpfhosen. Manchmal geben sie uns davon etwas ab. Wir haben also, was man zum Leben in der DDR braucht. Außer Westverwandtschaft. Die haben wir zu meinem Ärger nicht. Aber sonst geht es uns gut.

Am 9. November 1989 geht wieder ein Gerücht um. DDR-Bürger dürften in den Westen reisen, hätte einer im Fernsehen gesagt. Habe zu Hause gleich die Glotze eingeschaltet. Eine Pressekonferenz wird übertragen: Herr Schabowski verkündet im Nebensatz die Grenzöffnung. Ich stehe vor der Kiste wie zur Salzsäule erstarrt. Bin danach erst einmal zu meiner Frau, die in einem kleinen Laden gleich um die Ecke arbeitet, um ihr die Botschaft zu überbringen. Die hat eine Schwester in einem Vorort von Berlin und wusste schon Bescheid. Ich solle schon mal zur Polizeidienststelle gehen und die Ausweise für den Grenzübertritt stempeln lassen, sagt sie. Als ich dort ankomme, steht eine Menschenschlange vor der Tür. Die Freude ist allen anzusehen. Es wird gelacht, gescherzt und diskutiert. Es ist wie beim Apfelsinenkauf: Kommt einer raus, darf der nächste rein. Die Rauskommer heben dann jedes Mal jubelnd ihren Ausweis hoch, und alle jubeln mit. Nur schleppend geht es vorwärts. Viele haben die Ausweise von Verwandten und Bekannten dabei. Als ich endlich mit meinen gestempelten Ausweisen das muffige Büro verlasse und draußen vor der Tür stehe, ist es schon dunkel. Zu Hause läuft der Fernseher. Immer wieder der gleiche Film. Meine Frau hat schon ein paar Sachen zusammengepackt, und der Trabbi ist abfahrbereit. Keine Stunde später sind wir auf dem Weg nach Berlin. Auf der Autobahn herrscht reger Verkehr. Dicht an dicht rollen die Autos gen Norden. Je näher wir Berlin kommen, um so dichter wird der Verkehr. Auf dem Berliner Ring wird es knüppeldick. Nur langsam kommen wir voran. Problemlos kommen wir nach über drei Stunden an. Der Trabbi hat Gott sei Dank durchgehalten. Die Verwandten erwarten uns schon sehnsüchtig. Auch hier läuft der Fernseher im Dauereinsatz. Diesmal sind aber andere Bilder zu sehen. Ein Westsender zeigt jubelnde und glückliche Menschen, die über die Grenzübergangsstelle Bornholmer Straße nach Westberlin strömen. Viele haben Tränen in den Augen vor Freude. Wir stoßen mit einem Glas Sekt an und erfreuen uns an den Fernsehbildern. Kaum, dass wir den nächsten Tag erwarten können.

Endlich ist es Morgen. Nach dem Frühstück machen wir uns auf den Weg in den Westen. Die S-Bahn ist das Verkehrsmittel der Wahl. „Mit dem Auto kommen wir nicht durch", sagt der Schwager. Grenzübergang Sonnenallee sei günstig. Der sei noch nicht so überlaufen. Es ist schon gegen 9.00 Uhr, als wir am

Grenzübergang in der Sonnenallee ankommen. Der Strom Menschen macht es unmöglich, einen anderen Weg zu gehen. Autos kommen nicht mehr vorwärts, und die Ausweise werden kaum noch kontrolliert. Von wegen nicht so überlaufen. Das ist ein Fall von denkste. Es geht nur schleppend weiter. Endlich sind wir vorn. Mein Schwager bleibt stehen und nestelt umständlich sein Taschentuch hervor. Dann macht er einen großen Schritt über die Linie auf der Straße und atmet tief und hörbar aus. „Ick habe erlebt, wie die Mauer jebaut wurde", sagt er und wischt sich die Tränen aus den Augen. „Nie habe ick jedacht, dass ick deren Sturz noch erleben darf." Vielen um uns herum geht es ebenso. Immer wieder sieht man Freudentränen auf den Gesichtern. Noch ein tiefer Seufzer, und dann schreiten wir in eine neue, unbekannte Welt.

Wechselstube – Begrüßungsgeld. Mehrere Stunden stehen wir im dichten Gedränge. Es wird bedrohlich eng. Ein Polizist muss für Ordnung sorgen, weiß aber nicht wie. Sicher hat er keine Ahnung mit Schlange stehenden DDR-Menschen. Endlich holt er ein rot-weißes Absperrband und leitet die ungeduldig Wartenden in geordnete Bahnen. Langsam bekomme ich Hunger. Ein LKW hält neben den Menschen. „Sarotti", steht in großen bunten Buchstaben an der Ladepritsche. Ein als „Sarottimohr" Verkleideter verteilt Schokolade der gleichnamigen Firma. Viele strömen sofort hin. Manche wollen gar die Ladepritsche erklimmen. Jetzt wirft er nur noch die Schokolade wahllos in die Menge. Die Menschen kreischen, und genervt fährt der LKW davon. Eine Tafel konnte ich, dank meiner Fangkünste, ergattern. Das stillt erstmal den ersten Hunger. Der

Preis dafür ist ein Riss an der Ärmelnaht meines Mantels.

Nach drei Stunden halte ich das Begrüßungsgeld in meinen Händen. Die fünfzig Mark, die jeder erhält, sind ein kleiner Schatz für uns. Aber was stellen wir damit an? Unsere Verwandten steuern direkt den nächsten Laden an. Wir werden sie erst heute Abend wiedersehen. Meine Frau und ich schlendern weiter die überfüllte Sonnenallee hinauf. Sehen hierhin und dorthin und kommen aus dem Staunen nicht heraus. Zwischendurch essen wir eine Currywurst und kaufen bei einem türkischen Ladenbesitzer exotisches Obst, das es bei uns noch nicht gibt, für den morgigen Sonntag. Irgendwann geht es wieder Richtung Osten über die offene Grenze. Ein einzelner Grenzposten steht abseits und beobachtet das Treiben. Ausweiskontrolle – Fehlanzeige! Noch am selben Abend fahren wir wieder nach Hause. Wieder rollen massenhaft Trabbis, Wartburgs und Co. über die Autobahn. Trotzdem, ich bin irgendwie erleichtert. In Niemegk müssen wir tanken. An den Zapfsäulen geht es eng zu. Wir genehmigen uns jeder einen „Ballisto" aus dem türkischen Laden und fahren dann entspannt weiter.

Ein Wendepunkt für mich und viele andere.

Jetzt begannen sich die Menschen die Freiheiten herauszunehmen, die man ihnen vorenthalten hatte.

Berlin, Öffnung der Mauer am Potsdamer Platz

Katharina Mälzer

9. November: die Grenzen werden geöffnet. Nur noch das eine Thema, man kann reisen! Wir bedauern, daß wir eine Faschingsfete hinein in den 11.11. organisiert haben, sonst wären wir jetzt in Berlin dabei.

Am 10. November denken wir, es sei gut, wenn wir uns einen Visumsstempel holen. Aber andere dachten genauso. Von der Polizeistelle in der Friedrich-Engels-Straße, die ihre Öffnungszeiten erweitert hatte, geht eine dicke Menschenschlange bis hoch zum Herrenausstatter in der Ernst-Thälmann-Straße, heutige König-Heinrich-Straße. In Merseburg kostet das Visum 15 Mark, woanders nichts. Wir stellen uns nicht an. Es ist sowieso seltsam, ein Visum zum Ausreisen zu benötigen, normal braucht man es zum Einreisen in andere Staaten. Aber was war schon normal!

Niemand hatte durchgefeiert bis 11.11 Uhr. Es wird diskutiert. Gegen Abend kommen Freunde, die eigentlich mit uns feiern wollten. 24 Stunden zu spät. Aber da sie aus Eisenach kamen, konnten sie bei der Nachricht vom 9.11. nicht widerstehen und wählten ihre Tour nach Merseburg über Hessen. Jeder, auch die Kinder, erhielt dort 100 D-Mark pro Kopf. Wir hocken uns gemeinsam vor den Fernseher, nie waren die Nachrichten aufregender gewesen. Morgen soll die Mauer am Potsdamer Platz geöffnet werden. „Macht, was ihr wollt, ich muß dahin", ruft unser Freund. Ab ins Bett, drei Uhr wird geweckt, halb fünf geht es los, scheiß aufs Visum, keine Zeit. Auf der Autobahn geht es zügig voran, ab dem P+R-Parkplatz herrscht der Wahnsinn. Die Parkplätze sind überfüllt, Wiesen zugeparkt, sogar die rechte Autobahnfahrspur. Wir fahren weiter bis zur Leipziger Straße. Als wir dort parken, ist es acht Uhr. Vor dem Checkpoint Charlie werden alle aussortiert in die Gruppe mit und die ohne Visum. Ganz unbürokratisch geben wir bündelweise die Personalausweise in einen Bauwagen. Nach einigen Minuten bekommen wir sie wieder mit Visumsstempel und einem Hinweiszettel, einen Paß zu beantragen. Die Grenzer fühlen sich immer noch an die Gesetze der DDR gebunden und informieren uns über die Möglichkeit des Geldtausches von 15 Mark eins zu eins. Überrascht machen wir das natürlich. Wir brauchen dafür eine dreiviertel Stunde. Die Mädchen, die das Geld tauschen, schieben sich währenddessen ihr Frühstück in den Mund. Bei dem Andrang leisten sie sich keine Pause.

Der Weg über die Grenze! Es ist schon eigenartig, man fühlt nichts Besonderes, der Grenzübergang wirkt fast lächerlich. Die Posten gucken beiläufig in die Ausweise, wobei jeder der Beteiligten weiß, daß das wurscht ist! Drüben treffen wir unsere Freunde wieder, die wegen ihrer „Fetenanfahrt“ schon über ein Visum verfügten. Wir gehen an der Mauer entlang zum Potsdamer Platz. Unterwegs sehen wir ein abgewracktes Auto mit Schornstein und der Aufschrift „Karl der Einsiedler“ und dessen Bemühungen, Heizungskostenzuschuß zu bekommen, mit dem Problem, nicht zu wissen, wo er zu beantragen sei. Die Leute sitzen rittlings auf der Mauer. Ich sehe ein Mädchen mit langer, rotblonder Mähne und mit Minirock. Und das bei Minusgraden! Ein anderes Mädchen, auch verrückt angezogen, so etwas faschingsähnlich, hat häßliche Beine und einen seltsamen Gang. Bei näherem Hinsehen bemerke ich, beides sind Kerle!

Am Potsdamer Platz sind einige Segmente der Mauer herausgenommen. Wir sind inmitten von Westlern. Plötzliche Rufe, herzlich willkommen und ähnliches. Die Kundgebung, zu der der Regierende Bürgermeister Momper anwesend war, ist vorbei, die ersten DDR-Leute kommen. Wir drängeln uns durch, halten uns an den Händen, um uns nicht zu verlieren. Da spricht uns eine Frau an, behängt mit Fotoapparaten. Ob wir aus der DDR sind und Zeit hätten für ein Interview. Und sie schiebt die Begründung nach, wir würden uns anbieten wegen der Kinder! Ja, zwei Paare, vier Kinder! Die Frau drückt uns die Technik in die Hand, wir sollten warten, sie hole nur den Reporter Don Farmer und den Kameramann, einen riesigen Neger! Kurz denke ich, ja, die müssen immer die Arbeit machen; aber bei diesem Zweimetermann liegt die Kamera gut auf der

Schulter. In der Zwischenzeit spricht unseren Freund ein Mann an, gibt jeder Familie 20 D-Mark und seine Visitenkarte: Prof. Peter Zahn. Falls uns kalt, wir müde oder hungrig wären, sollten wir ihn zu Hause besuchen. Er kramt noch nach Kleingeld, damit wir erst noch telefonieren könnten.

Die Frau kommt zurück, sie sei Deutsche, wohne jetzt in den USA und fungiere als Dolmetscher für den CNN aus Atlanta, Bundesstaat Georgia. Die beiden Amis sprechen kein Deutsch. Wir unterhalten uns kurz, gehen dann zur Mauer, werden vom SFB angesprochen zwecks Interviews, ein Berliner bietet uns an, uns zur Bank zu fahren, damit wir unser Begrüßungsgeld abholen könnten. Unsere Männer hacken an der Mauer, sie haben extra Rucksack und Werkzeug mitgenommen. Echte Wertarbeit, nur schwer läßt sich die Mauer zerkleinern. Es ist hundekalt. Wir werden von der CNN-Frau gefragt, wo wir hinwollen: Ku'damm oder Gedächtniskirche, wo heute Bundespräsident Weizsäcker sprechen soll. Sie, Hanne-Marie, Maklerin in Georgia, ruft Taxis. Wir steigen in einen Mercedes, den Amis überlassen wir das Ostauto, einen Wolga mit Ostberliner Kennzeichen. Unterwegs sehen wir sogar ein Taxi mit Karl-Marx-Städter Nummer. So schnell haben die Taxifahrer es verstanden, wie einfach man Westgeld verdienen kann. Als ich die Gedächtniskirche erblicke, erschließt sich mir der Begriff *Hohler Zahn*, den meine Mutti über ihre Zeit in Berlin Mitte der vierziger Jahre verwendete. Auf dem Platz davor steht in Form eines Kofferradios der Sendewagen von Radio Hundert,6, einem der ersten beiden privaten Hörfunksender in Berlin. Von einem LKW aus wird Schokolade und Kaffee verteilt, die Amis wollen gern filmen, wie wir danach springen. Unsere Jungs erhaschen je ein Päckchen. Es ist ein Wahnsinnsandrang. Wir gehen ins Europa-Center. Dort bietet man als Angebot des Tages Frühstück pro Person für 16 DM an, man kann essen, bis man platzt. Wir warten eine halbe Stunde, bis Plätze frei werden. Es gibt Müsli, Fruchtsalate, Wurst, Schinken, Käse, allerlei ofenfrische Brötchen, heiße Schokolade mit Sahne, Kaffee. Wir essen, dann werden wir interviewt. Stellenweise merkt man an der Fragestellung, daß unsere Interviewer sich mit den Gepflogenheiten in der DDR nicht auskennen. Wir werden mehr wie Eingeborene behandelt, die von der großen Welt keine Ahnung haben. Zum Beispiel: Es gibt die staatliche Versicherung. Ob ich mir vorstellen oder wünschen würde, mir selbst eine Versicherungsgesellschaft auszuwählen. Ich antworte, das wäre mir egal, wo ich mich versichere. Es gäbe andere Dinge, bei denen ich lieber entscheiden und wählen wollte! Aber es wird nicht weiter nachgehakt.

Nudeldick gehen wir. Im Treppenaufgang ist eine Kombination aus Glasgefäßen als Schmuck aufgehängt. Irgendwie denke ich an eine Destille, eine gelblich grüne Flüssigkeit treibt in den Glaskörpern ihr Unwesen. Wir können nicht verweilen. Erst viel später werde ich wissen, daß das die Uhr der fließenden Zeit ist. Wir Frauen müssen uns jetzt vor ein Schaufenster stellen und staunen. Die Schuhe kosten so ab 300 DM aufwärts, wobei ich auf kein einziges Paar scharf gewesen bin. Wir kaspern mächtig herum. Eigentlich wollte man uns, zurück auf der Straße, beim Einkaufen filmen. KDW, denken wir, darauf hätten wir Lust. Das Kaufhaus des Westens ist aber an dem Tag, einem Sonntag, geschlossen. Der einzige größere Laden, der geöffnet hat, ist Woolworth. Es sind jedoch mehr Leute als Waren darin, daher schießen unsere Amis noch einige Fotos, und wir verabschieden uns.

Wir holen uns das Begrüßungsgeld. Es ist kalt. Wir laufen durch kleinere Straßen, schauen in die Schaufenster: Wahnsinnspreise. Berlin sieht hier vergammelt aus. Alte Häuser, ab und an guckt eine Ziegelmauer unter dem Putz hervor. Man hat das Gefühl, in der DDR zu sein. Wir suchen nach der Straße, die auf der Visitenkarte stand. Es ist ein sehr schönes, altes, mehrgeschossiges Mietshaus mit reich dekorierter Fassade, ich ärgere mich, daß ich mich mit Baustilen nicht auskenne. Wir gehen die mit rotem Läufer bespannte Treppe hinauf, Professor Zahn kommt uns entgegen. Eine Riesenwohnung mit Stuckdecken, spärlich möbliert, was Großzügigkeit ausstrahlt. Der Mann stammt aus München, hat eine Professur im Bibliothekswesen in Berlin. Unsere kleineren Kinder spielen im Nachbarzimmer: ein Traum! Ein Schreibtisch, eine Art hölzerne, mit Schnitzereien verzierte Wendeltreppenleiter und … Bücher über Bücher, in Regalen bis hoch zur Decke. Wir trinken Wein, eine andere Familie ist noch zu Besuch. Herr Zahn interessiert sich stark für das Leben in der DDR.

Es ist gegen Abend, als wir mit dem Doppeldeckerbus, kostenlos mit DDR-Ausweis, was uns etwas peinlich ist, zum Brandenburger Tor fahren. Der Straßenname „17. Juni" ist mit „Straße des 9. November" überklebt. Das ZDF hat sich vorm Brandenburger Tor breitgemacht. Wir und auch die Reporter hoffen, es werde vielleicht heute geöffnet. (Aber dafür müssen wir bis zwei Tage vor Heiligabend noch warten!) DDR-

Offiziere unterhalten sich, auf der Mauer hockend, mit ihren „Kollegen" vom Bundesgrenzschutz. Ein Jugendlicher rennt plötzlich los, springt, versucht, auf die Mauer zu klettern. Er wird an den Beinen wieder heruntergezerrt und hinter die Absperrung geschickt.

Immer an der Mauer entlang, es ist jetzt dunkel, verlassen wir Westberlin am Potsdamer Platz. Wir holen die Autos und fahren am Checkpoint Charlie wieder nach Westberlin. Der Grenzpolizist fragt: „Hand aufs Herz, wieviel Geld haben Sie mit?"

Wir zählen unser Ostgeld, nennen den Betrag. Der Polizist lächelt, da fällt bei mir der Groschen.

„Millionen haben wir nicht mit", sage ich.

Er: „Es reichen ja schon tausend."

„Ist mir zu schade, eins zu zehn."

Der Polizist meint: „Es gibt genügend Leute, die es so tauschen würden!"

Auf der AVUS dann, den Grunewald entlang, fallen uns die entsprechenden Musiktitel der Neuen Deutschen Welle ein „… durch den Grunewald zum Badestrande, wir beide radeln Hand in Hand …"

Am Grenzübergang Dreilinden warten wir eine dreiviertel Stunde. Aber der Weg über Westberlin ist viel kürzer, als wie wir früher fahren mußten. Müde, aber glücklich und voller Zuversicht geht es nach Hause.

Begrüßungsgeld

Heidrun Kligge

Die Mauer war offen, und somit ruderten wir durch unsere gesellschaftliche Inflation in die Wirtschaft der „unbegrenzten" Möglichkeiten.

Unsere altbewährte Mark, der belächelte Alu-Chip, hatte ausgedient.

Jeder konnte mit seinem Ausweis in die Bundesrepublik reisen und sich aus diesem Anlass das sogenannte Begrüßungsgeld – pro Ostbürger, Erwachsene als auch Kinder, 100 DM – abholen.

Lange schoben wir dies vor uns her.

Dort hingehen und wie Bettler danke sagen. Ich fühlte mich unwohl bei dem Gedanken.

Da trafen doch Welten aufeinander. Was büßten wir denn ein durch die Entwertung unseres Geldes, wer von denen drüben ahnte denn eigentlich, was da in uns vor sich ging. Sie fühlten sich wie unsere Befreier, dabei trampelten sie uns alles nieder, ohne es zu begreifen!

Wehmütig ging ich jeden Tag in unseren Betrieb und verfolgte, wie die Reihen sich lichteten. Entlassungen ohne Ende. Die verzweifelten Versuche von Demonstrationen vermochten doch daran nichts zu ändern. Unsere Wirtschaft stand vor dem Untergang, was sollte da so ein Trostpflaster von 100 DM nützen.

Das Jahr ging dem Ende zu, und der Weihnachtstrubel war in vollem Gange. Schließlich rafften wir uns auf. „Springt über euren Schatten, der Kinder zuliebe!", überredete uns mein Schwager, und so fuhren wir an einem Montagfrüh mit unserem Skoda nach Schönefeld. Denn alleine hatte eigentlich keiner so richtig Schneid.

Seufzend reihten wir uns, in Schönefeld angekommen, in eine Warteschlange, nachdem es uns endlich gelungen war, einen Parkplatz zu ergattern. Bald merkten wir, es war alles bis ins Kleinste geplant und organisiert. Die Wartenden wurden abgezählt und mit Bussen über die Grenze gefahren.

Dicht gedrängt dümpelten wir dann endlich in die Rudower Chaussee. Der Bus hielt. „Alle aussteigen und dann den Pfeilen nach!" Der Fahrer mahnte uns unfreundlich zur Eile. Auf den Pfeilen stand „Begrüßungsgeld hier entlang". Wir mussten durch eine Unterführung. Dann folgten wir den Hinweisen und gelangten in ein altes Backsteingebäude.

Unsere Kinder jammerten schon, wie weit wir wohl noch müssten. Schließlich standen wir wieder Schlange in einer alten Schreibstube. Mürrisch fuhr uns die Frau am Schalter an:

„Kinder?" Sie sah uns nicht mal an, sonst hätte sie gesehen, dass wir jeder ein Kind an der Hand hielten. Erst als wir den Eintrag in unseren Ausweisen zeigten und die Kinder hochhoben, murmelte sie etwas vor sich hin und schob uns die Scheine herüber.

Nun standen wir in einer wildfremden Stadt. Eine Kleinigkeit für jeden wollten wir schon holen, und Kaufhäuser gab es hier genug. Schließlich war ja auch alles eiskalt kalkuliert, das Geld wurde uns ja nicht geschenkt! Wir sollten es ja gleich wieder ausgeben und somit da lassen, wo es war!!

Sie hatten sicher Jahrhundertumsätze und Restabkäufe wie noch nie! Während wir noch suchend die Namen der Kaufhäuser studierten, Horten, Hertie, Karstadt ..., zogen uns die Kinder gleich in das erste hinein. Sie wollten nicht mehr weiterlaufen, und wir mussten ja auch noch mit dem Bus zurück.

In dem Kaufhaus sahen wir zunächst nur Licht. Soviel Weihnachtsbeleuchtung, Tausende von Lampen – da war unser Palast ja ein Waisenknabe dagegen, trotz des Spitznamens „Honeckers Lampenladen"!

Wir sagten den Kindern, jeder dürfe sich etwas aussuchen. Sylvia, unsere Kleine, zog sich ängstlich an mir hoch und fragte: „Wann fahren wir nach Hause?"

Schließlich suchte ich ihr ein Wassermobil aus, ein Äffchen auf einer Schaukel, welches lustige Überschläge machte, wenn man einen Knopf drückte. Carmen, unsere Ältere, zeigte mir stolz ein Modellauto, das hatte sie sich inzwischen mit ihrem Vater ausgesucht. Ich sah sie ungläubig an. „Papa sammelt die doch!", verkündete sie mir gekränkt. „Na und für dich?" „Ich will nichts!" Unruhig schob sie sich zu Sylvi.

„Wir fahren gleich!"

Ratlos sah ich zu meinem Mann, er winkte uns zum Aquarienzubehör.

„Schaut mal, das gesunkene Schiff, für unser Aquarium – wäre das nicht was? So etwas habe ich bei uns noch nie gesehen." Wir nickten. Er trug die neue Errungenschaft ganz vorsichtig. Ich wollte noch in den Lebensmittelmarkt, etwas Obst holen.

Auf der Rolltreppe hörte ich, wie sich Einheimische über uns dumme Ossis köstlich amüsierten. „Hast du die gesehen, wie die das Obst angrapschen und staunen, die kennen wirklich nur Äpfel und Möhren."

Plötzlich fühlte ich mich beobachtet, überall unangenehme Blicke. Ich ging schnell an all dem mir unbekannten Obst und Gemüse vorüber und kaufte ein paar Bananen und Apfelsinen.

Auf dem Heimweg stellten wir fest, dass wir nicht viel gekauft hatten. Wir waren wohl dem Ladenhüterabkauf, so wie die Wessis es geplant hatten, nicht so auf den Leim gegangen.

Die Kinder wollten nichts. Das Modellauto steht heute noch in Vaters Sammlung, und das gesunkene Schiff, welches mein Mann auf den ersten Blick so toll fand, hielt er zu Hause für fürchterlichen Kitsch, und es hat bei uns nie ein Aquarium von innen gesehen.

Das Begrüßungsgeld

Regina Oversberg

Vor ihnen kroch eine zweispurige Schlange aus roten
Rücklichtern langsam in Richtung Osten, in Richtung
Noch-DDR, mit dem Ziel Merseburg, an diesem Sonnabend im Dezember 1989. Zum einen war es ein wirklich faszinierendes Bild, das sich ihnen bot, zum anderen
war es für Mensch und Auto eine völlig neue Herausforderung. Dabei hatte es Karl besonders klug anstellen
wollen und gewartet. Er würde schon noch zu dem ihm
zustehenden Begrüßungsgeld kommen, denn hundert
Westmark, die ließ man nicht liegen, die holte man sich.
Das Ergebnis war, dass sich die gesamte DDR in einem
nicht enden wollenden Zug in den Westen aufmachte.
Karl hatte sich deshalb Zeit genommen, um dann erst
kurz vor dem Weihnachtsfest, an einem kalten schnee-
freien Wintertag seinen Trabbi voll zu tanken und mit
Frau und Tochter in Richtung Bayreuth zu fahren. Es
war schon ein seltsames Gefühl, über diese innerdeut-
sche Grenze zu rollen, ohne sich in irgendeiner Art und
Weise ausweisen zu müssen. Auch die lang gezogene
Waldschneise entlang der Grenze beeindruckte die drei.
„Jetzt sind wir im Westen", erklärte Karl seiner Familie

feierlich, und alle beobachteten nun besonders aufmerksam die Landschaft, die sie durchfuhren und die sich doch so wenig von der bisherigen unterschied. Lediglich die kleinen Bauerngehöfte, die zerstreut im Umkreis lagen, waren der eindeutige Indiz dafür, dass sie sich im anderen Teil Deutschlands befanden. Langsam näherten sie sich Bayreuth, und im gleichen Maße, wie die Entfernung zu ihrem Ziel abnahm, wuchs die Autokolonne aus Trabbis und Wartburgs, die auf das gemeinsame Ziel zurollte. Ruth, Karls Frau, sah fragend ihren Mann an: „Hast du nicht gesagt, dass der große Ansturm bereits vorbei sei?“ Karl zuckte darauf nur ratlos mit den Schultern. Schließlich hatten sie die Stadt erreicht. Die Suche nach einem Parkplatz in dieser fremden Stadt fiel recht einfach aus, weil sie nur der einströmenden Karawane folgen mussten. Auch den Weg zum heiß begehrten Begrüßungsgeld fanden sie auf die gleiche Art und Weise. Dabei erfuhren sie, dass an alle DDR-Bürger nochmals ein Betrag von 40 D-Mark ausgezahlt wurde. Nun kannten sie die Erklärung für die erneute Masseninvasion der DDR-Bürger. Es dauerte seine Zeit, bis Karl und seine Familie die insgesamt 300 Westmark in der Hand halten konnten. Nach einem kurzen Bummel durch das Zentrum Bayreuths stürmten sie zu guter Letzt die Warenhäuser der Stadt, wobei Karl nicht vorhatte, etwas von seinen 100 Westmark auszugeben. Aber Ruth und ihre Tochter stürzten sich in die bis dahin ihnen unbekannte Fülle aus Waren und Angeboten, wobei sie in Anbetracht der begrenzten Mittel immer als erstes auf den Preis sahen. Doch ihre Geduld und Ausdauer zahlte sich schließlich aus. Ruth erstand eine Thermohose, edel glänzend und wärmend, während sich die Tochter mit einem Wollschal und einer Tafel Vollmilchschokolade begnügte. Sie war wohl zu sehr die Tochter ihres Vaters, um mehr Geld an diesem Tag ausgeben zu wollen. Schließlich, in den frühen Nachmittagsstunden, machten sich die drei wieder auf den Heimweg. Doch sie waren nicht die einzigen, die möglichst frühzeitig die Stadt wieder verlassen wollten, um dem großen Pulk auf der Heimreise zu entgehen. Gleichwohl, es wälzte sich bereits wieder eine Schlange aus Fahrzeugen durch die Stadt, diesmal in Richtung Autobahn, um dort endgültig in einen Stau überzugehen. Langsam, sehr langsam zuckelte die Kolonne vorwärts, um immer wieder für einen Moment ins Stocken zu geraten. Das kostete Benzin, zu viel Benzin, so dass einigen Autos der Sprit schließlich ausging. Nun war gut beraten, wer einen Ersatzkanister mit dem besonderen Kraftstoff-Gemisch für Trabbis mit sich führte. Andere mussten ihr Fahrzeug auf dem Seitenstreifen parken und mit leerem Kanister zur nächsten Tankstelle wandern. Karl blieb das erspart, doch er sah mit viel Mitgefühl auf die armen Männer, die mehrere Kilometer zurücklegen mussten, und genauso viele zurück, doch dann unter erschwerten Bedingungen. Langsam legte sich Dunkelheit auf das Land und ließ dadurch das Band aus Rücklichtern noch großartiger erscheinen. „Sieht das nicht voll romantisch aus?", meinte schließlich Ruth, worauf die Tochter genervt antwortete: „Also, für einen Schal und eine Tafel Schokolade ist mir das fast schon zu viel Romantik. Ich mache zehn Kreuze, wenn wir endlich zu Hause ankommen. Hoffentlich noch vor Mitternacht!"

Ihre Hoffnung sollte sich nicht erfüllen, doch das gleichmäßige Getucker des Zweizylindermotors schenkte ihr zumindest einen tiefen und traumlosen Schlaf. Karl hatte nicht so viel Glück. Er musste die gesamte Zeit konzentriert die Vorgänge auf der Straße im Auge behalten und ständig anfahren, bremsen und halten und wieder anfahren, bremsen und halten. Doch die 100 Westmark in seinem Portemonnaie trösteten ihn ausreichend über diese Strapazen hinweg.

Auszug aus einem Brief an die Westcousine und deren Mann, geschrieben am 30. November 1989

Katharina Mälzer

… Bei uns geht derzeit alles drunter und drüber. Zuerst war man deprimiert, daß viele Freunde weggegangen sind und was die herrschende Schicht bei uns für Privilegien hat(te). Dann kam etwas Optimismus, daß sich alles ändern muß, herrliche Reden wurden geschwungen. Und jetzt? Jetzt merkt man, wie man erneut von Partei (natürlich SED) und Staatsführung „vereinnahmt" wird, wie die im unteren Niveau abgesetzten Genossen einfach auf 's höhere Niveau „fallen". Jetzt der von Schriftstellern verfaßte Aufruf, der zur Unterschriftenaktion wird, indem man die „sozialistische Alternative" zum Kapitalismus hier aufbauen will, um sich nicht vom Kapitalismus „vereinnahmen“ zu lassen. Ja, das ist schon wieder Irreführung. Was ist denn Sozialismus? Angeblich ist die Theorie gut. Aber bei dem Begriff „sozialistische Persönlichkeit“ stimmt ja schon die Theorie nicht, weil man vergessen hat, daß der Mensch charakterliche Schwächen hat, die berücksichtigt sein müssen.

Ich hoffe, ich langweile Euch nicht. M., das Gespräch habe ich nicht vergessen, von wegen anderer Mentalität der DDR-Bürger. Uns fehlt echt das Selbstvertrauen, uns fehlt hier ’ne echte Opposition. Da haben ’s die Tschechen einfacher.

Wir waren jetzt mehrfach „drüben“, haben also die Reisefreiheit (2. Banane zum Mundstopfen) genutzt. Berlin, Nürnberg, Simmern. Haben Kontakte geknüpft, uns auch in Simmern ’nen Betrieb angeguckt, um zu sehen, wie ’s funktionieren kann.

Ich sehe keinen Ausweg aus der derzeitigen Misere aus eigener Kraft. Geredet wird viel. Aber in den Betrieben ändert sich noch nichts, die SED ist weiter in den Betrieben organisiert; stellenweise wird fast Menschenunmögliches gemacht, um die Produktion weiterzuführen. Nun ja, reines Privatleben gibt es nicht mehr, auch wenn wir mal gerade nicht zur Demo sind oder zu Bürgermeistergesprächen, ist das Thema der jetzigen Lage überall präsent. Viele Leute berauschen sich jetzt an den Reisemöglichkeiten, so daß darüber oftmals anderes vergessen wird. …

Ein Brief zum Fünfzigsten

Jana Mann

Juni 2017

Ein Brief zum 50. Geburtstag ist nichts Ungewöhnliches. Doch dieser Brief war anders als der Rest der Jubiläumspost, denn die Absenderin hatte die letzten 27 Jahre nicht zum Kreis der Gratulanten gehört, obwohl wir in der gleichen Straße aufgewachsen waren, oft zusammen gespielt und gemeinsam die EOS „Ernst Haeckel" in Merseburg besucht hatten. Sie hatte sich im Sommer 1989 entschlossen, dem Heimatland den Rücken zu kehren und die eigene bevorstehende Hochzeit platzen zu lassen. Sie ließ ihre Freunde zurück und brach alle Brücken hinter sich ab. Manchmal fragte ich mich, was wohl aus ihr geworden war und ob sie den Schritt jemals bereut hatte. Der Brief beantwortete mir diese Fragen zumindest teilweise. Dass sie nach so langer Zeit den Kontakt suchte, ließ mich vermuten, dass ihr Leben doch nicht so perfekt verlaufen war, wie es den Anschein erwecken sollte. Was aber sollte ich ihr auf ihre Frage, wie es mir ergangen wäre, antworten? Der Brief zwang mich, mein eigenes Leben auf den Prüfstand zu stellen und abzuwägen, ob ich mit dem Verlauf zufrieden sei.

1986 - 1989

Nach erfolgreich bestandenem Abitur in Merseburg hatte ich endlich mein Studium begonnen! Auch wenn ich lange Zeit unentschlossen gewesen war, in welche Richtung es gehen sollte, bereute ich meine Entscheidung, Lehrer für Deutsch und Geschichte zu werden, nicht einen einzigen Tag. 100 Bewerber gab es an der Magdeburger Pädagogischen Hochschule auf 25 Studienplätze. Letztlich landete in der Seminargruppe, wem ein sehr gutes Abitur gelungen war oder wer sich den Umlenkversuchen auf Russisch oder Staatsbürgerkunde erfolgreich entgegengestellt hatte. Zehn akkurat durchgeplante Semester, ähnlich einem Stundenplan an der Erweiterten Oberschule mit einem Tutor als ständigem Betreuer, lagen vor mir. Anschluss war schnell gefunden, die gemeinsame Unterbringung im Studentenwohnheim für 10 Mark im Monat machte es einfach, neue Freunde in einer fremden Stadt zu finden. Sechs Semester lang wurde studiert, hospitiert, unterrichtet. Wir beschäftigten uns mit Sprach- und Literaturwissenschaft, Frühgeschichte und Altertum, wurden gefordert in Mittelalter und Syntax, erfreuten uns an Inhalten der Neuzeit und moderner Literatur. Durch Theaterprojekte und geschichtliche Exkursionen entwickelten sich intensive Kontakte zu Deutsch/Russisch- und Sport/Geschichtsstudenten. Die Arbeit im Studentenclub der PH sorgte für ein paar Mark mehr im Portemonnaie und eine erfreuliche Zusammenarbeit mit den verschiedenen Studentenclubs der Technischen Universität. Auf einer gemeinsamen Faschingsparty, vorverlegt auf den 09. November 1989, wurde die fröhliche Stimmung durch eine völlig überraschende Durchsage unterbrochen: Günther Schabowski hatte soeben für alle Bürger der Deutschen Demokratischen Republik die freie Einreise in die Bundesrepublik Deutschland verkündet. Ausgelassen wurde weiter gefeiert, euphorisch wurden Pläne geschmiedet, ungeahnt aller persönlicher Konsequenzen dieser politischen Entscheidung. Zwei Tage später machten sich neben Tausenden anderer DDR-Bürger vier neugierige Studenten auf den Weg nach Westberlin. Volle Züge, langes Warten an den Grenzkontrollpunkten und eine überquellende Stadt konnten unsere Freude auf dieser Entdeckungsreise nicht trüben. Am nachhaltigsten an diesem Abenteuer aber waren nicht die vielen neuen Eindrücke, sondern das Verhalten der Westberliner. Diese hatten sich spontan entschlossen, ihren Gästen wahre Gastgeber zu sein und völlig unbekannten Besuchern eine Unterkunft anzubieten. So landeten wir in einem von drei Frauen bewohnten Dreigenerationenhaus im Stadtteil Charlottenburg. Obwohl wir erst in den späten Nachtstunden dort eintrafen, erwartete man uns an einem reich mit Köstlichkeiten gedeckten Tisch. Bis in die Morgenstunden hinein wurde erzählt, gegessen und getrunken und dabei ein Band von Beziehungen geknüpft, die viele Jahre lang gepflegt wurden.

Während unseres Ausfluges war uns eines besonders bewusst geworden – von heute auf morgen war unser Horizont nicht mehr auf Osteuropa und Kuba begrenzt, plötzlich stand uns die Welt offen!

1989 - 1996

Diese Offenbarung führte bei einigen unserer Kommilitonen zum völligen Kurswechsel, indem sie das Studium abbrachen, um zum Beispiel in der BRD ihr Glück als Versicherungsvertreter oder Kellner zu machen. Die Mehrzahl aber blieb dabei und hatte sich entschlossen, den erfolgreichen Abschluss anzustreben. Dass die Annahme, der größere Anteil des Studiums wäre nach drei Jahren schon bewältigt worden, falsch war, ahnte zu diesem Zeitpunkt niemand. Anfangs schien die politische Änderung keinen Einfluss auf unsere Studieninhalte zu nehmen, außer dass der Stundenplan um das kleine Latinum erweitert wurde. Der Altertumsprofessor sprang in die Bresche, übersetzte mit uns Texte aus der römischen Geschichte und ließ uns lateinische Trinklieder singen. Als die Geschichte der DDR und der BRD aus dem Stundenplan gestrichen wurde, weil niemand so genau wusste, von welchem ideologischen Standpunkt aus diese gelehrt werden sollte, wurde spürbar, dass die Wende auch an der Pädagogischen Hochschule angekommen war. In meinen ersten Unterrichtsstunden sollte mir dies noch zum Verhängnis werden.

Vor Beginn des großen Schulpraktikums im 5. Studienjahr, also im Frühjahr 1990, suchte ich in Begleitung meiner Mutter das Pädagogische Kreiskabinett in Merseburg auf, um in Erfahrung zu bringen, wie es nach dem Studium weitergehen sollte. Dort versicherte man uns, dass mir entsprechend des Fünfjahresplanes eine Stelle im hiesigen Landkreis sicher sei, ungeachtet der Tatsache, dass ich im November dieses Jahres mein erstes Kind erwartete. Mit dieser Gewissheit kehrte ich nach Magdeburg zurück, um dort vor eine schwierige Entscheidung gestellt zu werden. Die Universität bot uns an, ein sechstes Studienjahr zu absolvieren, um Lehrer für das Gymnasium zu werden. Die Alternative lautete, in der regulären Zeit einen, wie sich später herausstellte, in der BRD-Gehaltsliste nicht existenten Abschluss als Sekundarschullehrer zu erwerben. Die sich für letzteres entschieden, wurden 10 Jahre unterbezahlt, was mit einer unzureichenden Einmalzahlung ausgeglichen werden sollte. Die die Fortsetzung wählten, bekamen zwar den entsprechenden Lohn, hatten aber Probleme, überhaupt im Schulwesen Fuß zu fassen. Nach langem Abwägen, in Unkenntnis der Konsequenzen und in der Hoffnung, dass ein Studium mit Säugling umsetzbar sei, entschied ich mich neben vier anderen Kommilitonen meiner Seminargruppe für die Verlängerung. Nach einem wegen Mutterschutz verkürzten großen Schulpraktikum erhielt ich im Juli 1991 mein Diplom im Rahmen der Ersten Staatsprüfung für Lehrämter. Dies war vor allem dank eines Krippenplatzes an der benachbarten Technischen Universität, eines bezahlbaren Mutter-Kind-Zimmers und der Unterstützung anderer junger studierender Mütter möglich gewesen.

Inzwischen war klar, dass meine Ausbildung noch weitere drei Jahre dauern sollte. Genau ein Jahr später hielt ich mein Zeugnis über die Erste Staatsprüfung für das Lehramt an Gymnasien in den Händen. Und wo ein erstes steht, muss ein zweites folgen. Bei diesem zweiten Abschnitt handelte es sich um ein zweijähriges Referendariat, das ich als Beamter auf Widerruf wieder im heimatlichen Kreis Merseburg absolvierte. Nach nunmehr acht Jahren, so lange dauerte auch die Facharztausbildung meiner unverhofften Gratulantin, konnte ich endlich meine Ausbildung abschließen und wurde arbeitslos.

Im Mai 1990 war eine "Gemeinsame Bildungskommission BRD/DDR" als Beratungs- und Koordinierungsorgan für die Zusammenarbeit und Zusammenführung der beiden Bildungssysteme eingerichtet worden. Erstaunlich problemlos wurde bei laufendem Betrieb zwischen 1991 und 1993 das alte Schulsystem abgeschafft und etwas Neues eingeführt. Die einzelnen ostdeutschen Bundesländer nutzten die ihnen im Rahmen der Länderzuständigkeit für den Bildungssektor eingeräumte Möglichkeit, sich eigenständige Lösungswege und Reformmodelle zu erschließen. Hierdurch kam es in der Folge zu unterschiedlichen landesrechtlichen Regelungen, wie die Einführung eines dreigliedrigen Schulsystems in Sachsen-Anhalt und Thüringen, das neben der Gesamtschule verstärkt die Einrichtung von Realschulen und Gymnasien forcierte. Nach Beendigung meines Referendariats war dieser Institutionentransfer also abgeschlossen, der Großteil des DDR-Lehrerpersonals war übernommen und auf alle drei Schulformen aufgeteilt worden. Gesucht wurden

Fremdsprachenlehrer, vor allem für Englisch und Französisch. Absolventen in den Fächern Deutsch, Geschichte, Russisch, Mathematik oder Chemie wurden nicht benötigt und fanden keine Stelle.

Vom Beamten zum Arbeitslosengeldempfänger! Neben zahlreichen Bewerbungen in den Landratsämtern Halle, Dessau, Magdeburg und Leipzig und offen für andere Schulformen, kümmerte ich mich um meine Tochter, räumte die Wohnung um, den Keller auf, putzte eine fremde Wohnung und wartete täglich auf irgendeine Zusage. Diese erhielt ich dann im April 1995 vom Arbeitsamt in Merseburg, das mir eine Stelle als Ortschronist in Branderoda vermittelte. Ziel dieser Arbeitsbeschaffungsmaßnahme war es, ein Heimatbuch für diese, nahe Mücheln gelegene 200-Seelen-Gemeinde anzufertigen. Ob jemals ein solches Buch entstanden ist, kann ich nicht sagen. Aber nach Monaten der Recherche in den Archiven Merseburgs, Nebras und Querfurts und kurz vor einer Entscheidung für eine Verlängerung der Tätigkeit kam der Rettungsanker aus dem benachbarten Bundesland Sachsen. Am 20.12.1995 erhielt ich als vorweihnachtliches Geschenk vom Oberschulamt Leipzig die Zusage für eine unbefristete Stelle an einer Beruflichen Schule im Leipziger Land.

An dieser Schule arbeite ich nun seit über 20 Jahren. Dabei erlebte ich Höhen und Tiefen, betrauerte die Abschaffung des Beruflichen Gymnasiums, begrüßte die Einführung der Einrichtung der Fachoberschule, betreute über 30 Klassen als Klassenleiter und kam in mehr als sieben Berufen als allgemeinbildender Lehrer zum Einsatz. In dieser Zeit heiratete ich, bekam meine zweite Tochter und baute gemeinsam mit meinem Mann ein Haus in der Nähe von Merseburg.

Februar 2018

Dem Wiedersehen, das wir im Sommer dieses Jahres in einem kleinen Café in Merseburg geplant haben, sehe ich mit gemischten Gefühlen entgegen. Aber eines kann ich mit Gewissheit sagen. Ich brauche mich nicht zu verstecken, kann ihr stolz erhobenen Hauptes entgegentreten. Auch wenn die Wende für Stolpersteine und Umwege gesorgt hat, bin ich doch mit dem Erreichten, meiner kleinen Familie, meinem Job und dem eigenen Häuschen, sehr zufrieden.

Zahnpastablues

Rüdiger Paul

Anfang Oktober 1989. Eine Gruppe von etwa zwanzig Studenten saß im Seminarraum und wartete auf den Dozenten, der bereits eine Stunde mit Abwesenheit glänzte. Die Zeit wurde genutzt, um über die neuen Geschehnisse zu reden. Aufbruchstimmung unter den Studenten war nicht zu übersehen.

Man war dennoch vorsichtig, denn alle aus der Gruppe verstanden die Zeichen der Zeit noch nicht richtig. Rotglühend wurde prophezeit, was passieren würde, wenn das „Neue Forum" seine Forderungen durchsetzte. Obwohl die Partei mit ihrer Weisheit am Ende war, gab man sich in gewohnter Form klassisch.

Anderenorts gaben ganze Parteigruppen ihre Parteibücher ab. Hier in den Räumen der Betriebsakademie sahen einige junge Genossen sich um ihre zukünftige Karriere betrogen. Das „Neue Forum" wurde als der personifizierte Klassenfeind angesehen. Kurz vor dem 40. Geburtstag der DDR war die Einheit von Wirtschafts- und Sozialpolitik noch immer ein Slogan.

Niemand rechnete an dem Tag mehr mit unserem Dozenten, der extra von der TH Merseburg hierher nach Leuna kam, um uns den Dialektischen Materialismus nahezubringen. Es kam die Rede auf dieses Lehrfach und ob es noch zeitgemäß wäre, Marxismus-Leninismus zu lehren.

Unerwartet öffnete sich die Tür, und der Genosse Dozent trat in gewohnter Weise etwas kurzatmig ein. Er umklammerte den Griff seiner Lederaktentasche so, als hielte sich dieser große beleibte Mensch an ihr fest. Am Revers seiner braunen Anzugjacke prangte das Parteiabzeichen der SED. Ein paar kurze Schritte noch, dann stand er hinter dem Pult. Das gab ihm die gewohnte Sicherheit. Was nun folgte, war für mich der Abgesang schlechthin.

Er stützte sich mit seinen großen Händen auf die Ränder des Tischpultes und gab mit ernster, unerbittlicher Miene folgendes von sich:

„Sehr geehrte Damen und Herren, ich möchte mich bei Ihnen für mein Zuspätkommen entschuldigen. Aber wie Sie sicher wissen, bin ich ehrenamtlich Vorsitzender der Konfliktkommission der Hochschule. Wir hatten gerade noch eine wichtige Verhandlung. Und zwar hatte eine Studentin im Hochschulladen eine Tube Zahnpasta geklaut. Der Fall wurde umgehend der Kommission übergeben. Und ja, was soll ich sagen, die Studentin mußte die Konsequenzen mit aller Härte tragen. Wir haben sie selbstverständlich umgehend exmatrikuliert. Denn es kann nicht sein, daß zukünftige sozialistische Führungspersönlichkeiten Ladendiebstähle begehen.“

Rrrrrums! Die nach unten durchhängenden Wangen schienen den Kopfbewegungen des Mannes noch nachzuschwingen. So, als hätte er sich selbst eine Ohrfeige verpaßt.

Das war ja wohl der Hammer. In der Zeit, wo öffentlich über die selbstangeeigneten Privilegien der Staatsführung diskutiert wurde. Wo täglich Ungesetzlichkeiten der Parteiführung ans Licht kamen, verhandelte ein Dozent an einer Hochschule den Diebstahl einer Tube „Putzi", „Chlorodont" oder „Rot-Weiß". Oder wie immer sich auch die Zahnpflegemittel zu dieser Zeit nannten. Unglaublich.

Mein Direktor und Staatsbürgerkundelehrer in der Schule gab uns mit auf den Weg: „Alles dialektisch, immer im Zusammenhang sehen!"

An der Stelle war mir der Faden gerissen. Das war doch keine Verhältnismäßigkeit. Nun kannte ich die tatsächlichen Beweggründe einer derartigen Kommission nicht, diese Kommilitonin zu exen.

Es hätte ja auch sein können, daß genannte Studentin sich zu der Zeit dem „Neuen Forum" angeschlossen hatte. In Leipzig mit zu denen gehörte, die von Beginn an dem Aufruf zum Montagsgebet in der Nikolaikirche folgten und anschließend auf die Straße gingen.

In der Broschüre „Herbst 1989 in Merseburg", herausgegeben vom Förderkreis Museum Merseburg, liest sich das wie folgt:

„Durch den IMB ‚Fuchs' wurde bekannt, daß Sch. aktiver Teilnehmer der Demonstrationen in Leipzig im Rahmen des Neuen Forum ist. Hierbei wurde durch den IMB herausgearbeitet, daß Sch. weitere Studenten der TH Leuna-Merseburg, die bisher noch nicht personifiziert werden konnten, mit zu dieser Demonstration genommen hat. Er stellte dort eine gewisse Führungsperson dieser Studenten dar."

Gegen den an der TH Merseburg angestellten Mitarbeiter Sch. erließen Vorgesetzte des MfS unter anderem folgenden Befehl:

„Realisierung von politisch-operativen Maßnahmen der Verunsicherung und Zersetzung gegen den Herrn Sch. und sein Umfeld. Mit dem Ziel der Zerschlagung der Interessenvertretung des ‚Neuen Forum‘ im Verantwortungsbereich der Kreisdirektion Merseburg."

Nun wäre es doch für einen unter Zugzwang stehenden „IM" ein Leichtes gewesen, die junge Frau auf einem ihrer unbeschwerten Einkäufe unauffällig zu begleiten. Vor der Kasse versenkt der skrupellose Krakenarm eine Tube Zahnpasta in ihrer Parkatasche, Verkäuferin weiß Bescheid und „Da haben wir ja den Ladendieb."

Konfliktkommission, Exmatrikulation und Ende.

„Der Mohr hat seine Schuldigkeit getan, der Mohr kann gehen." Wer nun tatsächlich der Mohr war, das zeigte sich Monate später.

So „putzi(g)" das heute scheint, so niederträchtig und verachtenswert war es 1989, diese Frau wegen einer imaginären Tube Zahnpasta zu exmatrikulieren.

Wendejugend

N i k e a s

Mit sechzehn Jahren

Die zehnte Klasse begann, und es bahnte sich etwas mit dem Mädchen aus der neunten an, die in der Neuenburger Straße direkt unter Mark Löbsch wohnte. Wäre sie nicht gewesen, gäbe es von den Wendedemonstrationen einige Erinnerungen weniger. Auch in der Heimatstadt trafen sich die Menschen an der Kirche, um von da aus durch die Stadt zu ziehen, und die Demos führten jedes Mal auch durch den Ratsweg, am Wohnhaus des Helden vorbei. Das Haus gegenüber, in dem Rudolf Denuns angeblich Hausmeister war, hatte sich als Sitz der Staatssicherheit herausgestellt, und schon vor den Demonstrationen gab es hier ab und zu interessante Begebenheiten. Zum Beispiel, als eines Nachts irgendwer unendlich lange dort an die Tür schlug und vergeblich um Einlass bat. Er beteuerte immer wieder, dass er mit Erich Honecker sprechen wollte und schien ziemlich verwirrt. Als ihm dann einige Beamte den Hintereingang öffneten und ihn hereinbaten, schien er nicht mehr zu wollen. Es gab einen kleinen Tumult, dann verschwanden sie mit ihm. Solche nächtlichen Besuche müssen wohl öfter vorgekommen sein, denn irgendwann wurde eine Kamera am Gebäude angebracht, die den ganzen Ratsweg im Blick zu haben schien. Obszöne und friedliche Fingergesten in die Kamera waren üblich, wenn auch von Mutti nicht gern gesehen. Sie verneinte anfänglich auch immer wieder die Frage, ob man denn nicht mit demonstrieren gehen dürfe, und so gab man sich anfangs mit der nicht üblen Aussicht vom Wohnzimmerfenster zufrieden und hörte „Stasi in die Volkswirtschaft!“ und Ähnliches. Schon im Wehrlager war ausgiebig über die Geschehnisse auf dem Platz des Himmlischen Friedens in Peking diskutiert worden, und es schien, was ungewöhnlich war, dass die Argumente der Schüler wirklich Beachtung fanden und kompromisshafte Formeln Einzug hielten. Vielleicht war es, als Erich Honecker von Egon Krenz abgelöst wurde, vielleicht, als sich die Chöre von „Wir sind das Volk“ auf „Wir sind ein Volk“ verlegten, als es dann doch die Erlaubnis gab, mit zu demonstrieren. Es war aufregend zwischen so vielen Leuten, spannend und großartig, obwohl man kaum realisierte, was wirklich abging. Ein wenig mehr spürte man es in der Schule. Die Autoritäten fielen, und besonders Berthold Ritter war in ernsthaften Schwierigkeiten. Die Welt war in ihren Grundfesten erschüttert, und der Unterricht wurde immer öfter am Nachmittag in einer anderen Schule abgehalten, weil das Dach der Neuenburger undicht war und die Klassenräume dann unter Wasser standen. Montags fuhr man ein paar Mal zu den Demos nach Leipzig, aber hier war schon fast zu viel los. Da war es doch in der Heimatstadt viel romantischer. Hier konnte man noch bis in die Kirche vordringen und die Kerzen, die zu Hunderten um die Kirche herumstanden, entfalteten wirklich Atmosphäre. Nach der Demo zog sich der Held mit seiner Freundin in eine Häusernische zurück. Sie hatten ein paar Kerzen von der Kirche mitgenommen und machten es sich auf einem Sims gemütlich. Der Polizist war nicht sonderlich alt, dennoch hätte er sich zwei Monate vorher genauso wenig auf eine Diskussion mit einem 16-Jährigen eingelassen wie dieser auf eine mit einem Polizisten, aber was galt das alles noch in diesem Herbst des Friedens? Nach einigen Minuten Gerede wurde seine Forderung, die Kerzen auszublasen und nach Hause zu gehen, dennoch erfüllt. Vielleicht auch deshalb, weil sie mittlerweile zur Bitte geworden war. Man sah ihm seine Not an. Über das folgende Jahr öffnete sich die Welt weiter und weiter. Man besuchte zuerst die Verwandtschaft in Westberlin, wo sich die Familie nun öfter aufhielt. Das Begrüßungsgeld wurde später in Hof in Empfang genommen und die dreimal 100 Mark zum Kauf einer kleinen Stereoanlage für Vati verwendet. In Berlin wurden, während sich der Held mit seinem Cousin die Zeit mit Computerspielen, Videos und den Beastie Boys vertrieb, die alten Geschichten erzählt und noch mal erlebt. Gernots Auseinandersetzungen mit dem Abschnittsbevollmächtigten, sein Ausreiseantrag und dessen Bewilligung nach Strafabbüßung, der ihn an die Nordsee verschlug, wohin Frau und Kind jetzt folgen konnten. Hans-Peters Ausreise, die ein konsequentes Besuchsverbot nach sich zog, was dazu führte, dass er mit dem Auto über Österreich in die Tschechei fuhr, und zwar bis in das Hotel kurz vor der Grenze, auf deren anderer Seite Oma wohnte. Die übrige Familie traf sich bei ihr und gemeinsam liefen sie über den Grenzübergang nach Tschechien und verbrachten den Abend mit Hans-Peter im Hotel. Solche Aktionen waren streng geheim, aber was heißt das schon, wenn sich in einem Zwei-, Dreihundert-Seelen-Dorf die größte Familie samt Anhang in Bewegung setzt und über die Grenze geht? So ist es nicht verwunderlich, dass die Zollkontrolle auf dem Rückweg ausuferte und die Erwachsenen im Séparée auch ein wenig Kleidung ablegen durften. Das Geld im Schlüpfer von Anne, die damals vielleicht drei Jahre alt war, haben sie natürlich nicht gefunden. Jetzt wurde darüber mehr oder weniger gelacht. Man hatte recht gehabt.

Von den Abschlussprüfungen in der zehnten Klasse ist nur die in Musik hängengeblieben. Der Held sang „Im Frühtau zu Berge" und wurde nach der ersten Strophe abgewürgt, was er nicht wirklich bedauerte. Die übrigen Prüfungen scheinen, genau wie der Unterricht in diesem Schuljahr, nicht stattgefunden zu haben. Unter den Schülern wurde Frieden geschlossen und am Ende des Schuljahres waren sich alle darüber einig, dass Berthold Ritter trotz allem ganz okay gewesen war. Ich denke, wir mochten ihn wirklich. Für ihn aber muss so ziemlich alles zusammengebrochen sein, und vielleicht hat er so sehr am Leben gezweifelt, dass der Krebs und mit ihm der Tod schneller kam. Mark Löbsch hat sich irgendwann beim Helden dafür entschuldigt, dass er gegen ihn gehetzt habe, was Balsam für die Seele war. Der Held hatte oft zwischen den Stühlen oder verschiedenen Gruppen der Klasse gestanden und nicht immer gewusst, was richtig und was falsch war. Die Mädchen, die die Abschlusszeitung geschrieben hatten, bezeichneten ihn dort als „Giftzwerg". Wie viel Wahrheit auch immer darin steckte, es tat weh. Aber Aristoteles' Lehre davon, dass dem Waghalsigen der Tapfere feige erscheinen muss, war unbekannt, und die eigenen Erklärungsversuche dazu erschöpften sich darin, dass die, die das geschrieben hatten, dumm wären und nichts wussten. Wichtig waren sie nicht mehr. Die Schule war vorbei und was Berthold Ritter der Welt über den Helden zu sagen hatte, war:

Nikeas erreicht seit Jahren in allen Fächern vorrangig sehr gute und gute Leistungen. Er besitzt eine schnelle Auffassungsgabe und ein logisch-kritisches Denkvermögen. Durch eine zielstrebige Lernhaltung und eine konzentrierte, selbständige Arbeitsweise gelang es ihm, zeitweilige Probleme in der Leistungsbereitschaft zu überwinden und damit seinem Leistungsvermögen stärker zu entsprechen. Am Unterrichtsgeschehen beteiligte er sich aktiv. Nikeas hatte vielseitige Interessen. Er war Mitglied am fakultativen Kurs Elektronik sowie im Angelsport. Vorbildlich waren seine beständige Einsatzbereitschaft und seine Initiativen bei schulischen Veranstaltungen und Klassenvorhaben. Wesentlich trug er zu einer regelmäßigen Arbeitsweise des Schulclubs bei. In Diskussionen vertrat er offen seine Meinung. Nicht immer gelang es ihm aber, in seinem selbstbewussten, kritischen und lebhaften Auftreten sachlich zu reagieren. Sein Verhalten zu seinen Mitschülern war aufgeschlossen und kameradschaftlich.

(Beurteilung im Abschlusszeugnis der 10. Klasse)

In den letzten Ferien wurde dann gefeiert, was das Zeug hielt. Die „Uferklause", eine größere Kneipe direkt an dem Fluss, der durch die Stadt fließt, war in

Mode. Schon Vati war hier zum Tanz gegangen, und schon damals war sie für regelmäßig stattfindende Schlägereien bekannt. Sören Gradweg, Christian Schradler, Marko Reinhardt und manch anderer aus der Neuenburger waren öfter dort. Zur Disko am Wochenende wurden hier sogar Videos gezeigt, und es prügelten sich wirklich ab und zu irgendwelche Leute. Einer kam tatsächlich mal über mehrere Tische gesegelt, und es war schnell klar, wem man aus dem Weg zu gehen hatte. Timo Sander, Christian Schradlers Cousin, war der Garant für Frieden in der Neuenburger Ecke. Er war DDR-Meister im Boxen gewesen und hat nur ein einziges Mal wirklich zulangen müssen. Eigentlich war nicht mal das richtig zu sehen. Der Herausforderer kam auf ihn zu und fiel einfach um. Ansonsten ist nicht in Erinnerung, dass Timo irgendwann einmal nicht gelächelt hätte oder auch nur ansatzweise so etwas wie Aggressivität kannte. In einem Anflug von Mut hat auch der Held mal eine kassiert, als er Sören helfen wollte, der auf dem Rückweg von irgendjemandem wegen eines Mädchens belästigt wurde. Der Typ war einige Jahre älter und dem Helden als ziemlich roh und dumm bekannt. Sören schob sein Fahrrad, der Typ laberte wirres Zeug und wartete auf irgendeine Reaktion, während er Sören immer wieder ins Gesicht patschte und ihm sogleich befahl, die Hände am Lenker zu lassen, wenn der sich verteidigen wollte. Der Vorschlag des Helden: „Lass mich doch das Fahrrad schieben!", wurde mit einem Schlag in die Magengrube beantwortet, und damit war die Sache gegessen. Sören konnte irgendwann flüchten, und es ist, wie in den meisten beobachteten Fällen, eigentlich nichts passiert. Es war ja immer dasselbe:

Frauen, Ewigkeiten labern und drohen, im entscheidenden Moment von Freunden zurückgehalten werden,
weiter labern, ungestüm aufeinander losgehen, zurückgehalten werden, weiter labern und drohen, etc., etc.

Das Mädchen, mit dem der Held nach der Demonstration in der Häusernische bei der Kirche gesess-
sen hatte, war nicht , wie versprochen, in die „Uferklause" gekommen, und es war klar, was das bedeutete und
wohin es führen musste: Alkohol war angesagt und
Andreas Berg erklärte sich bereit, die Last mitzutragen.
Man nahm ein wenig in der „Uferklause" und entschied
dann aus Kostengründen, zum Bahnhof zu laufen, um
dort eine ganze Flasche zu kaufen. Am billigsten war
Wermut. Sie setzten sich auf die Steintreppen, die vom
Schlosspark zum Flussufer hinunterführten, und ließen
es einfach laufen. Andreas' Standardsatz „Trink du mal,
du hast's nötiger!", brennt noch immer im Ohr, und
Wermut ist seit diesem Abend ungenießbar. Der Geruch
allein weckte noch Jahre danach Brechreiz. Die Nacht
auf der Treppe war lang, und irgendwann wurde es
dunkel. Es wurde wieder hell, als der Held gerade versuchte, vom Badezimmer in sein Zimmer zu laufen und
plötzlich Marny Vogel im Wohnzimmer stand. Mutti
war nur schemenhaft zu erkennen, und er war nackt.
Mit ablehnender Geste flüchtete er vor ihr und verkroch
sich in sein Bett. Marny war eine von denen, auf die
jeder scharf war, und es kamen kurz Spekulationen darüber auf, was sie wohl mitten in der Nacht hier wollte
und warum sie plötzlich in der Stube stand, da war sie
auch schon in seinem Zimmer. Vielleicht würde ja alles
gut werden, dachte er noch, als sie ihre Stimme erhob:
„Weißt du, wo Andreas ist?" Das war nun wirklich nicht

das, was er jetzt hören wollte, und ein eindeutiges Zeichen dafür, dass sie sofort zu gehen und er zu schlafen hatte. Mit Andreas trieb er sich danach öfter herum und lernte durch ihn auch Daniela Lange kennen, die im gleichen Haus wie Nicolette Raabe wohnte, dem Mädchen, das den Simson-Roller umkippen ließ und immer noch Sörens Freundin war. Andreas hatte was mit Daniela, aber so genau schien das keiner von beiden zu nehmen. Ihre Eltern verfügten schon zur Wendezeit über einen Videorekorder, und den ersten Porno schauten sie zu dritt bei ihr. Natürlich mit Kissen auf dem Schoß. Es gab die ersten Sturmfrei-Feten, und irgendwann fuhren auch die Eltern des Helden in den Urlaub. Cousin Ron kam für diese Zeit zu Besuch und wie es sich traf, waren zur gleichen Zeit auch Mark Löbschs Eltern im Urlaub. Es gab nahezu jeden zweiten Tag eine größere Zusammenkunft, entweder bei Mark oder im Ratsweg. Man spielte irgendwelche Spiele, die aber immer etwas mit trinken zu tun hatten, hörte Musik, aß Chips, rauchte und ließ es richtig krachen. In beiden Wohnungen stapelten sich der Müll und die Weinflaschen, geschlafen wurde auf der Couch oder dem Fußboden, und man spielte Computer. Vierzehn Tage Party nonstop. Daniela Lange schlief eines Nachts auch bei Mark und entschied, dass sie sich die Couch mit dem Helden teilen würde. Sie begann, ihn am Rücken zu streicheln, und er wusste nicht, wie ihm geschah. Es war ein Gemisch aus Aufregung, Angst und dem Gesicht seiner Freundin Alexandra Leibner, das seine Grübeleien bestimmte, während er auf der Seite lag, sie hinter ihm, jetzt mit ihrer Hand an seinem Bauch. Er hatte keinen Plan und tat nichts. Die Strafe empfing er am

Morgen, als er noch vor ihr erwachte und sie verzückt ansah. Es hätte das erste Mal sein können, und sie sah so süß aus, wie sie jetzt dalag. Das schlafende Gesicht hatte er lange betrachtet, als sein Blick an ihrer Brust kleben blieb. Ihr BH war verrutscht und eine Brust in kompletter Schönheit sichtbar – rund, weiß, rosig, irre. Dass sie die Augen öffnete, merkte er nicht, so hin und weg war er, und es war ihm etwas peinlich, als er merkte, dass sie merkte ... Jetzt war er zu allem bereit, aber es war zu spät, Mark Löbsch betrat den Raum – Chance verpasst.

In den insgesamt neun Monaten, in denen er mit Alexandra Leibner zusammen gewesen war, gab es nicht mal eine einzige wirkliche Chance. Es wurde ständig nur kuscheln geübt. Ein bisschen fummeln, küssen, vielleicht einmal nackt bis auf die Unterhose, endlose Erektionen und Unterleibsschmerzen und vielleicht zwei-, dreimal ihr Allerheiligstes kurz berührt, das hieß Sex. Und es änderte sich nichts. Neun Monate – eine Ewigkeit mit 16. Ungezählte Anläufe und unendliche Stunden auf ihrem Bett. Frust. Kennengelernt hatten sie sich auf dem Rummel. Danilo Urban hatte gefragt, ob er mit dorthin kommen wolle, er hätte dort eine gesehen, die alles übertraf. Man fuhr mit den Motorrädern auf die Insel der Freundschaft, und am Autoskooter stand sie. Man platzierte sich unauffällig gegenüber und hoffte darauf, einen Blick fangen zu können. Danilo hatte natürlich nicht daran gedacht, dass er nicht der Einzige war, der auf ein Lächeln hoffte, und tatsächlich, sie schaute ab und zu rüber, und er war ganz aus dem Häuschen. Der Held aber war sich sicher, dass sie ihn ansah. Es ging um alles oder nichts, es war Zeit zu handeln, und alles war offen. Es hatte etwas gedauert, bis er den Satz formuliert und überdacht hatte, mit dem er alles klar machen wollte, dann fasste er sich ein Herz und ging zu ihr rüber: „Wollen wir 'ne Runde zusammen fahren?" Sie stimmte lächelnd zu. Und während er diesen Erfolg erst verarbeiten musste, kam sie ihm auch noch beim Bezahlen zuvor. Danilo hatte absolut recht gehabt, sie hatte das süßeste Gesicht überhaupt, gewelltes blondes Haar und war schon ganz schön Frau, was zu der Zeit bedeutete, sie hatte unübersehbare Brüste. Sie trafen sich oft bei ihr, fuhren zusammen mit den anderen baden, allein Eis essen oder einfach nur mit dem Motorrad herum. Die Vorführung eines durchdrehenden Hinterrades endete im Sturz, und die anfängliche Befangenheit Alexandras, sich mit ihm in die Kurven zu legen, führte zu einigen Beinahe-Stürzen. Die Sonne schien, solange sie nicht gemeinsam im Bett lagen, und nach neun Monaten war diese Situation für den Helden untragbar, und er machte Schluss. Sie hat sich gerächt und schlief zwei Monate später mit einem anderen. Der Held kannte ihn aus der Breakdance-Crew, in der er in nur wenigen Stunden einen Backspin gelernt hatte und deshalb von den Älteren zum Talent der Crew ausgerufen wurde. Seine Eltern hatten ihm schnell verboten, sich weiter mit denen rumzutreiben – „Die sind fünf Jahre älter als du!" Egal! Der eine, der genauso alt war wie er, hatte es getan und jetzt faselte sie irgendwas von Schwangerschaft. Es stellte sich heraus, dass alles nur erfunden war. Dennoch: dass es dann später unbedingt Sandro Kluge, der Schwätzer aus der Lehr-Klasse sein musste, mit dem sie es nach dieser Eskapade dann wirklich getan hatte, tat weh.

Von siebzehn bis neunzehn

Die Lehre begann mit gegenseitigem Abtasten und wo sonst, als irgendwo zwischen den Superschlauen und den aufregenden Typen, fand der Held seinen Platz. Die wesentlichen Geschichten der Vergangenheit waren schnell ausgetauscht, und es hatte sich herausgestellt, dass kein Schüler, einschließlich der Schülerin, nicht Offiziersanwärter gewesen war, und, soweit das bekannt ist, haben am Ende lediglich zwei ihren Frieden bei der Armee gesucht. Der Rest war sicherlich genauso froh wie der Held, dass man nun alles konnte und nichts mehr musste. Die Welt war dermaßen offen, dass es fast unerträglich war. Es passierte so unendlich viel Aufregendes und überall schien jedem alles offen zu stehen. Ein unhaltbarer Optimismus peitschte durch die Tage und nichts schien unmöglich. Getrübt wurde die Stimmung in der Mitte des ersten Lehrjahres, als etwas Panik aufkam, weil unklar war, ob die Lehrpläne so umgestellt werden konnten, dass sowohl das Abitur als auch die Berufsausbildung den neuen Standards genügten. Das Ganze sollte die Lehrzeit um ein Jahr auf vier verlängern, und es stand in den Sternen, ob es gelingen würde. Alternativ stand es deshalb frei, auf die ehemalige Erweiterte Oberschule zu wechseln und dort sein Abi wie auf einem Gymnasium zu machen. Besonders unter den neuen Gegebenheiten schien es wert, nicht nur das Abi, sondern auch die Berufsausbildung zu beenden, und so blieb der Held auf dieser Schule. Das Gezerre um die Lehrpläne und der Fakt, dass einige Lehrer sich unflätig über die Zusammensetzung der Klasse mokierten – Offiziersanwärter wären doch alle Wendehälse oder so –

verunsicherte ein wenig, aber Herr Lanowski, der Klassen- und Physiklehrer, hat sich gegen so was stark gemacht. Es wurde gemunkelt, nicht ganz uneigennützig. Abgesehen von den sich hieraus ergebenden Unsicherheiten des kleinen Geistes war alles klar und Respekt unbekannt. So fiel es auch leicht, auf das Hilfegesuch der Elektronik-Lehrerin, die irgendetwas aus dem Schrank hinten im Raum holen wollte, der viel größer war als sie, zu antworten: „Gott hilft denen, die sich selber helfen." Ein Brüller. Trotzdem war es besser, dass sie nicht darauf insistierte zu erfahren, von wem er kam. Die ersten Sommerferien der Lehre und auch die meiste Nicht-Schulzeit in diesem Lehrjahr verbrachte man immer noch mit den Freunden aus der ehemaligen Klasse, und im Juli oder August fuhren sie dann zu acht mit dem Bus nach Spanien, feierten am Meer, sprangen von Klippen und schliefen viel. Danach trennten sich die Wege mehr und mehr. Man war irgendwann 18, und das bedeutete keineswegs ein Weniger an Möglichkeiten. Gemeinsam mit Danilo Urban und Benedict Lindlaub besuchte der Held die erste Spielothek im Nachbarort, die später zum Puff umgebaut wurde. Und während Benedict und der Held das Billardspielen für sich entdeckten, war Danilo von den Geldspielgeräten gefangen worden und ließ eine Menge Geld da. Das Geld überhaupt entblößte mehr und mehr seine Bedeutung. Vati stellte ab und zu seinen Skoda für gelegentliche Ausflüge zur Verfügung, und die Spritbeteiligungen, die der Held den Mitfahrern abverlangte, wurden ab und zu über die Gewinnschwelle ausgedehnt, was manchmal Missmut erregte. Nachdem Danilo etwa 3000 DM verspielt hatte, war er nicht mehr allzu oft dabei, was si-

cherlich auch daran lag, dass seine Familie nach der
Wende schnell umgezogen war. Ebenso wie die Familie
von Rudolf Denuns, dem Hausmeister bei der Stasi, von
dem sich die Eltern des Helden jetzt sicher waren, dass
er sich während ihrer Abwesenheit auch in ihrer Wohnung ein wenig umgesehen hatte. Überhaupt wurden
nun viele Geheimnisse gelüftet. Mark Löbsch, dessen
Eltern beide bei der Nationalen Volksarmee gewesen
waren, rückte irgendwann mit der Sprache darüber heraus, dass er mal für mehrere Wochen sein Kinderzim-
mer räumen musste, weil sich dort irgendwer einquartie-
ren wollte, um das gegenüberliegende Haus zu beobachten, in dem ein Kirchenverein saß. So was hatte Sensati-
onswert, aber ansonsten spielte es keine wirkliche Rolle
mehr und war ungefähr so wichtig, wie dass man mal
Jungpionier war. Als wirklich wichtig, von Bedeutung
und voller Möglichkeiten entpuppte sich dagegen mehr
und mehr das Billardspielen und die Spielothek in der
Friedrich-Wilhelm-Straße. Hier war die neue Welt. Es
dauerte einige Wochen, bis sich das gesamte Personal
daran gewöhnt hatte, dass man jünger aussehen kann,
als man ist, und den Helden nicht mehr nach dem Per-
sonalausweis fragte. Ab und zu tauchten einige bekannte
Gesichter auf, zum Beispiel Mario Seiler, der Sozius auf
den Stadtrunden der ehemaligen Clique, und Andreas
Berg, der Trinkgenosse. Man war also auch hier nicht
wirklich fremd und lebte sich schnell ein. Die Kür dabei
war der Sieg gegen Ina im Billard, die als weibliche Fa-
voritin im Laden galt. Sie wird zwei, drei Jahre älter
gewesen sein und hatte was, so wurde ständig gemunkelt, mit Jens Knopp. Jens war der Billardkönig und
sicherlich, wie die meisten anderen, die hier ihren zwei-

ten Wohnsitz genommen hatten, drei, vier Jahre älter.
Er spielte öfter mit Yves Wehler, der ungefähr so alt zu
sein schien wie der Held und Benedict, aber offensichtlich schon ein wenig mehr von der dunklen Seite der
Welt erlebt haben musste. Jahrelang blieb unklar, wie alt
er wirklich war, wo er herkam und was er gelernt hatte
oder ob er überhaupt etwas gelernt hatte. Auf jeden Fall
war er ein guter Billardspieler und in Auseinandersetzungen war er, nach allem, was man so hörte, sehr konsequent und schnell. Das schien nicht unglaublich, denn
Yves war der, von dem vor Jahren in der Clique als dem
„Kettenkämpfer“ geredet wurde. Er hatte diese Zeit –
so stellte sich später heraus – mit Typen zugebracht, die
wegen ihres grobschlächtigen Unverstandes bekannt
waren. Selbst Leute wie Jens Knopp, Sunny und Springer hatten nur was mit denen zu tun, wenn es die Geschäfte wirklich erforderten. Man erkennt solche Leute
an den Augen, in den meisten Kuhaugen ist mehr Verstand, ihre sind leer und sie fallen mit Sätzen auf, wie:
„Der die das Kind gemacht hat.“ Sie gehörten mittlerweile zur Brutalo-Gang um Pomerenko, der den Großteil seines Lebens wegen Totschlags oder Mordes im
Knast verbracht hatte. Was der und seine Gang so
machten, war eine von den wenigen Sachen, die man
nicht wirklich wissen wollte, so sehr die Neugier auch
manchmal trieb. Der Besuch der Spielothek in der
Friedrich-Wilhelm-Straße wurde zur Standardprozedur
eines jeden Tages. Es gab anfangs vier Billardtische und
einen kleinen abgetrennten Raum mit vielleicht zehn
Geldspielern und ein kleines Kabuff für das Aufsichts-
personal, das sich fast vollständig ins Publikum inte-
grierte. Überhaupt war alles recht angenehm eingerich-

tet. Vor dem Kabuff wurden an den meisten Abenden Kreise aus Stühlen gebildet und wenn man nicht Billard spielte, saß man hier rum, laberte und lachte. So hat eines Abends das Thema „Versicherungsbetrug durch Selbstverstümmelung" so lange das Zwerchfell massiert, bis es schmerzte. Alles war unheimlich aufregend, die schrägsten Typen waren hier. Alle waren unendlich wichtig und immer in irgendwas involviert, das geheim war, aber Aufmerksamkeit erregte. Und alle schienen irgendwie immer nah am großen Geld zu sein. Die Einzigen, die für das jugendliche Auge so aussahen, als hätten sie es wirklich schon, waren Jens Knopp, Springer und besonders Sunny, der am besten von allen aussah und von Yves Wehler verehrt wurde. Für Benedict und den Helden war es absolut unklar, womit sie ihr Geld machten, auf jeden Fall hatten sie immer welches und nicht wenig. Mit Billard ging es gut vorwärts und die ersten Erfolge gegen Yves und Jens, den Lokalmatadoren, erregten Aufmerksamkeit, so dass es einige Male vorkam, dass man gegen Sunny oder Springer kostenlos spielen konnte und sich kennenlernte. Man konnte sich beiden nicht entziehen, sie hatten alles und machten das Leben vor, trugen teure Uhren, waren immer gut drauf und taten alles, außer arbeiten. Was wollte man mehr. Benedict und der Held lernten mehr und mehr Leute kennen, waren irgendwie dabei, und wegen des unverkennbaren Talents im Billard gehörten sie auch irgendwo dazu. Benedict erweckte bei den meisten anfänglich mehr Vertrauen, und so sind ihm die ersten wirklichen Informationen über das wilde Treiben derer, die hier zum Inventar gehörten, zu verdanken. Den ersten wirklichen Kontakt zum Geschehen bildete Guntram Petzig, der widerlichste Mensch, den der Held in diesem Leben getroffen hat. Er bestach dadurch, dass er sich mit seiner Zunge die Nase ablecken konnte und immer von allem alles wusste, der oberste Geheimnisträger war und der größte Möchtegern, der in seinem Wahn, überall den dunklen Mann im Hintergrund spielen zu müssen, durchaus für viele Anlaufpunkt war. Yves berichtete ein wenig ehrfurchtsvoll darüber, was Guntram Petzig nicht alles wusste, Adolf Hitler, Che Guevara und Mao waren angeblich seine Steckenpferde. Er trug immer einen Körner mit sich herum und versuchte, den Eindruck zu erwecken, es wäre sein Folterwerkzeug. Wie widerlich und krank er wirklich war, entpuppte sich, als der Held mit ihm baden fuhr und Guntram neben ihm ins Wasser kackte und sich freute, nur Rotz laberte und nichts wollte, als einzuschüchtern. Zum Schluss hat er dem Helden die Autoschlüssel geklaut und sich zehn Minuten in Vatis Skoda eingeschlossen, um zu beweisen, wie mächtig er war. Der Bauch hatte recht gehabt, als er schon bei Antritt der Fahrt meldete, dass hier irgendwas schief läuft. Egal, es war zumindest dazu gut, sich endgültig dieser Person zu entledigen und sie von nun an als nicht vorhanden anzusehen. Schwer fiel das nun nicht mehr, und es war ein Genuss, ihn ein paar Monate später kotzen zu sehen, als die Frau, die er umbuhlte, mit dem zusammen war, der ihn verachtete. Seine nächtlichen Besuche am Fenster von Christin Rieß' Wohnung, die ihr und dem Helden manchmal auffielen und störten, sorgten zwar für etwas Verwirrung, aber alles, was Guntram anstellte oder bewirkten wollte, zündete nicht. Es gab ihn nicht mehr und das funktionierte. Mit Christin fuhr der Held an die Ostsee, er hatte sie gewollt, hatte sie bekommen, war nun verliebt und was Sex betraf, ging es vorwärts, was nicht verwunderte, denn er war die Nummer 13 für sie und sie die Nummer zwei für ihn. Ob es eigentlich noch um etwas anderes ging als Sex, war völlig egal. Es war zwar nicht schön, ab und zu hören zu müssen, dass sie sich sicher war, erst der Vierzehnte wäre für sie der Letzte und der fürs Leben und so, aber irgendwie beruhigte das auch. Spaß machte so ziemlich alles, vielleicht auch, weil es nicht länger als drei Monate ging. Wie sie darauf kam, dass es ausgerechnet der Vierzehnte hätte sein sollen, blieb unklar...

In der Spielothek wurde vom großen Geld geträumt und draußen gab man sich so, als sei man im besten Umfeld dafür. Man bedeckte sich mit dem glitzernden Schleier des Zwielichtigen, es wurden Pläne geschmiedet und verworfen, und es taten sich einige Möglichkeiten auf, wirklich mitzumachen. Aber Benedict und der Held wollten mehr, als Imbissbuden ausräumen oder Autohäuser knacken. Das war alles viel zu heiß und nicht sonderlich vielversprechend. Autos zu verschieben war schon besser, aber als Fahrer immer noch viel zu gefährlich. Wenn sie was machen würden, müssten sie also groß einsteigen, denn die Kleinen sind immer am Arsch, und die Großen glänzen im Sonnenschein. Was es bedeutet, am Arsch zu sein, zeigte sich nach einem Knack in irgendeinem Autohaus, bei dem irgendwer von den näheren Bekannten dabei gewesen sein muss. Man hatte einen von fünf bis zehn Beteiligten erwischt. Es war nicht die Polizei, und ihm wurde eine Kapuze über das Gesicht gezogen und eine Schlinge um den Hals gelegt. Dann ließ man ihn fallen. Er kam auf dem Boden auf, bevor sich das Seil straffte.

Das war der wilde Osten. Auch der Tag, an dem Ingo Pinkwart, der, den der Held einst ins Mattenregal geworfen hatte, die Spielothek betrat, bleibt unvergessen. Er kam schon gesenkten Hauptes herein, und Springer war völlig aus dem Häuschen. Es wurde geschrien, und irgendwann hörte man nur noch Springers Stimme. Ansonsten stand alles still. „Den Arm auf den Tisch! Arm auf den Tisch! Leg deinen Scheißarm auf den Tisch!“, schrie er immer wieder, wild mit dem Queue durch den Raum tanzend, bis er nicht mehr an sich halten konnte und im ekstatischen Taumel den Queue an Ingo Pinkwarts Hals zerschlug. Der hatte eins der geplanten Geschäfte ungeschickt auffliegen lassen. Es ging wohl um Sparbücher, die blanko samt Bankstempel irgendwie verfügbar waren und frei Hand ausgefüllt werden sollten, um dann ein wenig Geld abzuheben. Wie auch immer. Ansonsten war Springer, genau wie Sunny, eher smart, und über die Jahre kam man sich näher und plante irgendwann gemeinsame Betrügereien, die am Ende nie aufgingen. Aber das alles war eher zum Schluss, als sich der Fußboden in der Spielothek schon langsam aufzulösen begann, die meisten Stuhlpolster zerrissen und der Teppich an den Wänden vergilbt war. Es gab nur noch einen Billardtisch, der Laden war eine Höhle geworden, schäbig und abgefuckt. An den Geldspielern saß nicht mehr die aufstrebende Jugend, die dem Leben Ruhm und Geld abzugewinnen trachtete. Dort saßen am Ende die, die durchgefallen waren, die, die an dem, was man selbst gerade erst zu versuchen begann, gescheitert waren. Resignierte, die stinken und nichts mehr haben, außer den Automaten. Aber das, wie gesagt, war beim Abschied aus der Spielothek. Jetzt ging es vorwärts, und eine andere Richtung als diese war nicht mal zu erahnen. Man spielte Billard, war gut und wurde besser, sah, wie leicht Geld zu verdienen war, und bedauerte manchmal, dass man zu jung wäre, um all die Möglichkeiten, die die Wende bot, nutzen zu können. Die ersten Funktelefone im Kofferformat waren zu bewundern, und Benedict und der Held wollten nichts dringlicher, als reich werden.

Bücher

Katharina Mälzer

Neben einer großen Bibliothek mit Fachbüchern gab es im Bunawerk diesen Flachbau, die *Bücherstube*, wo man Bücher kaufen konnte. Herbst 1989, wer weiß was kommt, nehmen, was man kriegen kann. Kaufen, wenn es im Angebot ist. Die Einkaufsmentalität der DDR steckte noch in den Knochen. Alle Bücher wurden zu zehn Prozent des alten, aufgedruckten Preises verkauft. Ich schaute umher. Viele Leute, in den olivegrünen Jacken der Angestellten oder im ausgewaschenen Blau der Arbeiter, tummelten sich in dem großen Verkaufsraum, der wegen der vielen Menschen nun so klein wirkte. Eine Schlange, die an Bananen erinnerte.

Ich entdeckte Heines *Deutschland. Ein Wintermärchen*. Eine großzügig gestaltete, schöne, fast quadratische Ausgabe, illustriert von Max Schwimmer. 1989 im Reclam-Verlag gedruckt. Und ich kaufte drei Bücher, die ich, jedes in weißes Seidenpapier geschlagen, für insgesamt sechs Mark sechzig erstand. Man konnte nie wissen, wofür man ein so edles Geschenk noch braucht. Und eines sollte auf jeden Fall ins eigene Bücherregal.

(Übrigens ist es heute im Netz zu kaufen als Rarität für 23,80 Euro.)

In Anlehnung an Heine, nur mit anderem Verb, könnte man sagen: Dort, wo Bücher verramscht werden, verramscht man vielleicht auch Menschen.

In Merseburg gab es 1989 die Stadt-Bibliothek, die soeben mit feierlicher Schlüsselübergabe am 6. Oktober an den Bibliotheksleiter Bruno Lehmann in das umgebaute ehemalige Kinogebäude einzog. Zehn lange Jahre hatte Bruno Lehmann darum gerungen!

Was geschah ab November, als das Reisefieber ausbrach? Die Bibliothekare, weiblich und männlich, erinnern sich. Alte Bücher wurden entsorgt, neue angeschafft. Die Klassiker, Brecht und die alten, habe man behalten. Marx, Lenin, Stalin habe man in Göttingen verkauft und für das Geld neue, andere Bücher angeschafft. Ja, alles Rote wurde entfernt, und das vom Dietz-Verlag. In Bitterfeld habe man wohl auch die Klassiker rausgeworfen, sich später geärgert, als man sie dann wieder kaufte!

Anderes wurde nun gelesen, Bücher der sogenannten Unterhaltungsliteratur wurden von den Lesern verschlungen. Wobei die Leser immer weniger wurden. Bestimmte Bücher, die bisher beliebt gewesen waren, wurden nicht mehr nachgefragt. Die Menschen, die Leser waren nun unterwegs, kauften ein, besichtigten Gebiete, die vorher nur über Bücher erreichbar waren. Sie lasen weniger. Und es wurden so wenige Leser, daß die Besucherzahl von 1989 erst wieder 1993 erreicht wurde!

So etwa zehn Jahre nach der Wende erinnerte die Bibliothekarin Barbara Siwik an die von Herzog Christian vor 300 Jahren begründete Bibliothek.

In Merseburgs Innenstadt gab es, wie damals in fast jeder Stadt, die Volksbuchhandlung. Diese wurde unmittelbar nach der Wende vom Buchhandelsunternehmer Gondrom übernommen. Wie so vieles, was in Partnerschaften mit dem Westen, auch mit der Partnerstadt Bottrop in einer Euphorie der Gewinnmaximierung entstand, verschwand auch Gondrom wieder sang- und klanglos. Herr Gedeon, der 25 Jahre in der Volksbuchhandlung gearbeitet hatte, eröffnete 1991 gemeinsam mit der Buchhändlerin Frau Knittel den Buchladen Knittel & Gedeon. 52 Jahre ist er nun schon Buchhändler. Chaotisch sei die Zeit nach der Wende gewesen, erzählte er mir. Er erinnerte sich kopfschüttelnd an den Bürgermeister eines kleinen Ortes, der meinte, es sei an der Zeit, die Puschkinstraße umzubenennen. Hauptsache, ein Stalinist weniger.

2016 gab es in der Walter-Bauer-Bibliothek, die 1994 den Namen des in Merseburg geborenen Schriftstellers erhielt, die Festveranstaltung „200 Jahre Friedrich-Stollberg-Buchhandlung“. Die Bibliothekarin Frau Renneberg hielt einen wunderbaren Vortrag. Friedrich Stollberg war der dritte Besitzer, aber namensgebend für die heutige Buchhandlung. Dietrich Herfurth schiffte die private Buchhandlung, mit Antiquariat eine Treppe höher, sicher bis zu den restlichen Klippen der DDR. Manches Schaufenster, von ihm gestaltet, verursachte Mißempfinden bei den SED-Genossen. Das eine oder andere Buch des Anstoßes wurde dann gegen ein anderes getauscht, die erneute Kontrolle durch Partei- und

Staatsführung blieb aus, diese hatte wohl „neue“ Aufgaben zu bewältigen.

Ich erinnere mich, daß ich, neu in der Stadt, nach einem bestimmten Buch gefragt hatte, worauf ich die Antwort erhielt: Rosinen haben wir nicht.

Die Buchhändlerin, mit der ich heute plauderte, erzählte, wie Herr Herfurth damals mitunter 100 Bücher bestellte und eines geliefert bekam. Es habe Zeiten gegeben, da habe man Tüten mit Büchern gepackt. Der Kunde konnte eine Tüte kaufen, ohne den genauen Inhalt zu kennen. Wie die Katze im Sack, so eine Art Lotterie, so daß man keinen Kunden verprellen mußte. Zufall, wer was kaufte. Klar, denn zu DDR-Zeiten hatte einer das eine, der andere etwas anderes, und schon kamen die schönsten Tauschgeschäfte zustande.

In der DDR gab es den Vorankündigungsdienst für Buchneuerscheinungen. Ich kannte ihn aus meiner Heimatstadt. „Rosinen“ ließen sich so bestellen, und wer Glück hatte, bekam sie auch. Und ich erinnerte mich, wie ich auf einer Westreise 1987 in einen Buchladen ging und ein Buch von Heinrich Böll kaufen wollte. Wie mir das Herz aufging, als man mich vor ein Regalfach führte, in dem wohl über zwanzig verschiedene Bücher von ihm standen. Damals kaufte ich *Frauen vor Flußlandschaft*.

Die altehrwürdige Buchhandlung „Friedrich Stollberg“ kaufte der aus Zweibrücken stammende Hartmut Müller am 1. Juli 1990. Dazu hatte er noch die DDR-Staatsbürgerschaft annehmen müssen, um das Geschäft übernehmen zu können.

Eine wunderbare Zeit sei es gewesen, so kurz nach der Wende. Unmengen an Büchern seien gekauft worden, endlich konnte man lesen, was das Herz begehrte. Ich erinnere mich, wie ich nach der Wende das Buch „Alles selbst genäht" kaufen wollte und man mir schroff entgegnete: Modezeitungen führen wir nicht. Als ich trotzdem bat, mal im Computer nachzuschauen, wurde ich urplötzlich wie ein König behandelt. Das Buch kostete 100 DM.

Herrn Müller gibt es hier nicht mehr, Herr Arps übernahm zum Glück die Buchhandlung.

Die Bibliothek, jetzt mit einem schönen Glasaufbau, und die beiden Buchhandlungen sind für Merseburg geblieben. Drei Orte, an denen man mit Menschen über Bücher, Gott und die Welt plaudern kann. Die Bibliothek ist bedroht wegen Geld- und damit Personalmangels; für die kleinen Buchläden würde der Fall der Buchpreisbindung wohl das Aus bedeuten.

Über 25 Jahre Buchhandlung Knittel & Gedeon, 200 Jahre Stollberg-Buchhandlung, 300 Jahre Bibliothek, mehr als 1000 Jahre Merseburger Zaubersprüche …

Merseburg hat (noch) was zu bieten!

Ahnungslos aus der Provinz in die Hauptstadt der DDR

Jürgen und Christel Tippelt

Am 7. Oktober 1989 waren wir in Berlin.

Wir, das waren mein Mann und ich sowie unser Sohn Ralf, damals 12 Jahre alt, und unsere Freunde mit Matthias und Christian, Klassenkameraden von Ralf. Sie hatten einen Trabbi und wir einen Saporoshez als fahrbaren Untersatz. Beide Fahrzeuge besaßen kein Autoradio, so dass wir ganz ohne Nachrichten unterwegs waren. 1989 war es bis zum Zentrum in Ostberlin etwas weiter als heutzutage, man musste ja den Berliner Ring bis zum Kreuz Königswusterhausen fahren ... Berlin kannten wir sehr gut, nicht nur durch die Märkte, sondern auch, weil unsere beiden Großen in Berlin arbeiteten, angelockt von der FDJ-Initiative „Berlin".

Wir hatten von der Kulturabteilung Berlin Mitte eine Einladung zum Herbstmarkt, welcher jährlich im

Volkspark Friedrichshain hier stattfand, erhalten. Am 7. Oktober, dem 40. Geburtstag unserer Republik, bekamen wir dann dort auch noch zusätzlich die Marktgenehmigung für die Kongresshalle am Haus des Lehrers am Alex. Diese Einladung schloss Quartiere und Verpflegung mit ein, und so starteten wir gut gelaunt in die Hauptstadt der DDR. Wir waren ein Jahr davor schon mal dort und hatten gute Geschäfte mit dem Verkauf unserer Gürtel und Taschen gemacht.

Diesmal war es aber irgendwie ganz anders. Schon auf der Autobahn stimmte etwas nicht, überall war sehr viel Polizei, besonders an den Autobahnparkplätzen. Diese wurden ja damals für ostdeutsche Autofahrer und westdeutsche Busreisende getrennt, auf unseren gab es keine Toiletten, man mußte sich zur Notdurft ins Gebüsch verziehen. Im Friedrichshain war weniger los als sonst, wir bekamen zwar wie immer die Verpflegungsbeutel, aber es kamen nur wenige Berliner. Somit nahmen wir das Angebot gerne an, auch am Alex einen Stand aufzubauen. Am Nachmittag fuhren wir dann dorthin. In der Karl-Marx-Allee regelten Polizisten den Verkehr. Auf der anderen Straßenseite war eine lange Reihe von Armee-LKW unterwegs. Im Hintergrund waren laute Gesänge und Rufe zu hören. Alles war sehr unübersichtlich. Dann wurden wir regelrecht gezwungen, rechts anzuhalten und auf dem Fußweg zu parken. Da es von dort nicht weit war zur Kongresshalle, schleppten wir unser Zeug zu Fuß. Wir waren ja immerhin zu siebent! Im Haus des Lehrers lief der Verkauf sehr schleppend. Ich war noch ein paar mal draußen, wir brauchten für die Kinder etwas zu essen, und ich wollte unbedingt Karten für ein Varieté mit Travestieschau kaufen. Das stand irgendwo in einem Randgebiet in Weißensee, was ich auch mit den öffentlichen Verkehrsmitteln bequem erreichte. Unterwegs fielen mir nur mehrere laut diskutierende Menschengruppen auf und das ständige Geheul einiger Rettungswagen. Inzwischen wurde es Abend und dunkel. Da der Verkauf nicht lief, beschlossen wir nach einigen Stunden, unsere Sachen zusammenzupacken und zu den Autos zurückzugehen. Aber dort war der Teufel los. Zum ersten Mal sah ich Polizisten mit Schlagstöcken. Mannschaftswagen kamen, und Polizisten in Dreiergruppen näherten sich uns. Und dann sprang unser Auto nicht an. Wir schoben es mehrmals hin und her und erregten somit auch noch die Aufmerksamkeit unserer Freunde und Helfer. Im Hintergrund hörte man laute Gesänge. Immer noch schwante uns nichts Böses. Als die Karre endlich ansprang, waren alle erleichtert. Die Polizisten machten den Weg frei, und wir machten uns auf und davon.

Wir hatten vor der Stasizentrale geparkt (was ich erst später zu Hause in Leuna bemerkte, als ich mir den Berliner Stadtplan etwas genauer anguckte), und die Gesänge kamen von der Gethsemanekirche ...

Irgendwas war im Gange, und wir waren immer noch ahnungslos. Wir fuhren dann zu unserer Privatunterkunft nach Mahlsdorf und spät in der Nacht ins Varieté. Dauernd hörten wir diese Sirenen der Rettungswagen. Radio hörten wir nicht, und einen Fernseher hatten wir ebenfalls nicht, und unsere Wirtin erzählte uns auch nichts.

Das Varieté war mal ganz was anderes, Travestie war neu für uns und ganz unterhaltsam. Am nächsten

Tag fuhren wir nach Haus, problemlos. Die Autobahn war wieder frei.

Im Westfernsehen und im DDR-Fernsehfunk erfuhren wir vom Besuch Gorbatschows, seinem Ausspruch, wer zu spät kommt, den bestraft das Leben, Honeckers Aussage, dass die Mauer noch 100 Jahre steht, aber auch von Protesten sowie den Verhaftungen von Demonstranten.

Nichtsdestotrotz fuhren wir am 9. Oktober zum Markt nach Leipzig, ohne zu ahnen, was sich da am Abend zusammenbrauen sollte. Auch hier kamen wenig Käufer, Polizisten sahen wir nicht, wir blieben jedoch nur wenige Stunden. Dabei herrschte in Leipzig schon der Ausnahmezustand. Auf dem Rückweg, so nachmittags gegen 15 Uhr, sichteten wir weder Polizei noch Armeefahrzeuge. Abends im Westfernsehen verfolgten wir das Geschehen, begriffen jedoch immer noch nicht den Ernst der Situation.

Anschließend überschlugen sich die Ereignisse. In Leipzig fanden weiterhin die Montagsdemonstrationen statt. Botschaftsbesetzungen in Prag und Warschau. Und über Ungarn versuchten viele, über die offene Grenze zu kommen.

Wir hatten zu DDR-Zeiten viele Brieffreunde, auch in Litauen. So besaßen wir eine private Einladung nach Vilnius und wollten im Herbst 1989 mit dem Auto dorthin. Wir hatten schon das Visum, aber in Polen und in Prag qualmte die Luft. Dann waren die Grenzen angeblich dicht, weil alles versuchte, über Ungarn zu entkommen. Wir wollten nach Vilnius! Über Ungarn kam für uns nicht in Frage, Polen erschien uns unheimlich. Ich hatte auch eine Freundin in Kladno, da waren wir sehr oft, auch im Sommer 89, also würden wir notfalls auch den Umweg über Prag wählen!

Unsere geplante Autoreise über die ČSSR nach Litauen wurde jedoch wegen geschlossener Grenzen unmöglich, unser Visum war nichts mehr wert. So verbrachten wir mit unserem Sohn die Herbstferien in der Selkemühle im Harz. Dort im Postferienheim gab es zwar einen Fernseher im Klubraum, aber natürlich kein Westfernsehen … Trotzdem war hier der abendliche Informationstreff.

Egon Krenz wurde Staatsratsvorsitzender, und einen Monat später, am 9. November, war die Grenze urplötzlich für alle offen … Tags darauf knatterten viele fahrbare Untersätze gen West und verstopften regelrecht die Autobahn …Tausende verließen die DDR, um im goldenen Westen ihr neues Glück zu versuchen. Fassungslos saßen wir vor dem Fernseher und informierten uns abwechselnd im Ost- und Westfernsehen.

Am Leunaer Rathaus bildete sich eine lange Schlange, um den Stempel für den Besuch auf der anderen Seite der Mauer zu erhalten. So fuhren wir wieder nach Berlin. Erst nach Mahlsdorf und dann mit der S-Bahn Richtung Westen, um das Begrüßungsgeld abzuholen. Ja, es gab wirklich für jeden aus dem Osten 100 DM auf die Hand. Einfach so. So landeten wir vorher am Brandenburger Tor. Da war jetzt ein offizieller neuer Grenzübergang für die Fußgänger.

Die fleißigen Volkspolizisten kontrollierten wahrhaftig unsere Personalausweise, während rechts und links von ihnen sportliche Vietnamesen einfach so über die Mauer sprangen. Jetzt sahen wir auch die Mauerspechte in Aktion. Endlich am Ziel unserer Wünsche angelangt, auch eigene Mauerstückchen zu besitzen, baten wir einen der emsig arbeitenden Mauerspechte, uns seinen Hammer zu leihen. Er drehte sich lächelnd um: „I don't understand, I am from L.A." So konnten wir auch bunte Mauerstücke abschlagen, die wir dann häufig auf unseren Reisen nach Amerika verschenkten. Die Welt war nun auch für uns offen. Reisefreiheit ...

Aber nur wer Arbeit und somit das nötige Kleingeld hatte, konnte losstarten. Die Sorge um Arbeit und damit Wohlstand begann. Viele alte Leunapelzer verloren ihre Arbeit. Ich hatte zu dieser Zeit nur einen Arbeitsvertrag über 11 Stunden pro Woche. Aber das Glück blieb uns hold: Ich konnte bei der Telekom in Vollbeschäftigung gehen, und mein Mann konnte kurz vor der Stilllegung der alten Raffinerie in die neue wechseln.

Wir trennten uns von unserem Saporoshez und kauften uns einen VW Golf. Unser kleines Werkshaus konnten wir kaufen, andererseits hätten wir ausziehen müssen.

Wir hatten das Glück, unseren Job bis zur Rente zu behalten, und konnten die große weite Welt kennenlernen.

Wendezeiten II

Tilo Buschendorf

Irgendwann in den 80er Jahren sagt mein Chef, so nebenbei, beim obligatorischen Skatspiel in der Mittagspause: „Wenn die Kapitalisten hier wieder herkommen, sind wir unseren Arbeitsplatz los!", und lacht laut. Ich horche auf. Was sagt der da? Hat der 'ne Meise, schießt es mir durch den Kopf. Der meint doch nicht etwa die IG Farben? Denen hat das Leunawerk bis fünfundvierzig gehört. So manches Mal hat mein Chef damit geprahlt, dass er seine Lehrzeit noch zu IG-Farben-Zeiten absolviert hat.

„Die Kapitalisten verschrotten alles und machen aus dem Werk einen Park", fügt er noch laut hinzu und drischt den Schell-Ober auf die Tischplatte. Du Spinner, denke ich. Solange hier die SED das Sagen hat, kommt deine IG nicht hierher zurück. „Kontra!", ruft ein Mitspieler und grinst. Ich lehne mich zurück und sehe dem Spiel der anderen erwartungsvoll zu. Dass gerade der das sagt, wundert mich eigentlich nicht. Denn der ach so treue Parteiarbeiter ist ein eingefleischter Bayern-München-Fan. Unverständlich schüttele ich den Kopf. Der soll seine Gedanken mal lieber für sich behalten.

Ich frage mich, wie so einer keinen Hehl daraus macht, dass die DDR bald untergeht, obwohl er doch selbst ein Teil dieser Partei ist. Dem braven Parteigänger geht es doch nicht schlecht. Andererseits begann es in der DDR langsam zu brodeln. Doch keiner glaubt, dass der oft propagierte feste Machtblock dieser mächtigen Partei einmal auseinanderfallen könnte. Auch ich nicht. Auch nicht, als sich erste Risse zeigen. Und doch ist es so gekommen.

Es ist ein Montag im Oktober 1989. Zufällig habe ich Freischicht. Die Gelegenheit kann nicht günstiger sein, um nach Leipzig zu fahren. In Leipzig tue sich etwas, wird immer öfter hinter vorgehaltener Hand erzählt. Worte wie Nikolaikirche und Demo im Stadtzentrum machen die Runde. Ich bin neugierig und will mir unbedingt ansehen, was da passiert. Ein leichtes Angstgefühl breitet sich in mir aus, denn von Zusammenstößen mit der Polizei wird ebenfalls berichtet. Bereits am Nachmittag mache ich mich auf den Weg. Sicherheitshalber parke ich meinen „Trabbi" aus Angst vor einer Polizeisperre im Stadtteil Grünau. Weit ab vom Stadtzentrum. Die Straßenbahn bringt mich weiter bis zum Hauptbahnhof, und von dort ist das kurze Stück bis zur Nikolaikirche schnell zu Fuß zu erreichen. Auf dem Platz vor der Kirche ist alles ruhig. So, wie ich das von vergangenen Besuchen in Leipzig kenne. Nur hier und da stehen einige Polizisten. Sonst nichts. Enttäuscht gehe ich in eines der großen Kaufhäuser. Nach einer reichlichen Stunde stehe ich wieder auf dem Platz vor der Kirche. Etwas ängstlich beobachte ich die Umgebung und tue so, als mache ich einen Schaufensterbummel. Außer den Polizisten sind jetzt noch ein paar

Herren zu erkennen, die sich irgendwie von den anderen Menschen unterschieden. Sei es in ihrer Kleidung oder ihrem Verhalten. Die sind irgendwie anders, denke ich. Langsam wird es Abend. Als es allmählich dunkel wird, beginnt sich erst zögerlich, dann immer schneller der Platz mit Menschen zu füllen. Von allen Seiten, aus allen angrenzenden Straßen kommen sie. Je mehr es werden, umso mehr demonstrieren sie ihr Selbstbewusstsein. Unruhe breitet sich in mir aus. Plötzlich erschallt ein lautes „Aah!“, und alle schauen in eine Richtung. In einem Fenster gegenüber der Nikolaikirche hat jemand eine Kerze entzündet. Es wird lauter. Ist das ein Zeichen, denke ich? Ja, das ist es! Denn plötzlich beginnen in anderen Fenstern weitere Kerzen zu leuchten. Erst zwei, dann drei, dann immer mehr. Bis sie nicht mehr zu zählen sind. Und auf einmal ist der Platz vor der Nikolaikirche voller Menschen. Am Eingang entsteht Gedränge. Ich versuche erst gar nicht reinzukommen. Sprechchöre sind von dort zu hören. Erst verhalten, dann immer lauter. „Wir sind das Volk!“, höre ich es rufen. Dazu rhythmisches Händeklatschen. Schnell breiten sich die Sprechchöre aus. Immer mehr Menschen fallen ein und immer lauter wird gerufen. Ich stehe mittendrin, und mein Mund bewegt sich wie von selbst. Mich beschleicht ein Gefühl, das ich nicht beschreiben kann. Es fühlt sich an wie eine Mischung aus Angst und Stolz. Angst, bei diesen Menschenmassen unter die Räder zu kommen, und Stolz, dabei zu sein, wenn eine neue Zeit eingeläutet wird. Nach und nach schwindet meine Angst, und Stolz nimmt überhand. Ja, ich bin stolz, bei einem so historischen Ereignis dabei zu sein.

Gefangen von der Situation, höre ich gar nicht, was die Menschen jetzt rufen. „Wir sind ein Volk!“, höre ich, und alle stimmen ein. Moment mal, denke ich! Was passiert denn jetzt? Leise beginnt sich wieder Angst breitzumachen. Wohin soll denn die Reise gehen? Viel Zeit zum Nachdenken habe ich nicht. Die Menschenmassen setzen sich in Bewegung und formieren sich zum Demonstrationszug. Ich werde einfach mitgerissen. Erst langsam, noch dicht gedrängt und zögerlich, dann immer fester auftretend, schreiten wir über den Innenstadtring. Vorbei am Opernhaus, am Hauptbahnhof vorüber, bis zum Hauptgebäude der Staatssicherheit. „Stasi in den Tagebau!“, brüllen die Massen und strecken rhythmisch ihre Fäuste in den Leipziger Abendhimmel. Da wird mir bewusst, diese Menschen kann keiner mehr aufhalten. Das ist die Revolution. Die Polizei, die die Demonstration verhindern soll, beschränkt sich nur noch auf deren Absicherung, und von den verdächtig gekleideten Herren ist nichts mehr zu sehen. Immer wieder erschallen Sprechchöre. „Deutschland einig Vaterland“, wird jetzt gerufen. Da begreife ich, wohin die Reise gehen wird. Inzwischen bin ich in mitten Tausender von Menschen am großen Kaufhaus mit der Blechfassade angekommen. An der Blechbüchse, wie der Volksmund sagt. Von hier aus ist es nicht weit bis Grünau, überlege ich, und irgendwo wird schon eine Straßenbahn fahren. Zu Fuß mache ich mich auf den Weg. Nach etwa einem Kilometer sehe ich Leute an einer Haltestelle stehen. Ich frage nach der nächsten Bahn Richtung Grünau. „Ist grade weg“, sagt ein Herr mit Baskenmütze. „In 20 Minuten kommt die nächste.“ Mir fällt ein Stein von Herzen. Vier Haltestellen weiter steige ich aus. Ein Glück! Mein Trabbi steht noch immer an der gleichen Stelle. Inzwischen geht es auf 22 Uhr zu. Es wird Zeit, denke ich. Morgen um vier Uhr klingelt der Wecker. Dann muss ich zur Tagschicht. Ich beschließe, meinen Trip nach Leipzig vorerst niemandem zu erzählen. Am Ende kostet es mich meine Stelle als Schichtarbeiter.

Und heute? Die Revolution, so wie sie erwartet wurde, blieb aus. Aber sie kam. Ohne Gewalt. Ihre Waffen waren leuchtende Kerzen und der Mut der Menschen, die begannen, sich die Freiheiten herauszunehmen, die man ihnen vorenthalten hatte. Alles ist so eingetreten, wie mein Chef es damals gesagt hat. Die Kapitalisten sind wiedergekommen. Aus den zwei deutschen Staaten wurde ein Deutschland und aus dem maroden Leunawerk nach und nach ein Chemiepark, der die Region heute prägt.

Manchmal denke ich noch heute an das Gerede meines ehemaligen Chefs.

Am Ende hatte er doch recht. Nur dass aus dem maroden Leunawerk nach und nach ein leistungsstarker „Chemiepark" wurde, hat mein Chef leider nicht mehr erlebt.

Leipzig, 9. Oktober

Katharina Mälzer

Die Kinder bleiben zu Hause. Ich mache auf Arbeit eher Schluß. Die Gerüchte, man käme wegen Polizeisperren nicht nach Leipzig hinein, stimmen nicht. Hinterm Merkur stellen wir das Auto ab.

Wir laufen zum Zentrum, hören ein Tatütata. Die Polizei sperrt den Ring, um zwei Laster, auf deren Pritschen Bereitschaftspolizisten sitzen, durchzulassen. Mir wird es komisch. Wird Leipzig ein zweites Berlin? Wird geschossen werden? Mache ich meine Kinder zu Waisen? Wir gehen in Richtung Nikolaikirche, von wo aus nach dem Friedensgebet ca. 18.30 Uhr die Demo losgeht. Die Polizei ist präsent, sie wirkt einschüchternd, denn sie hat Gummiknüppel am Koppel, was sonst unüblich ist. Ein erstes Poster wird gezeigt: Für mehr Demokratie. Es wird die Internationale gesungen, Medienfreiheit gefordert. Flugblätter vom Neuen Forum werden verteilt, in denen man aufgerufen wird, jegliche Ausschreitungen zu vermeiden. Die Massen schieben sich in Richtung Karl-Marx-Platz. Über festinstallierte Lautsprecher des Stadtfunks Leipzig rufen verschiedene Persönlichkeiten, unter anderem Kurt Masur, alle Seiten zum friedlichen Dialog auf. Am Innenstadtring sieht man wahnsinnig viele Menschen. Es wird diskutiert, wie viele Tausend es wohl sein mögen. Am Bahnhof sind plötzlich Sirenen zu hören, man sieht Blaulicht. Ich denke, jetzt kommen Panzer, jetzt wird geschossen. Die Massen drängen zur Seite. Ich atme auf, als ich sehe, es ist ein Krankenwagen, der da fährt. Oder ist es eine Provokation, schauen, ob die Leute einen Krankenwagen behindern, einen Grund liefern zum Einsatz von Gewalt?

Aus den Seitenstraßen kommen weitere Menschen. Aus Fenstern wird gewinkt, manche haben Kerzen in die Fenster gestellt. Auf der Fußgängerbrücke stehen dicht gedrängt die Leute. Immer wieder Rufe: Reiht euch ein! Und: Keine Gewalt! Das Stasigebäude am Dittrichring ist umstellt von Bereitschaftspolizei. Mann an Mann stehen sie, ängstlich ihre Schilde vor sich haltend. Schämt euch! Reiht euch ein! Keine Gewalt!

Wir fahren nach Hause mit einem guten Gefühl, etwas bewegt oder mit angestoßen zu haben, was nicht mehr aufzuhalten war.

Später wird unser Zahnarzt aus Halle erzählen, daß er Bereitschaft hatte. Man hatte ein Lager eingerichtet, als Erste Hilfe für gebrochene Kiefer und ausgeschlagene Zähne. Ende Oktober berichtet ein Freund, SED-Mitglied und Angehöriger der Kampfgruppen der Arbeiterklasse, Dinge, die unsere Ohren schlackern lassen: Ein Arzt sei aus der Partei ausgetreten, da – Panzer waren aufgefahren – am 9. Oktober in Leipzig die Sozialversicherung aufgehoben sein sollte für Leute, die sich in der Innenstadt aufhielten.

Geschichten aus der Wendezeit

Dietrich Werner

Die 80er Jahre und die Veränderungen in der Stimmung des Volkes in der DDR

Ich hatte meinen Arbeitsplatz gewechselt, war vom Chemischen Kombinat Bitterfeld ins Plastwerk Ammendorf gewechselt. Eine neue Anlage zur Herstellung von Chlorkautschuk als Lackgrundstoff sollte dort gebaut werden. Ich war an der Entwicklung des neuen Verfahrens beteiligt.

Wenn ich an den Sonntagen aus unserem Garten in der Nähe von Eisleben nach Halle zurückfuhr, erlebte ich zunehmend die folgende Szenerie an der Kirche am Abzweig nach Halle-Süd. Es war am Abend, Kerzen brannten auf den Mauern der Umfriedung der Kirche.

Junge Leute waren im Kirchenbereich zu sehen, sie versammelten sich hinter den Mauern, übten eine Art stillen Protest. Diese Form des Widerspruchs ging schon über Monate.

Ein Thema war der Umweltschutz in der damaligen DDR. Er war zwar in gut klingenden Gesetzen verankert worden, aber in Wirklichkeit in fürchterlichem Ausmaß vernachlässigt worden. Das war besonders ausgeprägt hier im mitteldeutschen Raum. Größter Sünder war die chemische Industrie mit den Chemieriesen Leuna, Buna und Bitterfeld. Die Belastung der Umwelt war für die Menschen unerträglich geworden, Fragen des Umweltschutzes zum Politikum geworden. Meßwerte zu Umweltproblemen wurden zu Bestandteilen des Geheimnisschutzes, die SED-Führung verkam zu einem menschenverachtenden System. Der Ausspruch der Ostberliner „Wir fahren raus in die DDR" ist beredter Ausdruck für diese menschenfeindliche Politik.

Bei meinen zahlreichen Dienstfahrten nach Berlin betreffend das Vorhaben Chlorkautschuk mußte ich mehrfach nach Berlin-Pankow zum Sitz des SED-Wirtschaftsbosses Mittag. Die nahegelegene Kirche war auch hier zum Zentrum des Widerspruchs gegen die Umweltpolitik geworden. Ich habe auch diese Kirche besucht, aber auch hier keine Kontakte angeknüpft, um nicht ins „offene Messer der Stasi" zu laufen. Das habe ich auch bei unserem Ostseeurlaub in Zingst so gehandhabt, wo mich ein junger Mann für die Mitarbeit im Umweltschutz werben wollte. Es roch förmlich nach Stasinähe, der „Hinkefuß" war wohl nicht weit entfernt. Man konnte die Hydra förmlich in allen Bereichen des öffentlichen Lebens spüren. Man war ihr ausgeliefert, gleichzeitig entwickelte sich aber auch der Widerstand.

Seit die CDU in der Bundesrepublik die Macht übernommen hatte, war es ruhig um das Problem Gesamtdeutschland geworden. Die Regierung Brandt hatte noch mit der neuen Ostpolitik versucht, eine Annäherung zwischen Ost und West zu erreichen. Dieses planvolle Arbeiten war bei Kohl nicht vorhanden, politisch wurde „vor sich hin gewerkelt". Wirtschaftlich lebte man ja auch zufrieden mit den Niedriglohnprodukten der DDR, die auf ihren Devisenbeschaffer Schalck-Golodkowski angewiesen war. Mit der Villa am Tegernsee kam diese gegenseitige Hochachtung später zum Ausdruck. Auch Ärzte aus der „ungebildeten" DDR waren in der BRD willkommen. So ging es munter weiter im politischen Alltag.

Das Schiff der politischen Arbeit nahm erst nach dem Machtantritt Gorbatschows wieder Fahrt auf.

Meine Fahrten nach Leipzig, als die „Wende" begann

Mein Direktor Dr. H. im neuen Werksteil von Buna, dem sogenannten Komplexvorhaben, hatte mich beauftragt, eine Reise ins östliche Sibirien vorzubereiten. Ziel war die Besichtigung der von der DDR erbauten Chloralkalielektrolyseanlage, die ich mit angefahren hatte, und die Einsichtnahme in Unterlagen der Anlage zur Steinsalzverwertung, die von der russischen Seite entwickelt worden war. Ein analoges Problem stand bei der unterirdischen Aussolung in Bad Lauchstädt an, es drängte zur Verwertung in einer Chloralkalielektrolyseanlage.

Da das Reisebüro in Halle Flüge in das fernöstliche Irkutsk nicht im Angebot hatte, mußte ich nach Leipzig in das nächstgelegene Aeroflotbüro fahren. Es ergaben sich mehrere Besuche in der Messestadt mit mehreren Konsultationen zur Absicherung der Reise, bei denen sich meine Sprachkenntnisse als sehr vorteilhaft erwiesen. Die Probleme der Flüge nach Fernost kannte ich aus den Jahren 1979/80, später kamen neue Erfahrungen dazu. Da der Winterbeginn in der Taiga nördlich von Irkutsk manchmal schon im September stattfindet, drängte ich meine Kollegen auf einen frühestmöglichen Reisebeginn. Aber aus der Fahrt im Monat August wurde nichts, weil meine Kollegen erst Urlaub machen wollten. So wurde der September doch noch der Reisemonat.

Bei den Fahrten nach Leipzig hatte ich auch etwas Zeit für die Besichtigung der Nikolaikirche. Wegen der montäglichen Protestmärsche war die Kirche in den Blickpunkt der Öffentlichkeit geraten. Nach Abschluß einer der Besprechungen im Aeroflotbüro bin ich zu der nahe am Zentrum gelegenen Nikolaikirche gegangen. Es war ein Wochentag, die Kirche war geöffnet. Ich durchschritt das beeindruckende Portal, ging hinein und beschaute mir das Innere dieser Kirche. Die helle Inneneinrichtung machte einen freundlichen Eindruck auf mich. Es waren viele Menschen anwesend, und das mitten in der Woche. Natürlich mußte ich dabei an „Horch und Guck", den berühmt-berüchtigten Apparat in der DDR, denken. Ich hatte nach dem Eintritt in die Kirche auch das unbestimmte Gefühl, gemustert zu werden. Es war schon eine eigenartige Situation, denn Betende habe ich nur wenige gesehen.

Entsprechend meinen Gewohnheiten habe ich mich in eine Bankreihe gesetzt, um die Umgebung und das Fluidum Kirche auf mich einwirken zu lassen, ohne selbst gläubig zu sein. Ehrlicherweise sollte ich sagen, daß ich mich der Überzeugung meiner Frau angeschlossen hatte: „Wenn es einen Gott geben würde, gäbe es nicht so viel Elend auf der Welt." Für mich war das eine logische Schlußfolgerung, die meinem naturwissenschaftlichen Denken entsprach. Andererseits habe ich nicht ganz mit dem göttlichen Element gebrochen, mein religiöses Denken entsprach wohl mehr dem Ansatz Goethes von einem Gott als natürlichem Element.

Während ich so vor mich hindachte, hatte sich jemand neben mich gesetzt. Nach einer Weile verwickelte er mich in ein Gespräch über Leipzig. Schließlich fragte er auch nach den Leipzigern und ihren Montagsdemos. Ich fühlte mich „überfragt", hatte keine Meinung dazu, obwohl mich in Wirklichkeit das Verhalten der Leipziger sehr interessiert hat. „Mein Autoschlosser" in Bitterfeld, „Beziehungen waren in der DDR ja alles", hatte mir erzählt, daß er regelmäßig mit dem Zug nach Leipzig gefahren ist, um an der Montagsdemo teilzunehmen. Ich schätzte sein Verhalten als sehr positiv ein; Rudi war nicht nur ein sehr guter Autoschlosser gewesen. Meinem Gegenüber in der Nikolaikirche erzählte ich natürlich nichts von diesen Dingen. Er verließ mich nach der Befragung nach meiner Arbeit in Leipzig und meiner Aussage, daß ich dienstlich anwesend wäre.

Offensichtlich hatte ich Kontakt mit einem Stasimitarbeiter gehabt, schlußfolgerte ich später. Sie schienen alles im Griff zu haben und überall anwesend zu sein. Wobei wohl nur das letztere gestimmt haben mag, wie die Geschichte bewiesen hat.

Training der Kampfgruppen Bunas am Gummiknüppel

Für das Militärische, dazu gehören auch die Kampfgruppen in der ehemaligen DDR, hatte ich nach reichlich zwei Jahren Militärdienst nur Abneigung entwickelt. So habe ich trotz beträchtlichen Druckes den Dienst in den Kampfgruppen verhindern können. Eine Tuberkulose hat dann diesen Zustand noch zementiert, worüber ich nicht unglücklich war.

Im Frühjahr 1989 bin ich vom Ammendorfer Plastwerk ins Stammwerk Buna gewechselt, weil ein Scheitern bei der Verwirklichung der Neuanlage Chlorkautschuk abzusehen war. So war ich im Buna-Werk gelandet, dem ich 1972 den Rücken zugedreht hatte. Die weiteren Entwicklungen gaben mir schließlich recht, zwei Kollegen wurden Opfer dieser Umstände und verstarben vorzeitig. Zum finanziellen Verlustsaldo des Vorhabens gehörten auch noch 200 Millionen DDR-Mark und 50 Millionen Valutamark, die mit Vehemenz „in den Sand gesetzt worden waren". „Der Spiritus rector hatte sich schnell in den Westen abgesetzt", schrieb die Buna-Betriebszeitung.

Auf meinem Weg zu meiner neuen Arbeitsstelle im abseits gelegenen Komplexvorhaben kam ich an diesem Tag im Spätsommer 1989 an dem freien Platz in einer Senke vor der Werkspforte vorbei. Beim Blick hinunter erblickte ich eine Einheit der Kampfgruppen in ihren grauen Uniformen. Sie standen in loser Formation, bestimmt fünfzig oder auch mehr Menschen, gruppenweise, an einer Stelle auch paarweise gegenüber. Sie hatten

Gummiknüppel in den Händen, vollführten damit paarweise und in Gruppen Angriffe gegeneinander. Sie schlugen aufeinander ein, was zumindest sehr wild aussah, manchmal krachte es sehr. Sie schonten sich offensichtlich nicht, wobei die Kommandeure mit ihrem Gebrüll die ganze Szenerie anheizten.

Ich guckte interessiert zu, blieb auch noch eine Weile stehen und fragte mich nach dem Sinn des Gesehenen. Offensichtlich handelte es sich um eine Übung. Aber was steckte dahinter? Denn eigentlich waren Gummiknüppel der Polizei vorbehalten. Was war für die Kampfgruppen vorgesehen, die aus den umliegenden Betrieben stammten? Mit diesen Gedanken bin ich zu meinem Arbeitsplatz in der Forschungsbaracke gegangen.

Meine Kollegen, mit denen ich über das Gesehene sprach, zuckten mit den Schultern oder gaben einen deftigen Kommentar ab. Darunter auch den, daß man vorhabe, auf Andersdenkende mit dem Gummiknüppel einzuschlagen. Die gerade von der Bezirksparteischule Ballenstedt zurückgekommene Genossin äußerte, daß man im Kampf gegen die Konterrevolution alle Mittel einsetzen müsse. Das war die Meinung der Genossin, die fachlich schwach, aber politisch stark war. Es war der übliche DDR-Kaffeesatz.

Kurze Zeit später fand ein Parteiverfahren gegen einen erfahrenen Arbeiter aus den Werkstätten des Komplexvorhabens statt. Er hatte öffentlich erklärt, daß er den Einsatz mit dem Gummiknüppel gegen die eigenen Kollegen ablehne. Der Ausschluß aus der Partei kam zwangsläufig. Ich habe über den Mut des Arbeiters gestaunt. Das hat ihm bestimmt viele Nachteile und schlaflose Nächte eingebracht. Danach ging das Leben im Frühherbst 1989 weiter, als wenn nichts gewesen wäre. In Leipzig begann sich der Widerstand zu formieren, an anderen Orten war davon wenig zu spüren.

Der Stasimitarbeiter in der persönlichen Umgebung – spätere Erkenntnisse

Hinterher, nach der Wende oder der sogenannten friedlichen Revolution, war schnell klar geworden, daß die Stasi allgegenwärtig war. Sie hatte wie ein Krake das Land überzogen und war der größte Arbeitgeber in der DDR. Dieser Staat war mit der Zielstellung angetreten, eine bessere Gesellschaft zu entwickeln und den Kapitalismus zu überholen. Daraus wurde nichts, im Gegenteil. Zuletzt war es nur noch ein primitiver Machtkampf, bei dem die Menschen schnell auf die Verliererstraße gerieten.

Daß Menschen sich für die Spitzeltätigkeit hergaben oder die Stasimitarbeit als Karrieresprungbrett benutzten, ist ein Paradoxon nach dem eben überstandenen zweiten Weltkrieg und den hohen Anforderungen an eine neue menschliche Gesellschaft.

Wie die persönliche Entwicklung eines solchen Menschen aussieht, habe ich bei einem Studienkollegen erleben können. Manfred G. war während unseres Chemiestudiums wegen Betrugs „geext" worden. „Geext" war unser Ausdruck für den Hinauswurf aus dem

Studium. Wahrscheinlich handelte es sich um einen Fall
von Betrug im Zusammenhang mit den obligatorischen
Analysennachweisen. Es mußte sich aber um einen
„schwereren" Fall gehandelt haben. Nähere Umstände
kannte ich nicht. Nach einem Jahr in der chemischen
Industrie war er dann wieder da, hatte weiter studiert
und es bis zum Diplom geschafft. Auffallend war sein
späterer Werdegang, er wurde gefördert und landete in
der Kombinatsentwicklung des Chemieriesen Buna,
dort zuletzt als Abteilungsleiter. Ich hatte seine fachlichen Fähigkeiten bei einer kurzen gemeinsamen Arbeit
kennengelernt. Er hatte mich nach dem Umrechnen von
Konzentrationen befragt. Das ist Stoff des ersten Studi-
enjahres. Damals stellt mir auch ein leitender Mitarbeiter
Fragen nach seinem „Hintergrund". Ich habe mir keine
Gedanken zu diesen Vorgängen gemacht, bei uns stand
das eigene Studium im Vordergrund.

Ich war gegen die Beschäftigung von Strafgefange-
nen in Buna und unzufrieden wegen Benachteiligungen
bei meiner „gehaltlichen" Entwicklung. Als ich daher
nach Bitterfeld ins Chemiekombinat gegangen war,
tauchte G. in unserem Freundeskreis ehemaliger Seminargruppenkollegen, also sehr eng verbundenen ehemaligen Studenten, auf. Nichtsahnend hatten wir ihn in
unserem Freundeskreis aufgenommen, seinem Wunsch
entsprochen.

Auffallend war für mich sein aggressives Verhalten
mir gegenüber, das ich mir nicht erklären konnte und
letztlich seinen schwachen fachlichen Kenntnissen zu-
schrieb. Die Jahre bis zur Wende 1989 verliefen ruhig,
wir trafen uns in geselliger Runde und auch im familiä-
ren Kreis regelmäßig. Bei der späteren Einsichtnahme in

meine Stasiakte erfuhr ich lediglich, daß ich Republikflucht plane und intensive Westkontakte unterhalte. Das erstere stimmte nicht, der zweite Moment natürlich vollkommen. Persönliche Bezüge waren in den allgemeinen Formulierungen nicht erkennbar.

Unser gemeinsamer Freund verabschiedete sich aus unserer Runde nach der politischen Wende des Jahres 1989 ohne Begründung, erschien nicht mehr zu gemeinsamen Treffen wie früher. „Er hat sich verduftet", sagt man im Volksmund dazu. Vom Tennissportverein Lok Halle, in den ich ihn eingeführt hatte, erfuhr ich später, daß man sich von ihm getrennt hatte.

Eines Tages, als ich einen Bekannten aus unserem Freundeskreis befragte, „fiel bei mir der Groschen": er war nach Betrug und Exmatrikulierung Stasimitarbeiter geworden und in unserem Kreis als IM lange Zeit tätig gewesen. Trotz beträchtlicher fachlicher Mängel war seine berufliche Entwicklung steil nach oben gegangen. Er hatte mich auch mehrfach um fachliche Beratung gebeten, die mich damals nicht gewundert hatte und die ich ihm freundlicherweise ohne Hintergedanken gewährte. Das Ausbleiben in unserer Runde ergab schließlich die Schlußfolgerung, daß er das „Stasischwein" in unserer Bitterfelder Gruppe gewesen war. War sein Schamgefühl der Auslöser für sein Zurückziehen aus unserem Kreis?

Vorher hatte schon der Alkohol zu einem Dezimieren unserer Gruppe geführt, der Leiter der Farbfilmproduktion Wolfen verschwand auf Nimmerwiedersehen. Bei dem Leiter der Patentabteilung, bei dem eine Stasimitgliedschaft auch sehr wahrscheinlich war, hatte Parkinson „zugeschlagen".

So ist der Freundeskreis auf zwei ehemalige Seminargruppenkollegen aus dem gemeinsamen Studium geschrumpft, die im Alter über 70 einen losen Kontakt halten und etwas „vom wahren Menschen“ bewahrt haben. Meine Zugehörigkeit zur Partei SED seit meiner Armeezeit zähle ich zu meinen „Jugendsünden“. Austreten war eine Alternative, die ich formuliert, aber letztlich verworfen hatte. Mitläufer oder Märtyrer ist hier frei nach Shakespeare die Frage? „Oder geht die unendliche Geschichte Stasi immer weiter?“

In der Bildzeitung waren Listen von Stasi-Mitarbeitern, vor allem aus Halle/Saale, veröffentlicht worden. Es war auch ein Zimmerkollege vom gemeinsamen Chemiestudium dabei. Seine Spezialität war das „Ganz-links-Überholen“ gewesen, verbunden mit einem großen Drang nach Geld. Ein weiterer Seminargruppenkollege war Leiter der Kriminalpolizei in Buna geworden. Im besoffenen Zustand hatte er mich bei einem Studienjahrestreffen bedroht. Auch im Gartenverein Bornstedt, in dem ich zur Wendezeit als Vorsitzender tätig war, befanden sich Stasileute, die mir nicht freundlich gesonnen waren.

Es war eine sehr schlimme Zeit – die Zeit des Mauerfalls, der friedlichen Revolution und der Wiedervereinigung. Es kam auch noch die Zeit der Wiedervereinigungskriminalität. Wir Deutsche haben nichts ausgelassen, wir sind in allem sehr gründlich.

Zum Schluß will ich nicht das Problem der Wendehälse vergessen. Es ist aber glücklicherweise nicht ganz so schlimm wie das der Stasi.

Der Wendehals
Die Spezies der Wende im Jahre 1989

Dem Menschen ist es im allgemeinen nicht gegeben,
seinen Kopf um 180 Grad zu drehen.
Doch gibt es die Spezies Wendehals,
die als Vogel des Jahres 1988 bekannt geworden.
Er kann den Kopf wenden ohne größere Qual
und letztlich auch ganz total.

Als größter Opportunist wurde er bekannt,
nach Zusammenbruch des Sozialismus gewendet en passant.
Christa Wolf hat das erkannt,
fünf Tage vor dem Mauerfall war er wieder vakant.
Da sitzt er nun wieder im sicheren Nest,
als wenn nichts gewesen wäre, bequem und fest.

Fast ist es das alte Gemähre,
verbessert haben sich meist seine Tantieme.
Die Deutschen sind sehr geübt in Sachen Wendehals,
haben sich schon oft gewendet seit dem Mittelalter.
Gekonnt als Nazi, Antikommunist oder Sozialist,
heraus kam im Endeffekt meist nur „Mist".

Das Tierreich muß für schlechte menschliche Eigenschaften
herhalten,
was kann der blöde Hund dafür
oder das dumme Schwein, die dumme Ziege,
wenn der Mensch nicht Herr ist seiner Sinne.

***Letzten Endes** hat er es geschafft,
der Wendehals sitzt wieder fest
in des Lebens sicherem Nest,
und hat vieles in seinem Bau zusammengerafft.*

Marktplatz Halle/Saale – ein Abend im November 1989

In den 80er Jahren habe ich noch in Halle in der Puschkinstraße gewohnt. Von der damaligen Puschkinstraße war es nicht weit bis zum Markt, dem Zentrum der ehemaligen Bezirksstadt. Als die Ereignisse in Leipzig mit den machtvollen Demonstrationen ständig intensiver wurden, war es in Halle und anderen großen Städten noch ruhig. Es dauerte bei den „Hallensern, Halloren und Halunken" etwas länger, bis der Funke von Leipzig übersprang.

An einem dieser unruhigen Novembertage bin ich am Abend auf den Markt gegangen. Unter dem Platz am Händeldenkmal hatte sich eine große Menge Menschen versammelt, ständig kamen neue hinzu. Schnell war er voll mit der Masse Mensch. Mir war nicht klar, was die Menschen bewegt hat.

Es lag etwas in der Luft, das spürte ich. Am Rathaus war Bewegung erkennbar, es tat sich dort etwas. Es war eine Stimme zu hören, die mir bekannt vorkam. Es war die von Achim Böhme, dem 1. Sekretär der SED-Bezirksleitung. Er versuchte, eine Rede zu halten, aber er kam nicht gegen die aufgebrachte Menschenmasse an und wurde regelrecht niedergeschrien. „Halt deine Schnauze, du dummes Schwein" und ähnliche Beschimpfungen waren zu hören. Eine solche Ansprache war der Genosse Bezirkssekretär nicht gewöhnt.

Ich erinnere mich noch an Veranstaltungen der Zivilverteidigung im Klubhaus der Gewerkschaften, die ich an Wochenenden besuchen mußte. Damals dienerte man vor ihm wie vor einem König.

„Gestatten Sie, daß ich das Wort an Sie richte, Genosse Bezirkssekretär", lautete eine der üblichen Ansprachen. Begleitet waren sie mit Verbeugungen, Untertänigkeitsgesten. Ich fand das damals widerlich. Es hat mich an Dietrich Heßling im „Untertan" von Heinrich Mann erinnert. Deutsche Tugenden der Kaiserzeit wurden da wieder sichtbar, und das in der neuen Zeit des Sozialismus.

Von der Rede des Bezirkssekretärs war nichts mehr zu hören, ich erfuhr nur noch etwas von einer Aussprache im neuen Gebäude der Bezirksleitung. Ein Pfeifkonzert und ein Tumult hatte die Rede von Achim Böhme beendet, auch der Bezirkssekretär war plötzlich verschwunden. Auch von der DDR-Staatsmacht war nichts mehr zu hören und zu sehen. Unter dem Denkmal von Händel wurde es ruhig. War das die friedliche Revolution in Halle gewesen, fragte ich mich später.

Ich bin dann in die Marktkirche gegangen. Hier bildeten sich Menschengruppen, die über das Geschehen diskutierten und ihre Meinungen austauschten. Und da erkannte ich unter den Anwesenden Erik Neutsch, den Hallenser Schriftsteller. Er war stinkbesoffen, taumelte umher und versuchte, eine Rede zu halten. Die Leute lachten. Von seinem Gestammel verstand ich nur ein paar Wortfetzen wie „Sieg des Sozialismus" und analoge Parolen. Wenig erinnerte an den Schöpfer von „Spur der Steine". Den Film dazu hatten wir Jahre später zu sehen bekommen. Dann war auch er verschwunden.

In der Kirche wurde es jetzt auch immer ruhiger, nur ab und zu hörte man noch Stimmen, Gesprächsfetzen. So habe ich mich in eine der Bankreihen gesetzt, was ich in Kirchen gern tue, und habe über das Geschehen nachgedacht. Wie sich die Bilder gleichen, draußen vor der Kirche am Rathaus und drinnen in der Kirche. Da waren es die beiden Repräsentanten der DDR gewesen, die versucht hatten zu agieren. War das das Abdanken der SED gewesen oder die friedliche Revolution, von der man später sprach? Vom machtvollen „Wir sind das Volk" hatte ich hier in Halle nichts gespürt. Die neue Zeit hatte mich wohl noch nicht erreicht.

Später hörte ich von verschiedenen Wendehälsen, daß sie die Wende verschlafen haben. Sie haben sie danach aber intensiv mit Bejahen genutzt. Auch mein späterer Chef in der Buna-Forschung sprach ständig von seinen Kampftagen im November 1989, seinen ständigen Einsätzen und Kämpfen für die neue Gesellschaftsordnung. Sie bestanden wohl hauptsächlich darin, für sich selbst zu sorgen und „mich an die Wand zu quetschen". Eine neue, alte Garde hatte sich schnell gebildet.

Gemeinheit und Rohheit zogen unter ehemaligen Kollegen im Buna-Werk ein. Ich fühlte mich einsam und verlassen in dieser angeblich besseren und neueren Gesellschaft. So gehörte ich wohl nicht zu den Gewinnern im Prozeß der deutschen Wiedervereinigung.

Eine Begegnung mit dem Bundeskanzler Kohl in Leuna

Ende November 1989 war ich bei meinem polnischen Kollegen aus gemeinsamen Hochschulzeiten in Kassel zu Besuch. Es war der Abschluß meiner ersten BRD-Reise. Der Bundeskanzler Kohl hatte gerade Polen verlassen, fluchtartig, weil er den „Wiedervereinigungszug" nicht verpassen wollte.

Andrzej war stocksauer, hat sich entsprechend an mir „abreagiert". Ich war über sein Verhalten befremdet, staunte nicht minder. Der bei dieser Szene anwesende Wessi-Professor aus Darmstadt konnte das natürlich nicht verstehen, ich auch nicht. Für Andrzej ging es um höhere Dinge wie die Übernahme des Instituts in Kassel. „Das Hemd ist eben näher als der Rock", sagte ich mir und „hielt die Klappe". Kapieren mußte ich natürlich später, daß ich der „dumme Ossi" war. Das Geschwafel des Wessi-Professors betreffend Gemeinsamkeiten „ging mir sehr auf den Wecker".

Wochen später war zu einer Großdemonstration in Leuna aufgerufen worden. Schon Wochen vorher hatte sich Halle von seiner unrühmlichen Seite gezeigt, indem man den Bundeskanzler auf dem Marktplatz mit faulen Tomaten beworfen hat. Waren die versprochenen blühenden Landschaften der Stein des Anstoßes gewesen oder die laufende Deindustrialisierung Halles, die selbst Genscher nicht verhindern konnte oder wollte. Sein geliebtes Halle an der Saale steht ja noch, aber in welchem Zustand …

In der chemischen Industrie „moscht die Treuhand herum", der Witz von der Expo 2000 macht die Runde. Frau BB kann das mit ihrem Theo nicht verhindern. Wenigstens ihren Witz haben die Ossis nicht ganz verloren. Das ist doch etwas! Und in dieser Situation kommt der Bundeskanzler nach Leuna. Man hat viele Leute aus der Chemieregion nach Leuna gebracht, ich erkenne auch ehemalige Kollegen aus Bitterfeld. Und da ist der Hubschrauber gelandet. Der Bundeskanzler kommt mit seinem Stellvertreter Möllemann über den großen Platz vor den Leunatoren direkt auf mich zu. Ich bin erstaunt, schaue ihm in die Augen und sehe nur Gleichgültigkeit. Da tritt plötzlich eine ältere Dame an ihn heran und redet auf ihn ein. „Herr Bundeskanzler, ich hatte in meinem Leben hier immer meine Arbeit. Jetzt bin ich plötzlich arbeitslos, was soll aus mir werden?" Er ist sichtlich überrascht, hat sich aber schnell im Griff. Er antwortet ihr im sicheren Ton des geübten Politikers, daß die Sowjetunion als Wirtschaftspartner weggebrochen ist. Und da ist er auch schon im Weitergehen begriffen. So einfach ist Politik. Danach bin ich noch ein wenig in Leuna herumgelaufen, habe über das Erlebte nachgedacht und keinen Funken Menschlichkeit erkennen können.

Ist das die höhere Politik? Herr Möllemann war ja auch anwesend gewesen. Die Chemiekonferenz in Leuna habe ich nicht erlebt, ich gehörte nicht zu den geladenen Gästen. Heute frage ich mich, ob der Absturz von Herrn Möllemann symptomatisch für unsere erlebte Zeit ist. Oder kommen noch schlimmere Zeiten? Dann wäre der Herr Möllemann zu beneiden.

Was wird bleiben?

Regina Oversberg

Sie waren nicht nur Arbeitskollegen, sie waren im Laufe der Jahre auch gute Freunde geworden. Als leitende Angestellte der fast 100-jährigen Betriebspoliklinik Leuna trugen sie eine hohe Verantwortung für eine große Zahl an Patienten und Mitarbeitern. Um die Poliklinik am Laufen zu halten, waren mitunter abenteuerliche Wege zur Beschaffung von Material, medizinischen Geräten und Medikamenten notwendig. Doch irgendwie schafften sie es immer wieder, und das war dann für die Freunde stets ein guter Anlass, den Erfolg mit einer Flasche Rotwein und einer guten Zigarre zu feiern. In einem solcher Momente gestanden sie sich irgendwann einen ganz speziellen Wunsch ein – einmal im Leben nach Heidelberg zu reisen, der Stadt einer uralten Studententradition und der Stadt des Superstars ihrer Jugendzeit, der Stadt von Elvis Presley. Im Laufe der Jahre war es für sie zu einer guten Gewohnheit geworden, den Traum von Heidelberg zu besonderen Anlässen stets aufs Neue aufleben zu lassen. Doch da sie noch keine Rentner waren, gab es für sie keine Fahrkarte dorthin.

Keiner von den verantwortlichen Genossen hätte je zwei so wichtigen Spezialisten und Fachleuten eine solche Westreise genehmigt. Schließlich fanden sie sich damit ab und verlegten ihren Jugendtraum aufs Altenteil. Doch dann passierten im historischen Herbst des Jahres 1989 Dinge, die auch keiner genehmigt hatte und infolgedessen die innerdeutschen Grenzen de facto über Nacht nicht mehr existierten. Die Büchse der Pandora hatte sich geöffnet, und alles, was bis dahin selbstverständlich war und für ewig und immer gelten sollte, wurde nun in Frage gestellt. Dazu gehörte auch die Bewahrung der Betriebspoliklinik in Leuna!

Es war inzwischen Frühling 1990 geworden, und über der Klinik zogen sich bedrohliche Wolken zusammen. Doch die zwei Freunde beschlossen, alles Menschenmögliche für den Erhalt ihrer Einrichtung zu tun. Da flatterte ihnen aus heiterem Himmel eine Einladung der Betriebsgewerkschaft Chemie ins Haus. Und welch ein Zufall, diese hatte ihren Sitz in Heidelberg. Sofort entstand die Idee, bei der BGC Verbündete für die Klinik in Leuna zu suchen. Folglich gab es kein langes Nachdenken, und sie nahmen die Einladung in ihren Sehnsuchtsort unverzüglich an. Mitte März ging schließlich die Reise los. Nach einem sehr freundlichen Empfang, einer erstklassigen Unterbringung absolvierten sie das obligatorische Kulturprogramm. Voller Stolz präsentierten ihnen die Gastgeber die Sehenswürdigkeiten der Stadt, wozu neben dem Schloss und der altehrwürdigen Bibliothek auch die weltberühmte Studentenkneipe „Zum Seppe" gehörte. Bis zu diesem Zeitpunkt war für die zwei Freunde die Welt noch in bester Ordnung, bis dahin konnten sie ihre Reise in vollen Zügen genießen. Doch am dritten Tag des Kongresses führten sie ihre westdeutschen Kollegen in die Heidelberger Unfallklinik. Dieser Besuch kam einer Offenbarung gleich, nur dass sie ihren Glauben verloren, die altehrwürdige Betriebspoliklinik noch retten zu können. Sie begriffen schlagartig, dass ihre Einrichtung schon lange nicht mehr den Anforderungen der Zeit entsprach und ihre Ausstattung hoffnungslos überaltert war. Sie hatten keine Argumente mehr, mit denen sie für den Erhalt ihrer Einrichtung werben konnten. Der verwaltete Mangel aus 40 Jahren DDR ließ sich nicht so nebenbei überwinden! Wie eine überreife Pusteblume zerstoben ihre Träume im gnadenlosen Wind der Wendezeit. Völlig geknickt verließen beide die Heidelberger Unfallklinik, um irgendwo in einer Altstadtkneipe bei einem Glas Bier etwas Trost zu finden. Doch die Kneipe, die sie wählten, hielt ebenfalls eine Überraschung bereit, und wieder waren beide am Staunen. Überall an den Wänden hingen gut gerahmt und von Glasscheiben behütet Geldscheine aus aller Herren Länder. Somit auch aus ihrer Noch-DDR. Leider hatte diese Sammlung einen Makel, sie war unvollständig. So sehr die beiden auch suchten, es fand sich kein einziger 100-Mark-Schein der Notenbank der DDR mit dem Bildnis von Karl Marx. Nachdem sie das erste Trostbier genossen hatten, sah die Welt schon wieder etwas freundlicher aus, so dass sie in einem Anflug von Gönnerlaune einen Hunderter der DDR dem Wirt spendeten. Mit ihrem Autogramm auf der Rückseite erhielt dann der Schein einen bevorzugten Platz in der Gaststätte. Von ihrer Großzügigkeit tief beeindruckt erließ ihnen der Kneipwirt schließlich auch noch die Rechnung, nachdem er beide noch exzellent mit Speisen und Getränken verwöhnt hatte. Noch heute befindet sich der Hunderter am selben Ort und bezeugt den bleibenden Eindruck, den die zwei Freunde in Heidelberg hinterlassen konnten, wenn auch völlig anders, als zunächst gedacht. Für das Weiterbestehen ihrer Betriebspoliklinik Leuna konnten sie im Jahr 1990 nichts mehr tun, obwohl sie bereits lange Zeit vor der Gründung der DDR errichtet worden war. Doch Polikliniken waren nun politisch nicht mehr gewollt, weshalb ihr Exitus mit einem scharfen Skalpell vollzogen wurde. Als im Jahr 2016 die Einrichtung ihr 100-jähriges Jubiläum feierte, dachte bereits keiner mehr daran, dieses Ereignis entsprechend zu würdigen. Aber wer weiß, vielleicht gibt es in 50 Jahren wieder Polikliniken, deren Gründung man dann ausgiebig würdigen wird. Wie sagt man doch: „Totgesagte leben länger!"

Buna

Katharina Mälzer

Anfang 1988: Prinzipiell sei der fürs Labor benötigte Gaschromatograph aus alten Geräten aufbaubar. Das Problem wäre das Säulenmaterial.

Frühling 1989: Kurz wurde die Kommunalwahl ausgewertet. Warum der Kesselreiniger nicht gewählt hatte. Die Antwort war, er wollte ein Zeichen setzen, weil immer wieder Arbeitsgeräte fehlten. Aber über alle Nichtwähler wußte der Abteilungsleiter nicht Bescheid. Wahrscheinlich dauerte die Auswertung, wer war, wer nicht, doch länger. Oder der Kesselreiniger stand unter Beobachtung.

Mai 1989: 50 Prozent des Nationaleinkommens kommen aus dem Export. Zahlen, die man sich notierte; wer weiß, wofür man sie mal brauchen würde. Die Qualität hatte zu stimmen, der Westen war pingelig. Qualitätszirkel arbeiteten, zerbrachen sich die Köpfe. Es wurde „die Überwindung der Gewohnheit, mit Fehlern zu leben" gefordert!

September 1989: Die Ergebnisse der Parteisitzung vom Freitag waren der Ausgangspunkt der Information für die Mitarbeiter, die nicht in der SED waren. Der

Dank an alle Werktätigen der Betriebsdirektion wurde ausgesprochen, auch galt der Dank den Leitungskollektiven, die zur Planerfüllung beigetragen hatten. Allerdings ständen die hohen ökonomischen Leistungen nicht unbedingt in Relation mit einem hohen Bewußtsein der Werktätigen. Das heiße, die politische Diskussion in der Abteilung sei nicht befriedigend. Auch wäre in der Abteilung die Konzentration der Werktätigen mit Ausreiseantrag als auch Parteiaustritten zu hoch! „An der führenden Rolle der Partei wollen wir doch nicht rütteln", versuchte der Genosse die Leitungskräfte zu gewinnen. Wie denn die Verantwortung wahrgenommen werde, als politischer Leiter die Menschen zu motivieren. Der Prozeß der Bewußtseinsbildung sei zu beschleunigen, die Parteiaustritte rückgängig zu machen als „Negation der Negation". Ein Abschnittsleiter brummelte: „6 Ausreiseanträge, 3 schon weg!"

Eine erneute Diskussionsrunde auf Leiterebene. Ein Mitarbeiter sagte etwas über die Sowjetunion, sprach über Probleme. Scharf wurde er unterbrochen: „Sie wollen doch nicht etwa sagen, die Sowjetunion lügt?" Die Antwort, es waren ja schon „Gorbatschows" Zeiten, war: „Wenn heute in der Zeitung steht, daß Menschen in der Sowjetunion verhungert sind, muß gelogen worden sein. Denn Verhungern geht nicht über Nacht." Ein anderer Mitarbeiter, durch die Antwort ermutigt, forderte jüngere Leute für die Parteiführung. Eiskaltes Schweigen, Blicke, Angst zog über den Rücken hoch. „Was wollen Sie damit sagen", kam die äußerst scharfe Frage. Der Mitarbeiter bekam einen roten Kopf, ruderte zurück, rettete sich: „Ich meine die Parteiführung im Bezirk Halle, selbstverständlich." Aufatmen, kein erneutes Nachhaken. Ungesagt war man sich fast einig, auch wenn man es nicht zugab.

Ein Abschnittsleiter erzählte an einem Dienstag Anfang Oktober 89, er hätte, weil sein Rückweg zufällig über Leipzig ging, mal ein Auge auf Leipzig geworfen. Er schien erst die Reaktionen der anderen abzuwarten, versuchte zu locken, wer denn wirklich auf der Demo in Leipzig gewesen wäre. Es schwang auch ein wenig Stolz mit, sich so dicht an den Aktionsradius herangetraut zu haben.

Ein Mitarbeiter des Abschnittsleiters legte dem Laborleiter solidarisch eine *Playgirl* auf den Schreibtisch, denn der Laborleiter war eine Frau. Die Zeitschrift *Playgirl* gab es seit 1973 als Gegenstück des Playboys, als Zeichen des Feminismus. 2004 wurde die Druckform dieses Heftchens in Deutschland für Frauen eingestellt. Vielleicht auch deshalb, weil dem Laborleiter der *Playboy* interessanter erschien.

Es herrschte zunehmend eine Art Urlaubsstimmung, denn man war unbeschwert, voller Erwartungen, ahnte, es ist bald vorbei. Was, wußte man nicht ganz genau. Aber so, wie die Arbeit vorbei wäre, wenn der Urlaub beginnt, das Gefühl, es erwartet einen etwas Schönes. Man las die *Bild*, merkte, daß es wichtig war, sie wenigstens einmal zu lesen, denn dann erkannte man, daß nur die erste Seite interessant ist, die Überschriften, die Bilder, die Schlagzeilen; aber man wurde enttäuscht. Mit dem Titelblatt heiß gemacht, wurde man wegen flacher Informationen ins kalte Wasser geworfen. Bis auf diese Information: für das Ablichten ihres halbnackten Körpers schaffte sich das junge Mädchen einen Sportwagen an. Für solch ein Geld könnte man doch die Hüllen fallen lassen. Bei näherem Hinsehen entpuppte sich der Sportwagen als offener Kinderwagen fürs Baby.

Man schien auf die neue Zeit zu warten. Daß vielleicht Werkzeuge, Ersatzteile sprudeln mögen. Die morgendlichen Besprechungen waren gespickt mit Informationen.

November 1989 Granulometrietagung in Dresden. Erschreckend, wie auch hier der Westen dem Osten voraus ist. Erstmalig erscheint in der *Tribüne* eine Art Bankrotterklärung von Professor Heidenreich, TU Dresden, daß gerade auf diesem Gebiet die DDR-Produktion nahezu blind gefahren wird.

Anfang November, zur 10-Uhr-Beratung las der Laborleiter den Brief an Gorbatschow vor und ließ ihn unterschreiben. Inhaltlich ging es um Umweltbelastungen, die zusätzliche Lärmbelästigung durch die sowjetischen Flieger, die Folgen, die ein Flugzeugabsturz hervorriefe bis hin zu Forderungen für ein Verbot von Tief- und Nachtflügen über Merseburg.

Es fanden noch Parteiversammlungen, wie im Dezember 1989, statt. Wie immer wurden auch die Nichtparteimitglieder informiert, denn die Partei besitzt die Führungsrolle übers gesamte Volk. Man saugte jegliche Informationen auf. Verarbeitete. Dachte. Hoffte. Gemeinsam ging man wie immer in die Kantine zum Mittagessen. Ein Tablett, darauf kam der dreigeteilte Teller mit der Hauptmahlzeit, wenn es nicht, wer nur Suppe aß, ein einfacher Suppenteller war, daneben das Schälchen mit roter Grütze mit Vanillesoße. Man saß an den langen Tischen. Der Laborleiter warf dem Abteilungsleiter vor, er spräche jetzt von der Partei als einer dem

Stalinismus verfallenen und daß die Aberkennung der Führungsrolle Fakt sei. Vor einigen Monaten hätte er noch diejenigen verstanden, die andere nicht ein bestimmtes Fach hätten studieren und nicht in der Forschung haben arbeiten lassen, weil „der Klassenkampf hart" geworden sei. Was soll die Partei, auch wenn sie mit neuem Namen doch noch eine Menge Mitläufer habe, weil nur mit der Umbenennung keiner gezwungen würde, die moralische Hürde zum Eintreten in die erneuerte Partei zu nehmen. Der Abteilungsleiter wurde scharf, als er antwortete. Der Laborleiter solle sich nicht einmischen, was „wir" – und er meinte „die" Genossen – wollen. Die Antwort darauf war: „29 Jahre lang hat die Partei über mich bestimmt, da lasse ich mich nicht zum Schweigen bringen, solange die Partei in den Betrieben organisiert ist!"

Immer noch gab es für Mütter und Frauen ab einem bestimmten Alter den monatlichen Haushaltstag. Ab Januar 1990 wurde der Erholungsurlaub um zwei Arbeitstage erhöht. Die 3. Verordnung über den Erholungsurlaub vom 22.02.1990 führte sogar den Treueurlaub ein. Das Renteneintrittsalter für Frauen betrug 60 Jahre, für Männer 65.

Weltstandardvergleich, Weltmarktfähigkeit, Einhaltung der Exportqualität, der Kunde wünscht Sicherheit. Februar 1990: Bilanzen anfordern für Rechner, für mehr Personalcomputer. Mai 1990: Gesetzliche Verbindlichkeiten der Produktionsstandards wurden aufgehoben, Werkstandards galten nun als innerbetriebliche Grundlage, TGL heißt jetzt WSA. August 1990 Ablösung TGL durch Bunanorm.

Der langersehnte Gaschromatograph hielt Einzug.

Januar 1991: Die Optimierung des Labors hinsichtlich Personal und Technik stand zur Diskussion. Im Vergleich zu Hüls und Hoechst sei die Zahl der Laborkräfte im Vergleich zum Gesamtpersonal zu hoch. Männer als Laboranten? Frauenarbeit in 12-Stunden-Schicht sei im Westen verboten. Was ist prozeßbestimmend, was nur statistisch? Freisetzungslisten wurden erarbeitet. Abfindungen wurden gezahlt für diejenigen, die lang genug dabei waren.

Die Treuhand war jetzt für die Belange des Werkes verantwortlich. Erst 1995 übernahm DOW Chemical.

Zwei Interviews zur Wende

Emily Mann

Auszug aus der Facharbeit einer Abiturientin: Die Rolle der Evangelischen Kirche in Leipzig als geschützter Raum und ihre Bedeutung für die Opposition in der DDR

„Sachsen ist eben nicht nur ein Kernland der Reformation gewesen, sondern auch ein Kernland der Industrialisierung" (Hermann, Konstantin: Sachsen seit der friedlichen Revolution, Sax-Verlag, Beucha. Markkleeberg, 2010, S. 199) und Ausgangspunkt der friedlichen Revolution.

Die Anhäufung historischer Jubiläen zwischen 2017 und 2019 – 500 Jahre Reformation, 70. Jahrestag der Gründung zweier deutscher Staaten und 30. Jahrestag der Überwindung dieser Spaltung – nahm die Verfasserin dieser Arbeit zum Anlass, ein in der Literatur stark umstrittenes Thema aufzugreifen und neu zu belichten. Dabei sollte es um die Rolle der evangelischen Kirche in der DDR und ihre Bedeutung als Oppositionsherd, vor allem bezogen auf den Raum Leipzig, gehen. Die Rolle der Kirche wird zum einen als ausschlaggebend für den Prozess der Wiedervereinigung bewertet, andererseits aber nur als Randerscheinung, höchstens aber als Begleitfaktor gesehen.

So „gelten die Kirchen als die einzigen Großorganisationen, die sich eine institutionelle Unabhängigkeit vom Staat bewahren konnten und sich nicht dem absoluten Kontroll- und Herrschaftsanspruch der SED unterwarfen" (Heinecke, Herbert: Konfession und Politik in der DDR, Evangelische Verlagsanstalt, Michigan, 2002, S.11). In der folgenden Arbeit sollte untersucht werden, inwieweit der Einfluss der evangelischen Kirche am Wiedervereinigungsprozess im Allgemeinen, der Beitrag der Leipziger Kirchen im Besonderen, grundlegend war. Ziel war es, eine eigene Antwort mit Hilfe von literarischen Quellen sowie Zeitzeugenbefragungen, welche ausgewertet und verglichen wurden, zu finden. Die Auswahl der zu interviewenden Personen orientierte sich dabei an ihren unterschiedlichen Rollen im Staatsgefüge der DDR und während des Prozesses der Wende.

Interview mit Pfarrer Uwe H., Jahrgang 1958

Interviewer: „Könnten Sie zu Beginn bitte einige Angaben zu Ihrer Person geben?“

Pfarrer H.: „Mein Name ist Uwe H., ich bin 59 Jahre und komme aus dem Bundesland Brandenburg, genauer aus Sachsenhausen bzw. Oranienburg. Dort bin ich auch zur Schule gegangen, habe Autoschlosser gelernt, nach ein paar Jahren aufgehört und dann bis 1980 ein Studium für Religionspädagogik bei der Kirche in Berlin und Dresden absolviert. Anschließend engagierte ich mich in der Jugendarbeit auf Landesebene, also im Gebiet des späteren Landes Sachsen-Anhalt. Seit 1992 arbeite ich im hiesigen Pfarramt.“

Interviewer: „Inwieweit spielten Religion und Politik in Ihrer Familie eine Rolle?“

Pfarrer H.: „Also im Prinzip bin ich religiös aufgewachsen. Mit neun Jahren bin ich zum Posaunenchor des Ortes gekommen, und so entstand dann der Kontakt zur Kirche und auch zu den unterschiedlichsten Menschen und Generationen. So bin ich in die Kirche reingewachsen. Mein Verhältnis zur Politik würde ich als normal beschreiben – nicht angepasst, aber auch kein Revoluzzer. Ich hatte auf jeden Fall ein besseres Verhältnis zur Kirche als zu FDJ-politischen Aktionen. Ich habe zwar mitgemacht, aber mein Hauptschwerpunkt war die Kirche.“

Interviewer: „Welche politischen Ereignisse haben Sie in Ihrem Leben besonders geprägt?"

Pfarrer H.: „Ja, natürlich die Wende. Das war schon so ein prägender Einschnitt, sowohl inhaltlich als auch äußerlich durch Arbeitsveränderungen bis hin zum Praktischen."

Interviewer: „Wie haben Sie die Verfolgung der Kirche durch das DDR-Regime erlebt? Waren Sie selbst je einer solchen Verfolgung ausgesetzt?"

Pfarrer H.: „Persönlich hatte ich eigentlich nie große Schwierigkeiten. Obwohl ich statt der Jugendweihe die Konfirmation empfangen hatte, bekam ich meinen Traumberuf als Autoschlosser, was ja auch nicht so selbstverständlich war. Meine Frau zum Beispiel wollte Apothekerin oder Lehrerin werden. Da sie aber auch nur Konfirmation gehabt hatte, hat sie den Beruf nicht bekommen. Die wollten sie in die Chemie nach Leuna abschieben, und deswegen ging sie aus Protest zur Kirche. Während ich da überhaupt keine Probleme hatte, im Gegenteil. Wir hatten da eine Direktorin, die sehr politisch engagiert war. Ihr Mann war Offizier in Straußberg und gehörte zum Ministerium des Inneren, er war also sehr hoch angesiedelt. Als ich ihr sagte, dass ich im Posaunenchor sei, ab und an auch auf Beerdigungen spielen würde oder so mal früher wegmüsse, da gestattete sie dies. Die einzigen Bedingungen, die sie stellte, waren konstante Leistung in der Schule. Das war bis heute für mich ein prägendes Ereignis. Dieser Eindruck hat sich eigentlich auch die gesamte DDR-Zeit durch gehalten. Je höher man an Stellen im Leitungsgremium kam, desto offener und besser konnte man diskutieren. Am schlimmsten erlebte ich bei der kirchlichen Arbeit, wie die ganz Kleinen, die „Möchtegerne", die versuchten, Karriere zu machen, indem sie andere anschwärzten, auf jeden kleinen Mist achteten. In Petersberg bei Halle fand regelmäßig dieses große Jugendtreffen von der Kirche statt, das jährlich bis zu 5.000 Leute besuchten. 10 Jahre lang habe ich dieses Treffen geleitet und musste natürlich mit dem Rat des Kreises und dem Rat des Bezirkes verhandeln. Jedes Mal konnte ich einen qualitativen Unterschied bemerken, mit wem man wirklich diskutieren konnte.

Jedenfalls hatte ich in meiner Jugendzeit, bis zum 19. oder 20. Lebensjahr, eigentlich überhaupt keine Nachteile oder Probleme. Es war kein Geheimnis, dass ich bei der Kirche mitmachte, dort engagiert war. Ob in der Schule oder auf Arbeit, ich hatte nie irgendwelche Nachteile, zumindest nicht wissentlich. Aber als ich dann hier hauptamtlich in der Jugendarbeit tätig war und ziemlich offene Jugendarbeit gemacht hatte, da gab es zum Teil richtige Probleme. In meiner Stasiakte konnte ich später lesen, dass zeitweise sechs beziehungsweise sieben Leute auf mich angesetzt waren, also Informanten mit Decknamen. Das Schlimmste war, dass in der Akte eines Kollegen von einem gegen mich 1989 eingeleiteten Strafverfahren zu lesen war. Der Staat warf mir illegale Gruppenbildung vor. Glücklicherweise kam die Wende dazwischen, sonst hätte es wie in anderen Fällen Knast oder Abschiebung nach den Westen geheißen.

Zu DDR-Zeiten hatte ich zweimal das Privileg, auszureisen zu dürfen. 1986 besuchte ich als Mitglied einer offiziellen Delegation der Kirche eine Jugendarbeitskonferenz in Schweden. Da gab es dann immer Empfehlungen, so dass man fahren durfte. Genauso verhielt es sich bei einer Weltfriedenskonferenz in Italien. Ich wunderte mich immer wieder, dass die Reisen so reibungslos geklappt hatten. Im Nachhinein stellte ich fest, dass die DDR-Führung immer die Hoffnung hegte, dass ich nicht in die DDR zurückkehrte. Wenn meine Familie noch nachgekommen wäre, hätte die Partei zwei Fliegen mit einer Klappe geschlagen. Die wären mich los gewesen, hätten mich aber nicht rausgeschmissen. Sie hätte sogar sagen können: „Guck mal, Kirche! Wir erlauben euch, dass eure Mitarbeiter ausreisen, und diese Mitarbeiter missbrauchen unser Vertrauen und bleiben einfach drüben."

Interviewer: „Worin sehen Sie den Auftrag der Kirche im Allgemeinen und bezogen auf die Kirche in der DDR? Sehen Sie da Unterschiede?"

Pfarrer H.: „Also für mich ist Kirche grundsätzlich ein Ort, an dem unterschiedlich geprägte Menschen miteinander ins Gespräch kommen und sich austauschen. Mein Verständnis von Kirche, mein Idealbild Kirche, und mit dieser Anschauung ecke ich manchmal innerkirchlich an, ist ein Raum der Offenheit und des Miteinanders. Dieses Miteinander ist natürlich inhaltlich traditionell und biblisch begründet. Die Kirche bildet den Rahmen für einen Ort der Begegnung mit den unterschiedlichsten Menschen aus Nah und Fern. Diese Meinung entwickelte sich schon zu DDR-Zeiten. Unsere Einstellung lautete: „Wir sind Kirche in der DDR. Wir wollen nicht gegen die DDR, sondern mit ihr sein. Wir wollen hier bleiben. Wir wollen Kirche im Sozialismus sein." Das Ziel war eine gewisse Identifikation mit der DDR, aber auch eine kritische Auseinandersetzung. Es gab Phasen, in denen sich die Regierung diesbezüglich öffnete, was zum Beispiel Anfang der 70er Jahre dazu führte, dass neue Kirchen in Neubaugebieten gebaut werden durften. Bis dahin war der Staat der Überzeugung gewesen, dass die Kirche ein Überbleibsel der Bourgeoise und irgendwann mal sowieso weg sei. Da sich die Kirche aber doch nicht als so kurzlebig erwies, kam es zum Kurswechsel.

Das ist auch meine Hauptkritik an der DDR. Nicht ihre politische Einstellung werfe ich ihr vor, sondern ihre Willkür. Wenn etwas in Potsdam, Berlin oder Neubrandenburg möglich war, hieß das nicht, dass man es im Bezirk Halle genauso machen konnte. Die Entscheidungen hingen immer von Personen ab, die entweder eine gewisse Offenheit oder eine gewisse Engstirnigkeit hatten. Und das hat so das ganze System so unberechenbar gemacht.

Meine nächste Kritik richtet sich an die Berichterstattung über das Jahr 1989. Bei den ersten Demonstrationen in Weißenfels war ich einer derjenigen, der gerufen hat: „Wir bleiben hier!" In den geschichtlichen Auswertungen hat mir dieser Teil der Wende gefehlt. Manchmal war ich drauf und dran, dem Fernsehen oder dem Rundfunk zu schreiben, damit die das richtig darstellen. Aber ich habe es doch sein lassen. Die Berichterstattung 1989 thematisiert sofort den Schlachtruf: „Wir sind das Volk!". Aber das stimmt nicht, denn lange vorher und als Reaktion auf die Auswanderer war unser Schlachtruf: „Wir bleiben hier!" Die ersten Friedensgebete waren als Protest gegenüber den

Leuten entstanden, die über die Botschaften Prag, Warschau und so weiter ausgereist und damit abgehauen sind. Die Teilnehmer an den Friedensgebeten machten sich Sorgen, dass vor allem junge Leute und Facharbeiter das Land verließen. Sie forderten, dass man etwas ändern müsse. Und das war, für mich jedenfalls, die erste Motivation, auf die Straße zu gehen, Friedensgebete mit zu organisieren.

Dass die Ereignisse dermaßen schnell gekippt waren, ist schon erstaunlich, und es stellt sich mir die Frage, ob das vom Westen nicht mit initiiert worden war. Fest steht, dass der Umschwung in Leipzig viel zu schnell vonstattenging, und aus dem Slogan „Wir sind das Volk!" wurde in kürzester Zeit: „Wir sind ein Volk!" und „Deutschland einig Vaterland!" Ich selbst bin nie nach Leipzig gefahren. Nicht, weil ich Angst gehabt hätte, sondern mir nicht gefiel, wer sich dort alles gebrüstet hat. Zu den Menschen in der Region habe ich immer gesagt: „Komm doch mit nach Weißenfels. Dazu hast du aber nicht den Arsch in der Hose, weil sie dich da kennen und eventuell könntest du ja einen Kollegen treffen." Viele sind lieber nach Leipzig gefahren, weil es dort anonymer war und man in der Masse verschwinden konnte. Ich habe mich bewusst für Weißenfels entschieden, auch wenn die Angst unser ständiger Begleiter war, schließlich waren unsere Kinder damals 7 und 11 Jahre alt. Da wir immer damit rechnen mussten, verhaftet zu werden, sind meine Frau und ich nie zu zweit auf die Demos gegangen, immer alleine.

Dass man von einer Friedlichen Revolution spricht, kann ich auch nicht nachvollziehen. Zwar wurde nicht geschossen, aber friedlich ging es nicht immer zu. Ich war beispielweise am 7. Oktober 1989 zu einer Weiterbildung in Berlin. Da mich das Thema nicht interessierte, bin ich ahnungslos zur Gethsemanekirche gegangen. Dort fand gerade eine große Demonstration statt, und das Fernsehen war auch vor Ort. Bis dahin war mir noch nicht klar gewesen, was sich in Berlin entwickelt hatte. Michael Gorbatschow war zur gleichen Zeit im Palast der Republik. Davor hatten sich Tausende Demonstranten eingefunden, die „Gorbi! Gorbi!" riefen. Von hier aus hatte sich ein Demonstrationszug in Gang gesetzt. Da dieser auf der Schönhauser Allee meinen Weg versperrte, lief ich durch ein paar Seitengassen wieder zurück. Auf einmal hörte ich Polizeiautos, Sirenen und dann auch den Schlachtruf: „Wir sind das Volk!" Und plötzlich, das Bild sehe ich heute noch vor mir, stand ich in der Mitte einer Seitenstraße, und von links kamen die Demonstranten und von rechts die Polizei. Als beide Parteien 10 bis 20 Meter von mir entfernt zum Stehen kamen, hörte ich auf einmal das Signal: „Knüppel raus!", und dann begannen Polizisten und Demonstranten zu knüppeln und zu schlagen. Das erste Mal in meinem Leben sah ich, dass Menschen in meinem Alter plötzlich ihre Regenschirme zu Schlagstöcken umfunktionierten. Nur durch einen Knopfdruck kamen aus den Schirmen Stahlkugeln raus und dann ging die Prügelei richtig los. Ich bekam es mir der Angst zu tun und nahm wie viele andere die Beine in die Hand und rannte weg. Das waren die schlimmsten Erlebnisse des Jahres 1989.

In Weißenfels gab es auch eine intensive Jugendarbeit. Montags und donnerstags trafen sich 50 bis 70 Jugendliche immer in einem Gemeindezentrum. Meine

Aufgabe sah ich vor allem darin, zu sorgen, dass nichts Illegales gemacht wurde. Die Teilnehmer der Treffen sollten nicht auf die Idee kommen, sie wären in einem illegalen Club, oder wir wären staatsfeindlich. Wir redeten mit den Jugendlichen über aktuelle Themen, über anstehende Probleme, aber wir waren kein Geheimclub. Auch wenn das manche geglaubt haben. Mir wurde zugetragen, dass man Schülern vom Internat, die wegen schlechter Leistungen eigentlich gestrichene Heimfahrt versprach, wenn sie sich bereit erklärten, Spitzeldienste in der Jungen Gemeinde zu leisten. Im Nachhinein habe ich erfahren, dass einige das Angebot angenommen haben. Andere kamen gleich zu mir und erzählten mir von diesem Erpressungsversuch. Ich habe das gleich öffentlich zum Thema gemacht und allen geraten, dass sie sich da nicht einschüchtern lassen sollen.

Also ich habe in dieser DDR immer versucht, Kirche wirklich nach meinem Verständnis zu verkörpern. Ich habe mich nie als Staatsfeind oder als Staatsgegner gesehen, obwohl die Kirche immer das Feindbild in der DDR gewesen war. Oft genug hat man uns das Leben und die Arbeit schwer gemacht. So gab es Vorschriften wie diese, dass wir statt „Freizeit" immer nur von „Rüstzeit" sprechen durften. Der Begriff der „Freizeit" war offiziell die freie Zeit, die die Kinder und Jugendlichen in der Pionier- und FDJ-Organisation verbrachten. Der Staat hat vor allem die Hand auf jene gehalten, die noch biegsam waren – also die Jugend. Im Gegenzug dazu überließ man der Kirche die Diakonie, Altenpflege, Krankenpflege. Diejenigen, die man nicht mehr brauchte, die ideologisch nicht mehr umgebogen werden konnten, durften ungehindert die Kirchen besuchen. Was uns

zugebilligt wurde, war die „Zurüstung". Wir durften die
Leute im Glauben „zurüsten".

*Interviewer: „Eines der Hauptthemen meiner Arbeit ist die Kir-
che als geschützter Raum, als Staat im Staat. Wie haben Sie das
damals empfunden? Welche Leute haben den Schutz der Kirche
ersucht, und wie konnte diesen Menschen geholfen werden?"*

Pfarrer H.: „Dass wir den Ruf hatten, ein geschützter Raum zu sein, das war natürlich ein sehr großer Vorteil für unsere kirchliche Arbeit und im Besonderen für
die Jugendarbeit. Und tatsächlich waren wir das wirklich. Also indirekt und unbewusst hatten uns der Staat
und die FDJ in die Karten gespielt, weil den Jugendlichen während der FDJ-Treffen immer wieder vermittelt
wurde, dass es hier nicht um eine kritische Bestandsauf-
nahme der DDR-Verhältnisse ginge. In den kirchlichen
Zusammenkünften aber konnten die kritischen Fragen
diskutiert werden. Deswegen blühte damals die sogenannte „offene Jugendarbeit" mit Leuten, die eigentlich
nicht religiös gebunden, die also nicht getauft waren und
die eigentlich kein Interesse an Kirche hatten. Diese
jungen Leute suchten bewusst den freien Raum, auch
wenn die kirchliche Jugendarbeit durch die Stasi unter-
wandert war. Aber hier gab es einen Raum, in dem man
miteinander reden konnte, in dem man keine Angst
haben musste, dass man Schwierigkeiten bekommt. Also
das war ein großer Vorteil, den wir nutzen konnten. Es
gab Zeiten, in denen das Interesse an der Jugendarbeit
nachgelassen hatte. Aber es gab auch Zeiten, die weit-
reichende Folgen hatten. Zum Beispiel gab es die oft
missverstandene Aktion um die Aufkleber „Schwerter
zu Pflugscharen". Junge Leute baten um diese Aufkle-

ber in der Annahme, dass sie sich damit gegen die DDR bekannten. Wir sagten ihnen dann, dass sie keinen bekämen, da es dabei nicht um einen Aufruf gegen den Staat ginge. Diese Aktion war eine Friedensbewegung. Für uns als Kirche war es manchmal schwer zu differenzieren zwischen den inhaltlich interessierten Leuten und den provozierenden Protestleuten. Die konnten natürlich auch kommen, die Tür war ja offen. Aber es lag natürlich nicht in unserem Interesse, gegen die Regierung zu agieren. Da musste man schon manchmal aufpassen, dass man den Staat vor diesen Provozierenden in Schutz nahm."

Interviewer: „Denken Sie, dass die Wende auch ohne die Kirche möglich gewesen wäre?"

Pfarrer H.: „Ich will nun nicht sagen, dass die Kirche der Treiber war. Gebrodelt hatte es schon lange. Man hatte in den Jahren zuvor gemerkt, dass überall, egal wo man hinkam, über Politik diskutiert wurde. Was die Kirche vielleicht so ein bisschen in den Vordergrund rückt, ist, dass wir diese Freiräume schaffen konnten, dass wir den Platz für Friedensgebete schaffen konnten. Und plötzlich saßen Tausende in den Kirchen. Das hatte kein Kulturhaus geleistet und keine FDJ-Leitung ermöglicht. Die Kirche schaltete zu Beginn sofort und öffnete ihre Häuser, damit man hier über aktuelle Themen reden, seine Sorgen benennen, seine Gedanken zu Ausreise und Bleiben im Land austauschen konnte. Ich kann mir schon vorstellen, dass die Wende auch ohne die Kirche gekommen wäre."

Pfarrer H.: „Ich muss zugeben, dass ich das gar nicht mitbekommen habe. Die Mauer fiel ja abends, womöglich waren wir unterwegs gewesen. Jedenfalls habe ich erst am nächsten Morgen erfahren, dass die Grenzen offen waren, und das war surreal. Ich habe es anfangs gar nicht verarbeiten können. Aber auf die Idee, gleich in den Westen zu reisen und öffentlich auszurufen, dass wir nun endlich frei seien, wäre ich nie gekommen. Erst im Dezember haben wir unsere erste Reise in den Westen unternommen. Manche verspürten ja eine derartige Euphorie, dass sie gleich nach Bayern oder Berlin gefahren sind. Wir schwankten zwischen Erschrockenheit, Unglaube und Freude. Dementsprechend stellten wir uns die Frage, was nun auf uns zukäme, wie es weitergehen solle.

Ich war immer ein Verfechter der DDR, gern hätte ich sie noch eine Weile behalten. Andererseits haben mir dann Leute aus der Wirtschaft und den Betrieben gesagt, dass es höchste Zeit war, dass die DDR wirtschaftlich am Ende war. Also ich fühlte keine blinde Euphorie, um zu sagen: „Jetzt wird alles besser“ und „Jetzt geht es vorwärts“. Ich habe eher sehr viel Skepsis empfunden.

Interview mit Lehrer Thomas F. am 12.11.2017

Interviewer: „Könnten Sie zu Beginn bitte einige Angaben zu Ihrer Person machen?"

Lehrer F.: „Mein Name ist Thomas F., ich bin 1971 in Zwickau geboren. Mit meinen Eltern lebte ich von 1972 bis 1983 in Dresden-Neustadt und danach in Borna bei Leipzig. 1991 zog ich zum Studium nach Leipzig, wo ich immer noch wohne. Ich arbeite als Lehrer am Beruflichen Schulzentrum Schkeuditz. Von meiner Taufe 1971 bis 2016 war ich Mitglied der evangelischen Kirche.

Aus einem christlichen Elternhaus stammend, war ich als Kind und Jugendlicher immer mit der evangelischen Kirche verbunden, in der Christenlehre, dem Konfirmandenunterricht und der Jungen Gemeinde. Ab 1986 war ich Mitglied des Mitarbeiterkreises der kirchlichen Jugendarbeit im Kirchenbezirk Borna. Ab 1987 war ich Mitglied der Umweltgruppe Borna, einer Gruppe von Jugendlichen, die sich für Umweltfragen, besonders gegen die Energiegewinnung aus Kohle und Atomkraft einsetzte und mit anderen Umwelt- und Bürgerrechtsgruppen in der DDR gut vernetzt war. Ich beteiligte mich an der Organisation und Durchführung von Umweltgottesdiensten, Ausstellungen, Konzerten und der Erarbeitung von Texten für Publikationen und Informationsschriften, wie die ‚Umweltblätter'."

Interviewer: „Inwieweit spielten Religion und Politik in Ihrer Familie eine Rolle?“

Lehrer F.: „Meine Familie war eine bildungsbürgerliche Familie väterlicherseits und dörflich christlich geprägt mütterlicherseits. Allgemein waren Tradition und Religion wichtige Werte. Politik spielte keine besondere Rolle. Grundsätzlich herrschte Skepsis gegenüber dem sozialistischen System und seinen Organen, was aber nicht zur aktiven Opposition führte. Eher zog man sich in den privaten Bereich zurück und versuchte so wenig wie möglich davon preiszugeben. Meine Eltern unterstützten grundsätzlich mein systemkritisches Engagement, waren aber natürlich ob der Gefahren der Repression besorgt. Trotzdem ermöglichten sie mir die Teilnahme an den Aktionen und z.B. auch Treffen der Gruppe in unserer Wohnung“.

Interviewer: „Welche politischen Ereignisse haben Sie in Ihrem Leben besonders geprägt?“

Lehrer F.: „Besonders einschneidende Ereignisse waren der Reaktorunfall von Tschernobyl 1986 und der Umgang damit seitens der Führung der DDR und der UdSSR. Auch die jährlichen Paraden zum 1. Mai und 7. Oktober, an denen ich als Schüler und Lehrling teilnehmen musste, waren für mich sehr fragwürdige Veranstaltungen, die meine Skepsis gegenüber der DDR-Politik vergrößerten. Mitglieder der Gruppe versuchten, an den Paraden 1987 und 88 mit eigenen Transparenten bzw. Spruchtafeln mit Zitaten des Generalsekretärs des ZK der KPdSU, Michael Gorbatschow, teilzunehmen, was ihnen verwehrt wurde.

Natürlich musste ich als Schüler und Lehrling an wehrdienstvorbereitenden Schulungen und Lagern der GST teilnehmen, was meine Abneigung gegen das Militär und den Pflichtwehrdienst verstärkte. Auch die Wehrdiensttotalverweigerung meines Cousins 1986 mit anschließender 15-monatiger Haft war ein wichtiges Ereignis und Zeichen für mich. Für diese starke persönliche Haltung hatte ich größten Respekt.

Ab dem Jahr 1986 nahm ich dann regelmäßig an kritischen Veranstaltungen der evangelischen Kirche und deren Jugendarbeit teil, was meine Einstellung gegenüber dem Staat und insbesondere der Umwelt- und Menschenrechtspolitik stark prägte. Ab 1988 nahm ich mehr oder weniger regelmäßig an den Friedensgebeten in der Leipziger Nikolaikirche teil und später an den anschließenden Demonstrationen. Auch dieses war Ausdruck meines Drangs, Veränderungen an den herrschenden Zuständen mit herbeizuführen."

Interviewer: „Wie haben Sie die Verfolgung der Kirche durch das DDR-Regime erlebt? Waren Sie selbst je einer solchen Verfolgung ausgesetzt?"

Lehrer F.: „Da ich in dieser Zeit noch recht jung war, bin ich bei meinen Aktivitäten wohl noch ein wenig unter dem Radar der Staatssicherheit und anderer Organe geflogen. Leider existieren die Akten der Staatssicherheit über mich und meine Familie nicht mehr, vermutlich wurden sie in den letzten Tagen und Wochen der DDR wie viele andere vernichtet, da wir aus Querverweisen in den Akten anderer Personen festgestellt haben, dass wir natürlich beobachtet wurden. Auch in den Reihen meiner Freunde und Bekannten und der meiner Eltern gab es inoffizielle Mitarbeiter der Staatssicherheit, die über Treffen und Gespräche genau berichtet haben.

Da ich mich weigerte, einen freiwillig verlängerten Wehrdienst von drei Jahren bei der NVA zu leisten, wurde ich nicht zur Erweiterten Oberschule zugelassen und musste mein Abitur über eine Berufsausbildung als Instandhaltungsmechaniker mit Abitur erreichen, was aber im Nachhinein betrachtet für meine persönliche Entwicklung eher förderlich war."

Interviewer: „Worin sehen Sie den Auftrag der Kirche im Allgemeinen und bezogen auf die Kirche in der DDR? Sehen Sie da Unterschiede?"

Lehrer F.: „Auftrag der Kirche ist meiner Auffassung nach zuallererst eine Gemeinschaft für Christen zu sein, in der diese gemeinsam ihre Religion ausüben können. Zur christlichen Religion gehört, alle Menschen als gleichberechtigt anzusehen und sich für die Durchsetzung dessen, was außerhalb der Religion als Menschenrechte bezeichnet wird, einzusetzen, denn die religiösen Gebote sind nichts anderes als deren Entsprechung. Ebenso sollte ein wichtiges Ziel der Christen und damit auch der Kirche die „Bewahrung von Gottes Schöpfung", also übersetzt aktiver Umweltschutz, sein. Ich finde, Kirche bedeutet nicht, sich in eine religiöse Blase zurückzuziehen, sondern hat den Auftrag, Gesellschaft zu gestalten.

Dieses haben viele Christen, Angehörige und Verantwortliche der Kirche in der DDR versucht. Hierbei kam es aber, wie vorher schon erwähnt, sehr auf das Engagement von Einzelpersonen und Gruppierungen an, das unterschiedlich ausgeprägt war, und natürlich auf den Druck von oben auf diese Personen und Gruppierungen.

Heute habe ich oft den Eindruck, dass Kirche sich trotz viel geringerer Gefahr der Repression auf den geistlichen Bereich zurückzieht. Sie hat, in den Altbundesländern mehr als in den neuen, eher eine staatstragende Funktion und nicht mehr eine nur geduldete wie in der DDR. Somit sinkt auch die Bereitschaft, kritisch und gesellschaftsgestaltend zu sein, was ein wichtiger Grund für mich war, aus der Kirche auszutreten.“

Interviewer: „Eines der Hauptthemen meiner Arbeit ist die Kirche als geschützter Raum, als Staat im Staat. Sie waren für den Umweltschutz aktiv. Inwieweit haben Sie den kirchlichen Raum für Ihre Arbeit genutzt?“

Lehrer F.: „Meine sämtliche politische Aktivität in dieser Zeit spielte sich im kirchlichen Raum ab. Die evangelische Jugendarbeit im Südraum Leipzig war ähnlich wie in der Stadt selbst sehr von sozialen Aspekten und nicht nur religiös geprägt. So wurden Umweltgottesdienste in Mölbis und Deutzen durchgeführt, es gab Rockkonzerte in Kirchen und ein jährliches Open-Air-Festival („Bandfestival“) in Mölbis, Steinbach und Neukirchen-Wyhra, jährliche „Wanderrüstzeiten“, Ferienfahrten ins slowakische Gebirge mit bis zu 150 Jugendlichen, für die eine Zugehörigkeit zur evangelischen Kirche nicht Bedingung war, Ausstellungen und andere Veranstaltungen wurden organisiert. Verantwortlich war dafür der Kreisjugendpfarrer und vor allem der Kreisjugendwart Matthias Luckner und später Andreas Bergmann. Im ehrenamtlichen Mitarbeiterkreis des Jugendwarts wurde ich ein aktiver Teil.

Auch unsere Umweltgruppe gründete sich unter dem Schutz der evangelischen Kirchgemeinde Borna. In dieser Gruppe aus bis zu 10 Personen informierten wir uns über umweltpolitische Themen und besprachen sie, halfen mit bei der Organisation der Umweltgottesdienste, erstellten und zeigten eine Ausstellung über die Gefahren von Atomkraft, informierten über die extrem schädlichen Folgen der Kohleindustrie für Mensch und Natur und vernetzten uns mit Umwelt- und Bürgerrechtsgruppen in der DDR und im Ausland wie dem Christlichen Umweltseminar Rötha, der Umweltbibliothek Berlin, der Charta 77 in der ČSSR und vielen anderen.

Natürlich mussten die Freiräume immer wieder den Verantwortlichen der Kirche, den Gemeindepfarrern und natürlich dem Superintendenten des Kirchenbezirks Ekkehard Vollbach gegenüber verteidigt werden, da diese sich wiederum gegenüber der Staatsmacht rechtfertigen und Freiräume aushandeln mussten.

So mussten wir uns immer wieder für Aktivitäten rechtfertigen. Der Pfarrer verlangte einen Ansprechpartner bzw. Leiter der Gruppe, den wir nicht festlegen wollten, und einige Mitglieder der Gruppe fanden plötzlich den Superintendenten mit Vertretern der Staatssicherheit und der SED-Kreisleitung auf einer Seite des Tisches, ihnen gegenüber, bei einem Gespräch wegen der geplanten Teilnahme an der Parade zum 1. Mai mit selbst gestalteten Transparenten und Schildern, die dann untersagt wurde. Ein Mitglied unserer Gruppe wurde schließlich vom Studium am Theologischen Seminar

Leipzig, einer Institution der Kirche, durch den Leipziger Superintendenten Friedrich Magirius wegen seines politischen Engagements und Kritik an der Rolle der Kirchenleitung ausgeschlossen."

Interviewer: „Welche Leute haben Ihrer Ansicht nach den Schutz der Kirche ersucht, und wie konnte diesen Menschen geholfen werden?"

Lehrer F.: „Viele Menschen, die abseits der vorgezeichneten Linie in der DDR – die ja nicht nur aus politischen Parolen und gebetsmühlenartig wiederholten Phrasen sowie Repression von Andersdenkenden bestand, sondern auch ein recht biederes, auf die private Welt ausgerichtetes Leben vorgab – ein Leben führen und Meinungen vertreten wollten, suchten den Schutzraum, den die Kirche bot.

Vielerorts sah sich diese als Dach für alle, die sich an sie wandten und um Schutz baten. Das konnten Leute mit starker religiöser Bindung, die ja von der DDR-Ideologie als absurd abgelehnt wurde, sein, aber auch Punks, Künstler, oppositionelle Bürgerrechtler und Umweltaktivisten und Ausreiseantragsteller.

Die Kirche konnte diesen Menschen zum Beispiel Räume zur Verfügung stellen, die nicht staatlicher Kontrolle unterlagen, aber auch keine Privaträume waren, deren Zurverfügungstellung den fraglichen Personen Schwierigkeiten bereiten konnte. Auch ansonsten konnte Infrastruktur wie Telefon, Vervielfältigungsmöglichkeiten, Fahrzeuge, Arbeitsmaterialien, Literatur und anderes genutzt werden. Kontakte in die BRD und anderes nichtsozialistisches Ausland konnten hergestellt werden. Die Kirche stellte so ein Netzwerk parallel zu den Einrichtungen der SED dar. Natürlich kam es immer auf das persönliche Engagement der jeweiligen Kirchenmitarbeiter und -verantwortlichen an, inwieweit und von wem dieses Netzwerk genutzt wurde.

Selbstverständlich war auch die Beratung und seelsorgerische Arbeit der Pfarrer und Diakone wichtig für Kirchenmitglieder und diejenigen, die sich in diesen Schutzraum begaben. So verhandelte und beriet zum Beispiel der damalige brandenburgische Konsistorialpräsident Manfred Stolpe im Falle der Haft meines Cousins in Rheinsberg und konnte gemeinsam mit ihm und seinen Eltern einen Hafterlass von 3 Monaten erreichen.“

Interviewer: „Denken Sie, dass die Wende auch ohne die Kirche möglich gewesen wäre?“

Lehrer F.: „Das ist sehr schwer zu spekulieren. Ich glaube allerdings, dass die Kirche eine wichtige Funktion erfüllte und es den oppositionellen Kräften ansonsten schwer gefallen wäre, sich zu organisieren und zu vernetzen. Allerdings spielten noch andere Faktoren für die Dynamik der Wende eine Rolle, so dass es wahrscheinlich trotzdem zu einem Zusammenbruch des sozialistischen Systems gekommen wäre, allerdings vielleicht etwas später und vor allem auf andere Art und Weise.

Der Verdienst der Kirche und der unter ihrem Dach arbeitenden Opposition war meiner Ansicht nach vor allem der friedliche Verlauf der Wende. Ohne die absolute Friedfertigkeit der Aktiven und der Demonstranten hätte leicht eine gewaltsame Situation entstehen können.“

Lehrer F.: „Natürlich erst einmal eine große Erleichterung und Freude über die damit gewonnene und im ersten Moment nur zu erahnende Freiheit. Was am Horizont erschien, waren Dinge, die niemand zu hoffen und zu denken gewagt hätte, und was sich viele, inklusive mir, erträumt hatten. Dabei dachte ich nicht so sehr an Konsum wie viele DDR-Bürger, die vor allem die bunte Welt des Westens vor Augen hatten, die die meisten aus dem Westfernsehen, geschmuggelten Neckermann-Katalogen und von Verwandten kannten. Für mich war es besonders persönliche Freiheit und die Möglichkeit, mein Leben nach meinen eigenen Vorstellungen führen und durch freie Meinungsäußerung und politische Einflussnahme die Gesellschaft gestalten zu können.

Allerdings wurde diese Freude schon bald getrübt, als ich beobachten musste, dass die öffentliche Stimmung schon bald nationalistische Tendenzen annahm, die Versprechungen der CDU kritiklos übernommen wurden und die Chance der Gestaltung einer Alternative zu DDR-Regime und kapitalistischer Gesellschaft der BRD, an die viele meiner Freunde und auch ich idealistischer Weise glaubten, vertan wurde. Die zeigte sich bereits am Montag nach der Grenzöffnung, als es auf der Montagsdemonstration in Leipzig zu nationalistischen und rassistischen Sprechchören und körperlicher Gewalt gegenüber denen kam, die nicht an die Vision der „blühenden Landschaften" glauben und nicht in die Chöre „Wiedervereinigung jetzt" und „Wir sind ein

Volk" einstimmen konnten. Diese war für mich dann auch die letzte Veranstaltung dieser Art.

Im persönlichen Fazit sehe ich die Ereignisse der Wende und des Mauerfalls und dem darauffolgenden politischen Weg der neuen Bundesländer und der BRD als überwiegend positiv und freue mich, in einer wichtigen Phase meiner Entwicklung aus einem totalitären in ein liberal freiheitliches System gewechselt zu sein, in dem Menschenrechte geschützt werden und die persönliche Freiheit ein hohes politisches Gut ist. Meine Aufgabe sehe ich darin, genau diese zu verteidigen gegen wirtschaftliche und machtpolitische Interessen.

Für mich persönlich bedeutete es, einen zivilen Wehrersatzdienst leisten, studieren und einen Beruf ergreifen zu können, den ich mit Freude und gutem Gewissen ausüben und mich politisch engagieren kann. Nicht zuletzt kann ich überallhin reisen und fast jeden Winkel der Welt sehen und erleben, wovon ich gern Gebrauch mache. All dies wäre mir ohne die Wende und den Mauerfall so nicht möglich gewesen.

Leider habe ich das Vertrauen in die Organisation Kirche aufgrund der vorher genannten Gründe verloren, was zu meinem Austritt geführt hat."

Vergleich der Zeitzeugenaussagen

Die Antworten der Interviewten wurden im Folgenden miteinander verglichen.

Beginnend mit den Gemeinsamkeiten kann man feststellen, dass beide Interviewpartner in einem religiösen Umfeld aufwuchsen und politikinteressiert waren. Während Pfarrer H. sich weder als angepasst noch als revolutionär sieht, sprach Lehrer F. von seinem systemkritischen Engagement. Auf die Frage nach prägenden politischen Ereignissen nannte Pfarrer H. nur die Wende, während Lehrer F. einen Bogen von Tschernobyl über die jährlichen Paraden der DDR bis zur Wehrdienstproblematik spannte. Die Verfolgung der Kirche durch die Staatssicherheit erlebten beide aufgrund ihres Altersunterschiedes in verschiedener Weise. Pfarrer H. erfuhr erst nach der Wende, dass ihn die Staatssicherheit im Visier hatte. Die Wende bewahrte ihn vor einem angestrebten Strafverfahren wegen illegaler Gruppenbildung, das für ihn Abschiebung oder Gefängnis zur Folge gehabt hätte. Lediglich berichtete er von persönlichen Einschränkungen seiner Frau, der aufgrund ihrer Konfirmation der angestrebte Beruf verwehrt wurde. Lehrer F. blieb wegen seines jugendlichen Alters unter dem Radar der Staatssicherheit, konnte aber von Freunden und Bekannten berichten, deren Treffen überwacht wurden. Persönlich wurde ihm der Weg zum Abitur erschwert, weil er den dreijährigen Wehrdienst verweigerte.

Nach der Rolle der Kirche befragt, waren 1989 bei einer Befragung von Gemeindemitgliedern von Leipziger Kirchengemeinden (Grabner, Wolf-Jürgen. Hrsg.: Leipzig im Oktober: Kirchen und alternative Gruppen im Umbruch der DDR; Analysen zur Wende, Wichern-Verlag, Berlin 1990, S. 79) die häufigsten Antworten, die christliche Botschaft zu verkünden und Bedürftige zu pflegen. Nur ein Drittel meinte, dass die Kirche einen politischen Auftrag zu erfüllen habe und zu aktuell politischen Fragen Stellung nehmen müsse. Dies entspricht auch der Beschreibung des Lehrers F. vom Auftrag der Kirche in der DDR als einer Gemeinschaft für Christen, in der sie ihre Religion ausüben konnten. Entsprechend der christlichen Lehre setzte sich die Kirche in der DDR für Menschenrechte und Gottes Schöpfung, und deshalb für den Umweltschutz, ein. Im Allgemeinen hat aber die Kirche für Lehrer F. die Aufgabe, die Gesellschaft mitzugestalten. Den Auftrag der Kirche sieht Pfarrer H. in einer Vermittlung unter unterschiedlich geprägten Menschen. Kirche sei ein Raum der Offenheit und des Miteinanders. Für ihn ist Kirche ein Ort der Begegnung mit den unterschiedlichsten Menschen und damit offen für alle und ohne Einschränkung bzw. Grenzen. Bezogen auf das Verhältnis von Kirche und DDR vertrat Pfarrer H. die weit verbreitete Meinung, für Kirche im Sozialismus sein zu wollen. Das beinhaltete eine Identifikation mit der DDR, die aber nicht unkritisch war.

Beide waren sich darin einig, dass oppositionelle Arbeit nur im Raum der Kirche möglich gewesen sei. Lehrer F. meinte, dass es den oppositionellen Gruppen ohne die Kirche schwer gefallen wäre, sich zu organisieren und zu vernetzen. Sie argumentierten, dass die Kirche die Freiräume bzw. den Platz schaffen konnte für Friedensgebete. Die Mehrzahl der befragten Pfarrer unterstützte diese Meinung und bekräftigte, dass politisch alternative Gruppen nur unter dem Schutz der Kirche agieren konnten und einen wichtigen Beitrag zur Entstehung der friedlichen Revolution leisteten.

Sowohl Pfarrer H. und Lehrer F. als auch die interviewten Pfarrer stimmten darin überein, dass die Wende in der DDR nicht durch das Handeln der Kirche herbeigeführt wurde. Pfarrer H. sagte dazu, dass es schon vorher gebrodelt habe und über Politik und die Probleme der DDR vielerorts diskutiert worden sei. Lehrer F. schätzte ein, dass „noch andere Faktoren für die Dynamik der Wende eine Rolle spielten, so dass es wahrscheinlich trotzdem zu einem Zusammenbruch des sozialistischen Systems gekommen wäre, allerdings vielleicht etwas später und vor allem auf andere Art und Weise." Auch die Leipziger Pfarrer nennen als Ursachen des Umbruchs neben außenpolitischen auch wirtschaftliche Gründe, die Ausreiseproblematik und die Unfähigkeit des Staates, darauf zu reagieren. Die „interviewten Pfarrer gehen in der Regel davon aus, daß die Wende nicht durch das Handeln der Kirche oder einzelner Subjekte herbeigeführt wurde, sondern das Ergebnis eines mehrstrangigen und stark außenabhängigen Ursachenkomplexes ist, in dem die Kirche nur ein Faktor unter vielen ist." (Grabner, Wolf-Jürgen. Hrsg.: Leipzig im Oktober: Kirchen und alternative Gruppen im Umbruch der DDR; Analysen zur Wende, Wichern-Verlag, Berlin 1990, S. 56)

Nach den Empfindungen zum Mauerfall befragt, schienen die Erfahrungen des Pfarrers vorrangig von Misstrauen und Skepsis geprägt zu sein, während Lehrer F. sich an Erleichterung und Zuversicht erinnert. Diese Antworten liegen sicher in ihrer unterschiedlichen Haltung zur DDR begründet. Für Pfarrer H. hätte die DDR in verbesserter Form weiter bestehen können, lediglich die Willkür der Staatsorgane sah er kritisch. Lehrer F. stand der DDR skeptisch und abgeneigt gegenüber und begründet dies mit der Einschränkung der Freiheit des

Einzelnen. Er beschreibt die Möglichkeit der freien Meinungsäußerung und der Lebensgestaltung nach eigenen Vorstellungen als wichtigste Errungenschaften der Wende. Bei der Befragung der Pfarrer zu ihrer Einstellung gegenüber der DDR zeigte sich, wie bei Pfarrer H., die Mehrheit von der Idee des Sozialismus, im Sinne von sozialer Gerechtigkeit und Gleichheit aller Menschen, angetan. Allerdings bemängelten vier Fünftel der Befragten die Kluft zwischen Anspruch und Wirklichkeit und dem Mangel an Demokratie und Freiheit. (Grabner, Wolf-Jürgen. Hrsg.: Leipzig im Oktober: Kirchen und alternative Gruppen im Umbruch der DDR; Analysen zur Wende, Wichern-Verlag, Berlin 1990, S. 48)

Abschließend ist zu vermerken, dass Pfarrer H. noch heute, getreu seinen Prinzipien, im kirchlichen Raum tätig ist. Lehrer F. allerdings wendete der Kirche den Rücken zu, da sie sich zu sehr auf den geistlichen Bereich zurückgezogen habe.

Kapitäne der Landstraße

Regina Oversberg

Es gehörte wohl zu den Besonderheiten der DDR, dass es nicht nur die Kapitäne zur See, sondern auch Erntekapitäne sowie die der Landstraße gab. Helmut gehörte zu den letzteren, zu denen, die tagein und tagaus ihre wertvollen Frachten auf den Straßen des Landes von Ort zu Ort transportierten. Mit Leib und Seele, wie man so zu sagen pflegt, war er dabei, war ein Teil des VEB Kraftverkehr Merseburg, dessen Anfänge bereits in der Gründung des Möbeltransportunternehmens „Richard Beyer & Co" im Jahre 1875 lagen. Als er 1963 dort als Kraftfahrer für LKW eingestellt wurde, hatte sich mittlerweise aus dem kleinen Unternehmen ein stattlicher Betrieb entwickelt, der im Jahre 1974 bis zu 790 Mitarbeitern beschäftigte. Dabei war es nicht immer ganz leicht, den großen Fuhrpark aus 103 Bussen, 185 LKW und 15 Taxis am Laufen zu halten, denn Ersatzteile waren wie überall in der DDR Mangelware. Aber so dramatisch wie in den Nachkriegsjahren 1947/48, als ganze Buslinien wegen Reifenmangel eingestellt werden mussten, wurde es trotz aller Schwierigkeiten nie wieder. Im Gegenteil! In all den Jahren seiner Tätigkeit als Truckerfahrer konnte Helmut die stete Weiterentwicklung des Betriebes miterleben. Ständig wurde gebaut, zunächst ein Verwaltungsgebäude, dann folgten Sozialtrakt, Werkstatt, Reifenlager und Betriebskantine. Die Aufzählung ließe sich noch weiter fortsetzen. Erwähnenswert ist aber noch das Setzen von zwei Flutlichtmasten im Jahr 1988, die man sich aus Großkayna besorgt hatte, denn damit kam im wahrsten Wort Licht in das Dunkel des riesigen Parkplatzgeländes. Helmut gehörte also zur bunten Truppe der LKW-Fahrer, die alle nur erdenklichen Güter zu transportieren hatte, von den Schwerlasten über Container, Kies- und Baustoffe bis zur Milch aus den landwirtschaftlichen Betrieben. So vielfältig wie die Lasten waren auch die eingesetzten Fahrzeuge, die vom ZIS, G5, HS6, H3A, Tatra, S4000, Skoda, Jeltsch, MAS, Roman bis zum W50 reichten. Niemals aber vergaß Helmut in seinen Aufzählungen die sogenannten Russenautos mit der Bezeichnung Kraz zu erwähnen, die in ihrer Robustheit sowie schlichten Ausführung ihrem Namen alle Ehre machten.

So lief alles tagtäglich seinen sozialistischen Gang bis zum Herbst 1989, als die Montagsdemos in Leipzig begannen. Im Land regte sich Unmut über die ständige politische Bevormundung, über den ständigen Mangel, über die beeinträchtigte Freiheit. In Scharen verließen inzwischen die Menschen das Land, verließen ihren Arbeiter- und Bauernstaat! Helmut marschierte auf den Demos mit, zunächst in Leipzig, später auch in Merseburg, auch er wollte einen Wandel und hoffte auf Veränderung. Auch er wollte den Wohlstand, den die Deutschen auf der anderen Seite der Mauer schon seit langem genossen. Wenn er jetzt mit seinem Truck durch das Land fuhr, konnte er die Aufbruchsstimmung bereits mit den Händen greifen. Bis zum Herbst wurden die Demonstrationszüge jeden Montag länger, lauter, heizte sich die Stimmung im Land immer weiter auf. Der Zug der Hunderttausenden war nicht mehr aufzuhalten. In dieser Situation suchte die Staatsführung der DDR nach einem schnellen und wirksamen Ventil und drückte deshalb am 9. November Günther Schabowski einen Zettel mit einer Pressemitteilung in die Hand. Als er den Text dann vortrug, war er von seinem Inhalt wohl selber überrascht: *„Privatreisen nach dem Ausland können ohne Vorliegen von Voraussetzungen (Reiseanlässe und Verwandtschaftsverhältnisse) beantragt werden. Die Genehmigungen werden kurzfristig erteilt. Die zuständigen Abteilungen Paß- und Meldewesen der Volkspolizeikreisämter in der DDR sind angewiesen, Visa zur ständigen Ausreise unverzüglich zu erteilen, ohne daß dafür noch geltende Voraussetzungen für eine ständige Ausreise vorliegen müssen. [...] Ständige Ausreisen können über alle Grenzübergangsstellen der DDR zur BRD bzw. zu West-Berlin erfolgen.“*

Noch am selben Abend machte sich Helmut mit seinem Skoda auf den Weg nach Berlin, und kurz nach Mitternacht stand er mit vielen anderen völlig sprachlos auf dem Kurfürstendamm in Westberlin. Er sah, wie sich Menschen vor Freude weinend umarmten und wusste, dass war der Beginn einer neuen Zeit! Von nun an warteten sie alle, dass diese neue Zeit auch in ihrem Leben in Form der harten Westmark ankam. „Wenn ich erst einmal das Geld habe, kaufe ich nichts mehr von diesen DDR-Produkten", erklärte Helmut eines Tages seinem Kollegen, worauf der antwortete: „Aber wenn das keiner mehr kauft, geht doch unsere Industrie kaputt!" Helmut hatte dafür nur ein gleichgültiges Achselzucken übrig. Endlich kam es, das Westgeld, am 1. Juli 1990, und alle strahlten. Und noch einmal strahlten sie! Das war der Tag, an dem die Wiedervereinigung der beiden deutschen Staaten vollzogen war. Helmut wusste, nun würde es endlich nur noch aufwärts gehen, jetzt hatten sie es geschafft. Helmut wusste noch nichts von der Treuhand. Doch in der darauf folgenden Zeit änderte sich zunächst wenig; sie fuhren wie gewohnt ihre Linien und Touren, sie verdienten jetzt das gute West-Geld und konnten sich alte Wünsche erfüllen. Helmut kaufte sich einen neuen Fernseher, einen Videorekorder und ließ seine Heizung modernisieren. Doch mit der Zeit gab es für sie nach und nach immer weniger zu tun. Die Aufträge blieben aus, da es kaum noch Firmen gab, die welche hätten erteilen können, denn die große Reprivatisierung hatte begonnen. Goldgräberstimmung herrschte im Land, und das Gold, welches die Treuhand suchte und nur zu selten fand, sollte aus der Privatisierung des Volkseigentums fließen. Zurück blieb ein wirtschaftlicher Kahlschlag! Inzwischen saßen die Kapitäne der Landstraße auf dem Trockenen und drehten Däumchen. Um die Wirtschaft im Osten wieder anzukurbeln, hätte jetzt Helmut auch gern wieder Altbekanntes gekauft, aber außer Margarine der Sorten „Sonja" und „Marina" konnte er in den neu gewachsenen Märkten nichts entsprechendes entdecken. Im Kraftverkehr aber beobachteten sie in der nun ausreichend zur Verfügung stehenden Freizeit, wie ein generalüberholter LKW nach dem anderen von osteuropäisch sprechenden Geschäftsleuten abgeholt wurde. *Ihr* Betrieb begann sich vor ihren Augen aufzulösen! Das waren die Tage, an denen Helmut zum ersten Mal begann, sich einen starken Mann zu wünschen, der den ganzen Spuk so schnell wie möglich wieder beendete, der ihm wieder eine Zukunft gab. Als der neue dann 1991 kam, gehörte der Betrieb mittlerweile zur „Spedition Finsterwalder". Wieder begann Helmut zu hoffen, doch es änderte sich wenig. Die Treuhand hatte ganze Arbeit geleistet, die Abwicklung der DDR-Industrie war ihr gelungen. Schließlich ahnten die Mitarbeiter, dass ihre Firma einfach zu groß war, um überleben zu können. „Sie werden Leute entlassen!", orakelte Helmut an einem schönen Morgen im Sommer 93, als es mal wieder an Arbeit fehlte. Sein Kollege stimmte ihm zu, dann dachte er laut nach: „Wen sie wohl zuerst entlassen werden, die alten oder die jungen Fahrer?" Helmut war sich sicher: „Zuerst werden die jungen entlassen, denen fehlt doch die Erfahrung", worauf sich beide fragend und ratlos ansahen. Helmut musste in diesem Moment an seine besondere Begabung denken. Er konnte inzwischen auf der Autobahn weite Strecken mit geschlossenen Augen fahren und wurde bereits bei der kleinsten Störung wach! Von diesem Tag an begannen beide zu grübeln, welche Erfahrungen Helmut den anderen wohl voraus hatte. Doch Fakt war, dass sich Helmut auf Grund seiner dreißigjährigen Betriebszugehörigkeit einen gewissen Kündigungsschutz erhoffte. Dabei hatte er nicht bedacht, dass es *seinen* Betrieb gar nicht mehr gab, dass der ebenfalls zur Kostenbegleichung der Einheit bereits verramscht worden war. Wenige Tage nach diesem Gespräch war er arbeitslos, zum ersten Mal in seinem Leben! Der junge Spund blieb. Wieder dachte Helmut an den starken Mann, der bestimmt so viel Ungerechtigkeit rächen würde. Sein starker Mann hatte inzwischen auch ein Gesicht und einen Namen. Völlig unerwartet fand Trucker Helmut bereits nach kurzer Zeit wieder Arbeit, zwar bei einem kleinen Krauter, wie er immer betonte, aber er fühlte sich endlich wieder gebraucht. Trotzdem hatte sich in seinem Denken so ein kleiner starker Mann festgesetzt – der auf alle Probleme eine Antwort hatte und nicht lange fackeln würde!

Ausreisen, Rücktritte, Nachrichten

Katharina Mälzer

Im September 1989 heiraten noch schnell Freunde, *sie* hatte schon seit langem einen Ausreiseantrag gestellt, gemeinsam als Ehepaar reisen sie aus. Eine andere Freundin reist aus mit der Begründung, sie dürfe ihren Sohn nie auf Westreisen mitnehmen. Oder die Angst eines Freundes, noch zur Armee eingezogen zu werden: heiraten und weg! Über 30 enge Freunde zählten wir, die das Land verließen. Viele auch noch nach der Grenzöffnung!

Anfang September 1989 weilte ich zur Hochzeitsfeier einer meiner Cousinen im Westen. Ich tanzte mit einem Mann, der mich fragte, ob es wirklich so schlimm in der DDR sei oder ob die Westmedien nur übertrieben. Noch schlimmer, hatte ich geantwortet. Ob ich hierbleiben würde? Mein Nein verscheuchte den Tänzer, er verstand nicht. Mit meiner Cousine und deren Auto reisten wir in die DDR, ich zurück, sie zu Besuch. Das Kontrollnetz war nicht so dicht gewesen, wie ich vermutete, hatte ich mir doch für den Weg in den Westen nur eine Zugfahrkarte ohne Rückfahrt gekauft. Wir witzelten sogar, daß es vielleicht anders gewesen wäre, hätte ich als Reiseziel Gießen, das Notaufnahmelager für DDR-Bürger, angegeben.

Am 29. September sehen wir einen Freund das letzte Mal in Merseburg. Als Genscher vom Balkon der Prager Botschaft grünes Licht zur Ausreise gibt, bricht ein Jubel aus, der uns vor dem Fernseher mitreißt; es ist zum Heulen. Unser Freund ist in der Menge vorm Balkon!

Daß wir uns im November in Nürnberg wiedersehen, hätte keiner gedacht. Der Freund hat das Magazin *Praline* dabei. Darin ist ein Foto, auf welchem er als einer der Botschaftsflüchtlinge abgebildet ist.

Es überschlagen sich die Nachrichten. Am 18. Oktober tritt Honecker aus Gesundheitsgründen zurück, Krenz kommt zum Entsetzen vieler an die Macht. Am 3.12. tritt das ZK der SED zurück (schon das zweite seit der „Wende"), auch das Politbüro. Krenz bleibt noch, aber laut DDR-Nachrichten nicht mehr lange. Man sieht eine ökologisch soziale Marktwirtschaft als Alternative. Honecker, Mittag (Wirtschaft), Mielke (Stasi), Tisch (FDGB) und weitere werden aus der SED geworfen. Gegen viele wird Haftbefehl erlassen. Devisenbeschaffer Schalck-Golodkowski hat sich ins Ausland abgesetzt, man versucht, Schaden von der DDR abzuwenden. Devisenkonten gibt es in der Schweiz, eine bundesdeutsche Tageszeitung schätzt 100 Milliarden DM.

Am 4.12. fahren wir wieder nach Leipzig. Wiedervereinigung ist ein neues Wort. Wer Deutschland will, muß nicht gleich rechtsradikal und braun sein!

Verschiedene Poster gibt es zu sehen:

Auf dem Karl-Marx-Platz vor der Oper werden die verschiedenen Redner nur mit Namen vorgestellt. Vor zwei Wochen sagte man noch, ob Partei oder nicht, und SED-Mitglieder kamen nicht zu Wort. Es sind gute Reden dabei. Sogar ein polnischer Student, der sich im Namen seiner polnischen Mitstudenten entschuldigt für seine Landsleute, die schlecht gehandelt haben. Dann erzählt jemand, daß auch in Leipzig Schalck-Golodkowski „seine" IMES Import-Export GmbH hatte, das Gebäude soll versiegelt worden sein. Daß derzeit noch verhandelt werde, die im Stasigebäude vorhandenen Akten zu sichern und die Türen zu versiegeln. Ein Bezirksstaatsanwalt ist zugegen, man würde am Ende der Kundgebung mehr sagen können. Wir ziehen los. Die wenigen, die von staatlicher Seite geschickt worden waren, um alle, die für Wiedervereinigung seien, in die braune Ecke zu drängen, verlieren sich. Ich erkenne das Fernsehteam der ARD mit dem Reporter Claus Richter. Wieder sehen wir ein interessantes Poster mit Honecker in gestreifter Häftlingskleidung und der Nummer 0001. Vor dem Stasigebäude johlen die Vorderen. Der Grund ist, Leute der oppositionellen Gruppen Demokratischer Aufbruch, Demokratie jetzt, Neues Forum sind im Gebäude.

Dezembernachrichten: Berghofer, Dresdens Oberbürgermeister, findet den 10-Punkte-Plan Kohls, der noch nicht in der DDR veröffentlicht wurde, recht akzeptabel.

Seit Jahresbeginn sind es 317.000 „Übersiedler", wie die DDR-Flüchtlinge jetzt genannt werden, 17.000 allein im Dezember. In der Aktuellen Kamera wird über die Demonstrationen in Leipzig und die Rufe nach Wiedervereinigung berichtet.

Die DDR stellt die Waffenlieferungen nach Äthiopien ein. Bulgarien ist für freie Wahlen, die ČSSR baut den Stacheldraht nach Österreich ab. Ungarns Ministerpräsident Német rechnet für 1990 mit 100.000 Arbeitslosen.

Die SDP, der Ostableger der SPD, stellt sich vor; die Frage der Wiedervereinigung wird kontrovers diskutiert, in Merseburg ist man dagegen, in Halle könnte man es sich in allmählichen Schritten vorstellen. Der Demokratische Aufbruch in Leipzig stimmt für eine Wiedervereinigung. Im Neuen Forum Merseburg hat man Bedenken, daß die Urenkel der Nazis an die Macht kämen. Auch wird der schulfreie Sonnabend kritisch gesehen, er könnte zur Erhöhung der Wochenendkriminalität führen. Schulfrei wurde der Sonnabend ja nur, weil kaum ein Kind mehr in die Schule kam. Das vollständige Wochenende mit Sonnabend und Sonntag wurde für die Reisen gebraucht.

Aus der SED wird PDS.

Alles ist in Bewegung. Niemand weiß genau, wohin.

Die Mauer ist weg

Peter Gehre

Ja, die Mauer ist weg. Und nun ist sie schon länger weg, als sie jemals stand. Die Zeit, die sie da war, kam mir ewig vor. Und die Zeit, seit sie weg ist, ist wie im Flug vergangen.

Im Gummianzug stieg ich von meinem Moped „Star" ab, ging zu meinem Bett und fiel in dieses nach einer Zwölf-Stunden-Nachtschicht im Chemiebetrieb. Ich erwachte und schaute schlaftrunken aus dem Fenster auf die Straße. Plötzlich traf mich fast der Schlag, und ich war hellwach. Dort, wo vor einigen Stunden noch nichts nach Arbeit, nach schwerer Arbeit, aussah, waren urplötzlich 100 Zentner Kohlen aus der Erde gewachsen, um Einlass in den Keller flehend. Zu der Zeit war ich eigentlich nur noch mit Fernsehen gucken, Nachrichten, nichts als Nachrichten beschäftigt. August in Ungarn, September in Prag, Oktober in Leipzig – seitdem die Welt auf uns schaute, wurde es mir immer unheimlicher. Ob das gut geht. Also Fernseher aus, in die alten Klamotten rein, raus auf die Straße zu den Tausenden, nein nicht zu den friedlichen Demonstranten, sondern zu den Tausenden schwarzer Briketts. Ich hätte sie auf der Stelle anzünden können. Doch der Winter stand vor der Tür. Nun hieß es für mich Schubkarre holen, Briketts aufladen, in den Hof fahren, abladen, in den Keller durch die enge Luke schaufeln, im Keller wieder verteilen, raus auf den Hof, auf die Straße, das Gleiche von vorn und das Hunderte Male. Fix und fertig, topdreckig, lag ich in der Badewanne, nachdem ich mit meinen schwarzen Freunden den Badeofen angeheizt hatte. Mich interessierte plötzlich nichts mehr, kein Fernsehen, kein Radio, nur noch das Bett. Am nächsten Morgen musste ich wieder auf Schicht sein, pünktlich zur Zwölf-Stunden-Frühschicht. Ich betrat die Messwarte, und alle tuschelten irgendetwas. Ich verstand nur Bruchstücke, wie Mauer…Löcher…Ausreise. Allmählich wurde mir klar, dass ich irgendwie Weltgeschichte verschlafen hatte. Gerade als ich am Vortag im Strudel der Badewanne versank, verkündete in der „Aktuellen Kamera", gegen 18.55 Uhr ein gewisser Schabowski auf eine lapidare Frage eines italienischen Journalisten, ganz aus Versehen, dass ab sofort die Ausreise aus der DDR möglich sei, dabei einen Zettel aus der Tasche holend, „…ja, das gilt unverzüglich". Er hatte sich geirrt. Der größte Irrtum der Geschichte. Es sollte erst am nächsten Tag, also dem 10.11.1989 verkündet werden. Damit hätte ich auch nichts verpasst, den Run auf die Mauer, die glücklichen, sich in den Armen liegenden Menschen. Also Schabowski hat Schuld daran, dass ich nicht live dabei war.

Nun schreibe ich, wie es weiterging, und es gibt auch einen Blick zurück. Natürlich sind auch wir noch im gleichen Monat in den Westen gefahren. Ku'damm Berlin war unser Ziel, um die 100 D-Mark Begrüßungsgeld zu holen. Manche kauften Apfelsinen, ich hatte nur ein Ziel, einen richtigen Plattenladen zu besichtigen. Ich kaufte noch Schallplatten, heute wieder total in. Einen CD-Player hatten wir noch nicht. Kurz vor Weihnachten mussten wir natürlich noch nach Bayern, denn dort gab es noch mal 100 D-Mark. Wir fuhren mit meinem klapprigen, fast vor dem Zerfall befindlichen Skoda S100. Nur nicht versuchen zu überholen auf der Autobahn, bevor er total verreckt. Und so schwammen wir mit in der Lawine aus Trabbis und anderen Schrotthaufen. Hof war am nächsten. Und so stellten wir uns an in einer endlosen Schlange, das kannten wir ja, aber diesmal nicht nach Bananen, sondern nach Geld.

Einen Tag vor dem 1. Mai 1990 fuhren wir wieder nach Hof in die Freiheitshalle. Was für ein programmatischer Name, den Weg kannten wir ja schon. Dort erlebten wir ein richtiges Heavy Metal Fest mit Saxon aus England. Vorher natürlich noch die aktuelle Platte der Band kaufen. Ein erster Traum von noch sehr vielen ging in Erfüllung. *„Niemand hat die Absicht eine Mauer zu errichten."* Eine Lüge, wie viele in der Geschichte. Aber nun war sie schon ein halbes Jahr weg, und es tat überhaupt nicht weh, ganz im Gegenteil, was für ein Glücksgefühl.

> *Man sagt; Du bist frei,*
> *doch überlege gewiss.*
> *Es ist nicht einerlei,*
> *ob man's sagt oder ist.*

In den 1980er Jahren wurde die Situation in der DDR immer prekärer. Ich musste noch mal als Reservist zur

Volksarmee, weil ich das Mitwirken als IM verweigerte, die Hölle auf Erden. Und dann kam Gorbatschow. *„Mister Gorbachev, tear down this wall!"*, hatte Ronald Reagan 1987 gefordert. Erste Lichtblicke wurden sichtbar.

Seit frühester Jugend bin ich Rockmusikfan. Beat-Club, Rockpalast waren meine Sendungen, leider nur im Fernsehen, in Schwarz-Weiß und mono. Roger Chapman schlug dann in den 1980er Jahren eine erste Brücke. Er spielte in Rostock, und ich war dabei. 25 Jahre später gastierte er in meinem Heimatdorf Spergau, und ich war wieder dabei und durfte ihn auch noch kennenlernen. *„One more time for peace"* trug er auf dem T-Shirt, wie passend. Etwas später war sogar Bruce Springsteen in Ostberlin, und ich musste natürlich hin. *„160.000 Leute sind jetzt hier auf diesem Platz (1% der Ostbürger)"*, wie ich später erfuhr,, und ich war dabei. Sogar Peter Rüchel (Mister Rockpalast) war dort, aber es sollten noch 10 Jahre vergehen, bis ich auch ihn kennenlernen durfte. Damals alles noch unvorstellbar, unerfüllte Träume für immer. *„Wir sollten alle Barrieren überwinden"* sprach The Boss in gutem Deutsch. Eigentlich wollte er „Mauern" sagen, aber das Management empfahl ihm, lieber Barrieren zu sagen.

Politisch standen uns die spannendsten Geschehnisse der deutschen Geschichte bevor. Als im August Ungarn seine Grenze nach Österreich öffnete, – heute schließen sie sie gerade wieder –, im September die Prager Botschaft besetzt wurde und der Hallenser Genschman die historischen Sätze vom Balkon verkündete: *„Ich darf Ihnen heute mitteilen, dass Ihre Ausreise..."*, wurde es mir immer unheimlicher. Dann wurden auch noch die Grenzen zu Polen und der Tschechoslowakei geschlossen, und wir waren eine Insel, allein mitten in Europa. Und all das sollte sich noch steigern, als in Leipzig die Montagsdemos begannen. Ich machte mir große Sorgen, ob das alles gut gehen würde. Ich hatte Angst im kalten Krieg, richtige Angst. Auch in Berlin überholten sich die Ereignisse: *„Wer zu spät kommt, muss nach Chile.“* Dabei hörte ich aber immer noch Sätze wie: *„Den Sozialismus in seinem Lauf hält weder Ochs' noch Esel auf.“* Ich fragte mich, wer ist denn nun der Ochse und wer der Esel? *„Vorwärts immer, rückwärts nimmer.“* Dazu meinte ich später: Keinen Schritt zurück. Und dann kamen die entscheidenden Sätze im Fernsehen, die ich leider verschlafen hatte: *„Ab heute sind Reisen von DDR-Bürgern in das kapitalistische Ausland und die BRD jederzeit möglich.“* Sollte es wirklich gelungen sein, die erste und einzige friedliche Revolution in Deutschland hinbekommen zu haben? Ich guckte jeden Tag fern, ob wirklich alles wahr ist, was sich da abspielte. Es war wahr, obwohl noch unglaubliche Sätze von Schwerverbrechern zu hören waren: *„Ich lieb Euch doch alle. Ich liebe doch alle Menschen.“*

Der Krieg ist das Grausamste, was es gibt,
drum kämpft dagegen und haltet Fried'.
Kämpft auch gegen die Atomgewalt,
ob Amis – ob Russen: für alle ein Halt!

In den nächsten Jahren holten wir alles nach, was vorher nicht möglich war. Rockkonzerte ohne Ende, viele Fahrten in das für uns neue Deutschland zu Schlössern und Burgen, zu Ausstellungen und Festivals. In den 1990er Jahren kam dann der Rockpalast, die beliebteste Fernsehsendung für die friedlichen Rockfans, zurück zum Loreley Felsen. „*Die vereinigten Rockfans von Europa.*" Die Holländer und auch wir, die Rockfans in der DDR, wurden immer als die Zaungäste begrüßt. Damals immer vor der Glotze, doch nun live dabei, auf dem Felsen der Loreley. Dass das mal meine zweite Heimat werden würde, ahnte ich da noch nicht. Schließlich lernte ich den Macher des Rockpalast Peter Rüchel durch ein von mir gemaltes Bild persönlich kennen, ein weiterer Traum ging in Erfüllung. Heute sind wir noch Freunde, und ich konnte ihn sogar mehrere Male in mein Heimatdorf locken.

Ich studierte Malerei und Grafik im Fernstudium an der ABC Kunstschule Paris, was damals in der DDR nicht funktioniert hatte. Ich machte Ausstellungen im vereinigten Deutschland und kehrte immer wieder in das UNESCO Weltkulturerbe Mittelrheintal zurück. Inzwischen habe ich dort viele Freunde, und Freundschaften muss man pflegen. Nun bin ich auch noch Ehrenbürger von St. Goarshausen für 20 Jahre Treue zur Loreley-Stadt geworden. Jetzt pendle ich ständig zwischen meinem Geburtsort Bad Dürrenberg an der idyllischen Saale zur Loreley an den romantischen Rhein. Ich bin froh, nicht stolz, in Deutschland zu leben, denn es gibt noch viel zu entdecken. Stolz bin ich nur auf das, was ich selber erreicht habe. „*Es gibt 192 Staaten und darunter etwa 20 halbwegs funktionierende Demokratien, und wir sind mit dabei.*" Alles andere sind Diktaturen, Monarchien und Schlimmeres, wo es teilweise um den Kampf um einen Eimer Wasser geht. Hier kannst du im Supermarkt zwischen 100 Sorten und mehr wählen. „*Demokratie ist eine fürchterliche Staatsform, aber es gibt keine bessere.*"

Beziehungen sind das halbe Leben,
da hilft kein Kämpfen und kein Streben.
Die and're Hälfte ist das Glück.
Das Leben ist total verrückt.

Natürlich habe ich auch frühzeitig erkannt, dass im Westen nicht die bunten Smarties oder gebratenen Hähnchen durch die Luft fliegen. Du musst etwas dafür tun. Mir wurde bewusst: *„Du musst dich für das Doppelte verkaufen, was du wert bist, um die Hälfte zu erreichen, was du tatsächlich wert bist."* Nicht immer einfach für einen gelernten DDR-Bürger. In Amerika ist es sicher noch schlimmer. *„Amerika first",* seit Donald Duck dort am Knopf sitzt. Und ich lernte auch früh bei meinen Vernissagen *„Was nichts kostet, ist nichts wert."*

Schließlich lernte ich auch noch den größten Kabarettisten Deutschlands Dieter Hildebrandt persönlich kennen und durfte ihm ein von mir gemaltes Ölbild schenken, als Dank für den genialen Auftritt im Kulturhaus Leuna. *„Es ist unklug, Porzellan zu zerschlagen, wenn man nicht alle Tassen im Schrank hat."* Ich bin sicher nicht reich geworden durch die Malerei, ganz im Gegenteil, aber sie hat mir viele Türen geöffnet zu Menschen, die ich ohne sie nicht kennengelernt hätte. Es sind Freundschaften entstanden, die mehr wert sind als Geld. *„Es war schon immer ein Vorrecht der Künstler zu träumen und ein Vorrecht der Vernünftigen, sie zu verlachen."* Und es sind viele Träume wahr geworden. Und ich hatte nie Zweifel. *„Zweifel an der Erreichbarkeit eines Zieles erschwert die Erreichbarkeit."* Ich bin ein durch und durch positiv denkender Mensch, auch das erleichtert vieles. Ein befreundeter Musiker hat mir noch vor der Wende gesagt, du findest auch in einem Misthaufen noch was Gutes. *„Das Leben ist zu schön, um vertrödelt zu werden."* Und ich habe noch viel vor. Natürlich muss man immer ein waches Auge behalten. *„Das Gesetz ist ein Netz mit Maschen, engen und weiten. Durch die weiten schlüpfen die Gescheiten, in den engen bleiben die Dummen hängen."*

Ich malte weitere viele Bilder, mal kritisch, aber immer mit viel Leidenschaft, nach dem Motto meiner rheinhessischen Weinkönigin *„Wein und Kunst haben etwas Gemeinsames, man braucht dafür sehr viel Liebe."* Bei einer Ausstellung meinte ein Bürgermeister in seiner Ansprache während der Vernissage: *„Seit dem 2. Weltkrieg gab es bisher nur einen einzigen Tag Frieden auf der Welt."* Ist das nicht traurig? Ich meine, das ist sehr, sehr traurig. *„Wir haben nur diese eine Erde. Gebt den Idioten keine Chance, sie kaputt zu machen."* Ein bemerkenswertes Ölgemälde habe ich zu einem Song von Little Steven, unter anderem auch Gitarrist bei Bruce Springsteen, gemalt, den er wie folgt 1984 auf der Loreley ankündigte: *„It's for you, Germany – Checkpoint Charlie."* Dieses Gemälde habe ich dann noch mit einem Original-Mauerstein von der Berliner Barriere verziert, und ich versichere, der ist echt. Inzwischen leben wir in Deutschland *„in der längsten Friedensphase aller Zeiten."*

Übrigens Phasen ..., ich teilte ja mein Leben bisher in vier Phasen ein. Inzwischen bin ich in der vierten angekommen – der Endphase; klingt dramatisch, aber vor kurzem meinte ein befreundeter Architekt, der in der ganzen Welt baut: „Du hast noch eine fünfte, genau dann, wenn wir dein Rondell für deine Weltbilder bauen. Das Codewort lautet dann, wenn wir die Geldgeber haben: „Die Lösung."

„Nach dem 1. Weltkrieg und dem 2. Weltkrieg ist es an der Zeit, den 1. Weltfrieden auszurufen." Davon sind wir zwar noch sehr weit entfernt, aber es wird keine Alternative geben außer der totalen Zerstörung. Politiker, Wirtschaftler, Finanzjongleure, die gern mit Geld arbeiten, was nicht da ist, denn es hat nur jemand anderes, werden die Probleme der Menschheit nicht lösen. Kabarettisten, Musiker, Maler oder Autoren haben oftmals die besseren Ideen als die Mächtigen der Welt. Deshalb fordere ich: *„Künstler an die Macht."*

Hallorenkugeln

Rüdiger Paul

„Das Leben in Merseburg ist wie eine Packung Hallorenkugeln,
du weißt nie, wo du die nächste essen wirst."
(Frei nach dem Film „Forrest Gump")

Am Brunnen vor dem (Dom-)Tore

In der Kathedrale sind vor wenigen Minuten die letzten Töne der Ladegastorgel verklungen. Wieder auf dem Domplatz habe ich noch immer das vom Domorganisten variierte Thema von Gershwins „Summertime" im Ohr. Sommerzeit 2017 in Merseburg.

In Gruppen ziehen Mauersegler, lauthals fietschend, um die Türme.

Um die Musik noch etwas wirken zu lassen, setze ich mich auf die Bank vor dem Brunnen. Quer über den Platz schlendert eine alte Bekannte von mir. Wir kennen uns seit der Schulzeit. Gesehen haben wir uns geschätzte zwanzig Jahre nicht. Freudig gehe ich ihr entgegen. Wir begrüßen uns herzlich. Anschließend lade ich sie ein, sich mit auf die Bank zu setzen und über die Zeit zu plaudern. Sie willigt ein, und da sitzen wir nun.

Aus dem Rucksack hole ich eine Schachtel „Hallorenkugeln“. Ich öffne die Packung und biete ihr eine an. Sie meint: „Hmm, das sind ja die echten.“ So gelangen wir ins Gespräch über die Zeit, in der lediglich eine Sorte dieser Köstlichkeit hergestellt wurde. Hallorenkugeln eben.

Der Domplatz, das Schloßensemble und die Willi-Sitte-Galerie sind anfangs unsere Themen. Später kommen wir auf die Zeit zu sprechen, als in Merseburg das Volk erwachte und für seine Stadt auf die Straße ging.

Bald stellte sich heraus, daß wir im Oktober 1989 unbewußt gleiche Wege gingen. In Leipzig stand sie ebenfalls − vor der Nikolaikirche. Tausende sangen an jenem Abend die „Internationale“. Der Ernst der Lage in der Messestadt und der Text des gesungenen Liedtextes erzeugten in dieser gespannten Atmosphäre Gänsehaut. Auch heute noch.

Das in Leipzig Erfahrene gab mir den Mut, der Einladung des „Neuen Forums“ und der Kirchengemeinde zum ersten Merseburger Montagsgebet zu folgen. Meine Bekannte schilderte mir ihre Vorbehalte, daran teilzunehmen. Gleichzeitig erfuhr auch sie eine innere Befreiung, aufgestanden zu sein, um etwas zu verändern.

Genau an dem Tag hatte ich meine Eltern überzeugt, mit zum Montagsgebet zu kommen. Gemeinsam saßen wir im Dom. Wir drei waren ein Teil des Protestes. Ein neuer Geist umfing einen Teil der Menschen, man sah es ihnen an.

Die Redner der Kirche und des „Neuen Forums" schenkten den Anwesenden Kraft, Berührungsängste zu überwinden. Sie gaben uns allen die Zuversicht, in der turbulenten Zeit nicht alleinzustehen.

Funktionierende Staatskräfte mühten sich, um ihrer selbst willen, den laufenden Prozeß aufzuhalten. Der Protestmarsch ist uns beiden noch in Erinnerung. Nach dem Montagsgebet strömten die Menschen aus dem Dom, formierten sich und zogen schweigend in Richtung Bahnhof. Flackernde Fackeln und Kerzen erhellten die Gesichter der Menschen, zeigten ihre Friedfertigkeit.

Vor dem Stasigebäude in der Poststraße kam der Zug ins Stocken. Man stellte Kerzen auf die kalten Stufen am Haupteingang. Als das Wachs schon auf die Stufen tropfte, wurden im Gebäude dienstbeflissen seitenweise Berichte in die Schreibmaschinen geklimpert und „gewissenhaft" in Dossiers abgelegt.

Unser Licht leuchtete mit all den anderen. Ich hatte nur einen Wunsch, die aufgestellten Kerzen mögen nicht erlöschen. Der Wunsch ist in Erfüllung gegangen. Durch das Gebäude streift der Wind. In mir ist bis heute das Licht der Wendezeit. Es erhellt mich. Wir fühlen uns in diese Zeit zurückversetzt, auch meine Bekannte spürt diese Energie noch. Dieses freie Gefühl der Wendezeit. Dann fragen wir uns, was daraus geworden ist.

Sie meint: „Schau uns an, sind wir unglücklich?"

„Gute Antwort", sage ich. „Mit allem zufrieden bin ich sicher nicht. Habe gelernt, Dinge abzulegen, die mich am Sein hindern. Das Grundgefühl in Blick auf mein Leben ist Glück. War es das nicht vordem auch so?"

„Sicher", sagt sie. „Wir haben uns bewegt, unsere Ehrlichkeit über diese Zeit gerettet, können mit gutem Gewissen geradeausschauen." Dem habe ich nichts hinzuzusetzen.

Weich wie Kerzenwachs sind nun auch die restlichen Hallorenkugeln in der Packung. Da die beiden gestutzten Platanen es nicht schaffen, die Bank ausreichend zu beschatten, verschwindet die Packung im Rucksack.

Wir verabschieden uns, für eine hoffentlich nicht so lange Zeit.

Der Saalealf war auch dabei

Am Rande des Marktes finde ich auf der Bank neben dem „Saalealf" ein schattiges Plätzchen. Die Turmuhr gibt zwei gedämpfte Stundenschläge frei. In Ruhe genieße ich die 3. Hallorenkugel. Oh ja, der Markt hat in der turbulenten Zeit nach 1989 eine wichtige Rolle gespielt.

Auf geruchstechnischer Basis standen sich die Chemiekombinate „Leuna" und „Buna" in nichts nach. Als Synonym dafür stand das Wort „Chemie-Mief".

Am 13. Januar 1990 fand auf dem Merseburger Marktplatz die erste Umweltdemo statt. Deren Teilnehmer formierten sich am Bahnhof, vor dem Dom, rund um die Sixtiruine und am Eingang der Gotthardstraße. Ein Sternmarsch brachte erstmals zehntausend Demonstranten auf dem Markt zusammen. Bürger verschafften sich Gehör, wollten eine Verbesserung der

Umweltbedingungen erstreiten. Am östlichen Ende des Marktes saß zu der Zeit schon der „Saalealf" auf dem Brunnenrand. Sein Gewässer, die Saale, war schließlich ein flüssiger Bestandteil dieser Umweltkatastrophe.

Die Redner hielten keine verordneten Sonntagsreden, sie brachten den Ernst der Situation unumwunden auf den Punkt.

Es ging hierbei nicht um eine Handvoll Staub, welche über die grauen Dächer wehte. Zur Kundgebung benannten die Sprecher vom „Neuen Forum" gemeinsam mit Umweltaktivisten erstmals öffentlich die Fakten einer Katastrophe. Den Studien zufolge schwängerten die Chemiewerke und Brikettfabriken im Kreis Merseburg die Luft mit jährlich 100.000 Tonnen Staub. Durch die Schlote der Werke gelangten 32.600 Tonnen Schwefeldioxid und je 18.000 Tonnen Stickoxide und Kohlenmonoxid in die Atmosphäre.

Hinzu kam, daß zum Heizen Braunkohle genutzt wurde. Zusätzlich verpesteten ungefiltert emittierte Abgase die Luft. In der heutigen Zeit unvorstellbare Größenordnungen und Zustände! Den Aufruf, für eine Verbesserung der Umweltbedingungen zu demonstrieren, verfolgten die Bürger der Stadt mit Ernst und Kreativität. Selbstgestaltete Transparente brachten zum Ausdruck, was die Menschen bewegte. Eigens für die Demo gestalteten wir in unserem Waschhaus Banner.

Auf meinem Spruchbanner war zu lesen:
„HERR UMWELTMINISTER ES REICH(EL)T !"
(Reichelt hieß der 1990 amtierende DDR-Minister für Umwelt.)

Heute, siebenundzwanzig Jahre nach der Kundgebung, sind die Spruchbanner im Fundus des Museums eingelagert. Eine Ausstellung im Merseburger Schloß erinnerte an die Wendezeit. Neben Bildern und Dokumenten wurden Demo-Transparente gezeigt. Liest man die eindringlichen Botschaften auf den Spruchbändern heute, spürt man, daß es am Tag der Demo bereits fünf vor zwölf war. Wer sich das Gefühl bis heute erhalten hat, weiß, wie zerbrechlich dieses Gut ist.

Heute ist Merseburg als Stadt bei den Bürgern angekommen, nicht nur zum Schlafen zwischen den Schichten, sondern zum Leben nach dem Erwachen. Auf der Saale wird wieder gepaddelt. Die Wunden, welche der rücksichtslose Abbau von Braunkohle der Landschaft zugefügt hatte, wurden rekultiviert. Eine Seen-Landschaft ist entstanden. Radwege verbinden die Stadt mit der Natur, lassen die Menschen unterwegs ihr Umfeld erkunden. Die Merseburger sagen wieder: „unsere Saale". Ganz aufmerksame Augen sehen schon mal in den quirligen Fluten des Flusses den „Saalealf" auftauchen.

Weihnachtseinkauf im Zelt

Dieses Mal ist es keine Bank, sondern ein Schaufenstersims vom Müller-Kaufhaus.

Nach dem Verzehr der 4. Hallorenkugel durchwandern meine Gedanken die Gotthardstraße. Glich doch der östliche Abschnitt der Straße 1990 einem Ruinenfeld. Der Platz hinter dem Kaufhaus Dobkowitz ließ, fünfundvierzig Jahre nach dem Zweiten Weltkrieg, deutlich Schäden der Bombenangriffe auf Merseburg erkennen. Unglaublich! In Geschäften hinter grauen Fassaden versorgten sich die Merseburger mit den Dingen des täglichen Bedarfs.

Zur Wendezeit schlug eine Baumarktkette auf dem zerfurchten Platz neben dem „Heimwerker" ihr Warenzelt auf. Bot feil, was das Heimwerkerherz begehrte. Schräg gegenüber, direkt neben der Eisdiele, hatte der „Extra Markt" seine Zelte aufgebaut. In einer Art Bierzelt wurden Lebensmittel verkauft.

Dort besorgte ich den Teil des Weihnachtseinkaufes. Anschließend ratterte ich mit einem gefüllten Einkaufswagen über das rutschige Schlackepflaster der Gotthardstraße. Auf dem matschigen Parkplatz neben meinem Trabbi parkte ein russischer Militärjeep. Vor der Kühlerhaube des Fahrzeugs stand ein Soldat sich die Beine in den Bauch. Er wartete gewiß auf den russischen Offizier, der mir vordem im Warenzelt begegnet war. Bilder der Trostlosigkeit meines eigenen Soldatenalltags in der NVA gingen mir durch den Kopf. Auch kannte ich die Medizin, die uns Soldaten über so manchen in einer Kaserne verbrachten Feiertag tröstete. Aus dem Grund übergab ich dem Soldaten kurzerhand ein Bier gefülltes Partyfaß sowie eine Schachtel Zigaretten. Darüber sichtlich überrascht handelte er sofort.

Er verstaute die Schätze hinter den Sitzen des Geländewagens. Nach gegenseitigem Zunicken stand er in der gleichen Pose wie vordem neben dem Jeep. Eine leichte Vorfreude auf den Genuß der soeben erhaltenen Dinge war jedoch kaum zu übersehen.

Wir grüßten uns noch mal kurz, und ich knatterte mit dem Trabbi dem Weihnachtsfest entgegen.

Jetzt, im nachhinein, bin ich der Meinung, warum eigentlich Bier und Zigaretten? Hallorenkugeln hätten es auch getan.

Good Bye Lenin

Die Bank meiner Wahl steht am östlichen Ufer des Gotthardteiches. Die 5. Hallorenkugel ist ein willkommener Pausensnack. Kaum zehn Meter entfernt von der Bank stand seit 1971 auf einem sechs Meter hohen Porphyrsockel das bronzene Lenindenkmal. Ein sechzehn Tonnen schweres Geschenk der baschkirischen Partnerstadt Ufa.

Alljährlich zur Maidemo tummelten sich auf der aufgestellten Tribüne in Lenins Schlagschatten teure Genossen sowie Angehörige der Kampfgruppen, der NVA und der deutschen Volkspolizei. Anläßlich des „Kampftages der Werktätigen" liefen die Bürger der Stadt mit Marschmusik und Hochrufen an dem, in rotes Fahnentuch gefaßten Postament vorbei. Dieser Spuk wurde nach zwanzig Jahren endgültig beendet. Demokratisch beschloß man im Stadtrat, das Denkmal zu entfernen.

So geschah es. Ein Kran hievte mit kräftigen Stahlseilen den bronzenen Wladimir Iljitsch Uljanowsk, alias Lenin, vom Sockel und bettete ihn auf einen Tieflader. Mit Spanngurten auf der Ladefläche verzurrt, lag er da wie Gulliver im Zwergenland. Der an den Schlaf der Welt rührte, wurde zur vorerst letzten Ruhestätte in einem Hangar des Merseburger Flugplatzes überführt.

Später wurde er nach Holland verkauft. Derzeit steht Lenin in einem Skulpturenpark im niederländischen Kurort Bad Nieuweschans.

Ähnlich erging es dem Fliegerdenkmal am hinteren Gotthardteich, keine fünfhundert Meter von hier entfernt. Auf einem angelegten Hügel erhob sich ein etwa acht Meter hoher Betonsockel in den dauerdunstigen Merseburger Himmel. Am oberen Ende montierten verdiente Denkmaldesigner einen ausgemusterten Düsenjäger der sowjetischen Luftstreitkräfte. Dessen Rumpf und die Tragflächen zierten, weithin sichtbar, rote Sterne. Ihm schien im Eifer der Gefechte die Puste ausgegangen zu sein. Offiziell nannte man dieses Gebilde „Monument der Deutsch-Sowjetischen-Freundschaft". Seit 1975 versah der Oldtimer symbolträchtig den Ehrendienst in luftiger Höhe.

Ein Autokran verhalf nach dem Abzug der sowjetischen Truppen der „Friedenstaube" zu einem letzten schwerelosen Schwenk über den grünen Hügel. Schrottcontainer beendeten das Intermezzo in Merseburg.

Blumen blüh'n, Gras wächst, Laub weht, Schnee fällt. Kinder rodeln ...

König Heinrich

Auf einer Bank an der Klia vernasche ich die 6. Hallorenkugel. Direkt hinter mir steht die Statue König Heinrichs I. auf dem Sockel. Ein stiller Zeuge. Was aber hat der Gründer Merseburgs mit der Wende zu schaffen?

Der Wert des Geldes wurde zu König Heinrichs Zeiten gewogen.

Der Standplatz des Denkmals gibt den Blick auf das hinter der Kliabrücke gelegene Backsteingebäude frei. Der dunkelrote Gebäudetrakt beherbergte bis zur Wendezeit die Merseburger Sparkasse. Im Tresor der Sparkasse hatte bis dahin der größte Teil der Merseburger Bevölkerung sein Geld in Verwahrung. An den Schaltern wurde das Geld allerdings gezählt.

Zur Währungsunion im Juli 1990 mischten die deutschen Banker die Karten neu. Bis zu einer Summe von 2.000 (Kinder), 4.000 (Erwachsene) oder 6.000 (ab einem Alter von 60 Jahren) DDR-Mark war es möglich, das Geld zu einem Wechselkursus von 1:1 in DM umzutauschen. Für darüber hinausgehende Guthaben bekam man nur die Hälfte vorgezählt.

Der König wunderte sich sehr. „Hatten die Oberen doch ohne einen Schuß Pulver ein ganzes Reich erobert. Das Volk reiht sich in Warteschlangen, um an seyn eigen Geld zu gelangen.“

Drei- bis vierhundert Sparer zählte dann schon mal so eine Wartegemeinschaft. Diese „Sparerkette“ begann am Bankschalter, führte hinaus auf die Bahnhofstraße, schlängelte sich über die Kliabrücke und endete zu Füßen König Heinrichs I.

Geld ist es, worum die Welt sich dreht, das sieht auch unser König Heinrich, in Stein gemeißelt, mit einem Augenzwinkern.

Vorplatz der Sensationen

Vor dem Merseburger Bahnhofsgebäude sitze ich direkt neben der Blumenrabatte auf einer Bank. Zeitlos schmeckt sie, die Hallorenkugel Nummer 7.

Die Währungsunion war noch nicht vollzogen. Auf dem Bahnhofsvorplatz machten sich an den Wochenenden fliegende Händler breit. An Camping- und Tapeziertischen boten sie ihre Waren an. In den alten Bundesländern eingekauft, dem Gesetz der freien Marktwirtschaft folgend zu überteuerten D-Mark-Preisen wieder verkauft. Hier fand man Dinge, die bei den Leuten begehrt und in Mengen gut zu transportieren waren. Über die improvisierten Ladentheken gingen Dosenbier, Joghurt, Bananen, Kiwi, Spielzeug, Walkmen, Coca Cola, Digitaluhren und viele andere derlei Sachen.

Später fanden auf dem Gagarinplatz regelrechte Krammärkte statt, hier wurde alles verramscht, was sich zu Geld machen ließ.

Parallel dazu entwickelte sich der Bahnhofsplatz mehr und mehr zum Sammelort für Werbefahrten. In aller Frühe bildeten sich Trauben von vorwiegend reiselustigen Rentnern und Vorruheständlern.

Spät abends fielen sie dann, durch die enge Sitzhaltung gehandicapt, übermüdet auf den Busbahnsteig, froh, wieder in Merseburg zu sein. Von den Reisezielen haben sie nicht so viel sehen können, da die Verkaufsveranstaltungen den großen Teil ihrer Zeit in Anspruch nahmen. Es gehörte zum abendlichen Straßenbild, daß die Beworbenen wie Packesel beladen nach Hause trabten. Zu den Favoriten gehörten Lamadecken, Topfsets, Besteckkästen und Massagekissen. Unterwegs erworbene Salben, Tinkturen, Wundersteine und Magnetarmbänder nahmen die Reisenden als Trophäe mit nach Hause. Alles Dinge, welche bis dahin kein Mensch vermißt hatte.

Der russische Bär

Vor der Ausstellungshalle des Merseburger Luftfahrt-Museums sitze ich auf einer Bank. Die Landschaft hier draußen bietet freien Raum für Gedanken. Direkt über mir singt eine Lerche ihr Lied. Aus der Pralinenpackung genehmige ich mir die Hallorenkugel Nummer 8.

Auf der Freifläche rings um das Museum „grasen" unweit vom „Starfighter" der Bundeswehr russische Jagdflugzeuge. In Sichtweite stehen Ballonreifen ziviler Luftfahrzeuge im Grün. Im benachbarten Hangar lagert der Pferdesportverein Heu für die Tiere ein. Auf der Koppel galoppieren Reitpferde mit wehender Mähne.

Johann Sebastian Bach setzte die fried- und vertrauensvolle Stimmung in der Kantate „Hier können Schafe friedlich weiden" musikalisch um. Dem war nicht immer so.

1925 als Segelflugplatz erschaffen, begann 1933 die militärische Nutzung des Geländes. Ab 1935 war auf dem Terrain ein Kampfgeschwader der Deutschen Wehrmacht stationiert. Am 12.04.1945 nahmen amerikanische Truppen den Flugplatz ein. In den Jahren 1945 bis 1991 wurde das Flugplatzgelände von der Sowjetarmee genutzt. Ringsum von Stacheldrahtzäunen eingefriedet, wurde es mit scharfem Schuß bewacht. In dieser

Zeit war der Flugplatz für die Merseburger tabu. Vierzig Jahre steppte auf dem Terrain der russische Bär.

Allgegenwärtig für die Anwohner war der Knall, wenn ein Kampfjet die Schallmauer durchbrach. Vergleichbar mit dem abschließenden, dumpfen Donnerschlag bei einem Großfeuerwerk. Extrem schrille Töne erzeugte das Warmlaufen der Turbinentriebwerke. Die Umgebung von Merseburg-West versank in ohrenbetäubendem Lärm. Selbst Heiligabend ließen sie ihre Säbel rasseln. Schickten dröhnend ihre Kampfflugzeuge in den trüben Himmel.

Nach der Wende verunsicherte die Präsenz der „Russen" die Bürger. Keiner hatte eine Vorstellung, wie die Sowjetarmee in der Frage der Wiedervereinigung Deutschlands handelt. Und nun das.

Am 02.03.1991 wurde für einen Tag der „Eiserne Vorhang" gelüftet. Alle Einwohner unserer Stadt lud man zu einem Tag der offenen Tür ein. Kaum zu fassen, der „Große Bruder" öffnete die Pforten. Offen wie eine Schachtel Pralinen präsentierte er die Flugzeughallen. Engelsflügelgleich zeichneten sich die tonnenschweren Tore von den Hügeln der Hangars ab. Kampfhubschrauber, Transportflugzeuge und Düsenjäger präsentierte man, als ob es die normalste Sache der Welt sei.

Kinder fuhren mit Pferdekutschen, ritten auf Ponys quer über das Flugplatzgelände. Die Weltordnung schien an jenem Tag ordentlich durcheinander gerüttelt. Versteht! Ein Russenflugplatz ist kein Pingpong-Keller. Schon gar keine Kulisse für einen Indianerfilm. Überraschenderweise hatte der Streifen für alle Merseburger ein Happy End.

Die russische Garnison zog endgültig ihre Truppen
ab. Aber kaum waren die Kasernen geräumt, nutzte die
Bundeswehr das Gelände. Mit einer groß angelegten
Werbeveranstaltung bewarb man Rekruten für den aktiven Wehrdienst. Erneut ratterten Panzerketten über das
geschundene Pflaster der Kaserne, prägten Muster das
harte Gestein. Mündige Bürger standen vor Militärfahr-
zeugen der Bundeswehr. Mit Selbstverständnis setzten
sie Panzerhauben auf, schauten sich die gerade gewonnene Freiheit durch trübe Winkelspiegel von „Leo-
pard"-Panzern an.

„... wann wird man je versteh'n?"

Zufriedenheit + Fischbrötchen = Wende

Eine Bank werde ich hier wohl nicht finden, also setze
ich mich auf die Eingangsstufen der Teich-Apotheke.
Mit Freude lasse ich mir die 9. Hallorenkugel schmeck-
en.

Was hat denn die Klobikauer Straße mit der Wende
zu schaffen? Eigentlich hat jeder Mensch, jede Wohnung, jeder Platz in Merseburg Hunderte von Wendege-
schichten.

Meine Wende begann hier schräg rüber bei „Toppschüttel". Besser gesagt, in der Gaststätte „Zur Zufriedenheit". Am 9. November 1989 saß ich mit ein paar
Freunden bei „Toppi". Die Kneipe war knackevoll.
Eine Skatrunde war angesagt. In der Spätherbstzeit natürlich mit dunklem Bockbier vom Faß. (Gab es so nur
hier.)

Was ist eine Skatrunde ohne Tagespolitik. Alles wurde ausgewertet; Leipzig, Merseburg, Moskau. Weltpolitik also. Hier kamen die, welche am Montag noch in Leipzig vor der Nikolaikirche demonstriert hatten. Aber auch jene, die immer hier saßen und am liebsten alles so gelassen hätten. Es wurde diskutiert, angeprangert, geschimpft, getrunken. Und, nicht zu vergessen, es gab die legendären Fischbrötchen.

Das Rezept:
Ein Brötchen vom Bäcker Baumann
Ein sauer eingelegter Hering,
Zwiebelringe, saure Gurke. Fertig.

Der Preis: 25 Pfennige. Klingt eigentlich unspektakulär. Aber, wer noch nie bei „Toppi" mit Appetit in ein hausgemachtes Fischbrötchen gebissen hat, der kann nicht mitreden. Was hat nun ein Fischbrötchen bei „Toppi" mit der Wende zu tun? Ich konnte zu so später Stunde nicht ahnen, daß das heutige Fischbrötchen das letzte in der alten DDR sein wird. Denn nun kommt's.

Als ich mit Fischbrötchen und besagtem Bockbier im Bauch zu Hause ankam, schaltete ich den Fernsehapparat ein. Auf der Mattscheibe verkündete der ARD-Nachrichtensprecher mit Verweis auf eine laufend wiederholte Filmsequenz, daß die Grenze in Berlin offen sei. „Sudel-Ede kneep mir mal." Immer und immer wieder die Sätze von Schabowski: „… haben wir beschlossen, eine Regelung zu treffen, die es jedem Bürger der DDR möglich macht, über Grenzübergangspunkte der DDR auszureisen …" Dann die Bilder.

Zu der Zeit versammelten sich in Berlin am Übergang Bornholmer Straße Hunderte Menschen, um nach Westberlin zu gelangen. Die Grenzer waren absolut überfordert. Unerwartet wurde der Schlagbaum geöffnet, und eine Lawine freudiger Menschen strömte durch die Mauer.

Spontan übertrug sich ein Glücksgefühl, drückte mir Freudentränen in die Augen.

Am nächsten Abend war es aus mit der „Zufriedenheit". Sie war wie ausgefegt. „Die meisten sind noch gestern nach Berlin gefahren", erklärt der Wirt und blickt über die verwaisten Tische in der Gaststube.

Am folgenden Samstag war es auch für uns soweit. Meine Frau, unsere Tochter und ich, wir hatten uns in überfüllte Züge gepreßt und waren wie Öl-Sardinen in Berlin angekommen. Am Bahnhof Friedrichstraße gab es an einem quadratisch nüchternen Sprelacarttisch einen Stempel in den Ausweis. Und ab durch die Mauer. Mir fiel auf, daß die Ein- und Ausreisebereiche nur mit einer dünnen, roten Kordel voneinander abgetrennt waren. Dieser gedrehte Bindfaden ersetzte momentan die Grenze zwischen Ost und West. War Mauer, Selbstschußanlagen, Wachtürme, Hundestaffeln, Stacheldraht und Schießbefehl in einem.

Mit einem Doppelstockbus fuhren wir in den Berliner Stadtteil Neukölln.

Nach so einer strapaziösen Anreise meldete sich mein hungriger Magen. Was lag näher, als sich vor dem Karstadt Kaufhaus am Herrmannplatz an einem Stand ein Fischbrötchen zu kaufen.

„Dette macht drei fuffzich, junga Mann", berlinerte der Fischbrötchenverkäufer aus der Luke des Standes. „Hui, ein stolzer Preis", dachte ich. Ob Fischbrötchen bei „Toppschüttel" oder am Karstadt Kaufhaus, das konnte ab jetzt jeder für sich entscheiden.

„Wer das eine will, muß das andere mögen."

Lehrstunde in der Albrecht-Dürer-Schule

In Ermangelung einer Bank zieht es mich vor dem Haupteingang der Albrecht-Dürer-Schule erneut auf die Stufen. Mit der 10. Hallorenkugel verbinden mich zehn Jahre Schulunterricht.

Hier war ich von 1965 bis 1975. Wo ich lernte, das blaue Halstuch trug, im Schulchor sang, den Schulgarten umgrub, in der Sportprüfung das erste Mal über den Kasten sprang. Hier begriff ich Literatur. Der grenzenlose Globus, meine Welt. Astronomie warb mit der Unendlichkeit. Wer sollte das verstehen. Kunst begeisterte mich als Unterrichtsfach. Chemie und Physik erzeugten in mir eine Feuerzangenbowlen-Atmosphäre. Es entstand eine Schulfreundschaft fürs Leben.

So unterschiedlich und vielfältig die Erinnerungen an das Schulleben auch waren, so gespannt war ich im Jahr 1990 auf den Ausgang der Volkskammerwahl.

In der Dürerschule gestaltete man Klassenzimmer zu Wahllokalen um. In einer der aufgestellten Kabinen füllte ich am 18.03.1990 den Stimmzettel zur ersten freien Wahl aus. Ein bewegender Moment.

Jeder, der an dieser Wahl teilgenommen hatte, immerhin 93,4 % der wahlberechtigten Bürger, wird sich daran erinnern können. Eine Vielfalt von Parteien und deren Vertreter waren Ausdruck der kürzlich erlangten Freiheit. Nach den turbulenten Wochen vor und nach dem Mauerfall war ich am Tag der Wahl natürlich ein Kind meiner Erwartungen.

Gewiß war, daß ich, wie nach meiner Einschulung, keine Zuckertüte mit nach Hause nehmen werde. Ein Fingerzeig, wohin die Reise ginge, zeichnete sich im Wahlergebnis deutlich ab. Das Bündnis 90, vor vier Monaten noch Mittelpunkt und Initiator der Wendebewegung, bekam nur 2,9% der Stimmen. Nach dieser Wahl kam es mir vor, als hätte es diese Bewegung mit all den starken, mutigen Menschen nicht gegeben.

Wie in einem schlechten Traum nahm die Wirtschaft das Heft in die Hand und setzte uneingeschränkt das Geld auf den Thron. Eine bittere Pille. Deren Nachgeschmack vermochte keine Hallorenkugel zu neutralisieren.

Auf der Gartenbank in der „Willi"

Die letzten beiden Hallorenkugeln gebe ich meinen Enkeln. Wir sitzen in der „Willi" auf der Gartenbank. Was soll ich sagen? Hatte der alte Nußbaum 1989 mehr Nüsse getragen als in den Jahren danach? Hier im Garten gelten Naturgesetze. Äpfel fallen immer noch nach unten. Gott läßt die Bäume nach wie vor nicht in den Himmel wachsen. Denkmale, Demos, Menschenschlangen, Geld, Besitz sind an diesem Ort fehl am Platze. Der Igel dreht seine nächtlichen Runden durchs Revier. Katzen fangen Mäuse, Bienen sammeln Nektar, und die Mauersegler sausen von Mai bis August fietschend um die nunmehr roten Dächer.

Wieder würde ich nach Leipzig fahren. Im Dom das Neue Forum entdecken, an Umweltdemos teilnehmen, eine Kerze auf die Treppe in der Poststraße stellen, dem Russen ein Partyfaß schenken.

Jeder einzelne ist bestimmt von seinen eigenen Gedanken und Erfahrungen rund um diese, unser Volk bewegende Zeit. Mögen die Momente noch so unscheinbar wirken, so sind sie doch untrennbar miteinander verbunden. Eine neue Generation nimmt Fahrt auf. Habt Vertrauen.

Quellenangabe:
"Herbst 1989 in Merseburg"
Herausgeber: Förderkreis Museum Schloss Merseburg e.V.
(2011)

Wirre Gedanken eines Merseburgers in schlaflosen Nächten

Hans-Dieter Weber

Eine literarische Montage

Manchmal, wenn ich nicht schlafen kann, flattern Gedanken wie Fledermäuse durch meinen Kopf: Was ist das eigentlich für ein Land, in dem ich heute lebe? Ist es wirklich demokratisch, oder wird uns das nur vorgegaukelt? Was ist aus den Idealen der 89er Revolution in der DDR geworden? Haben die Menschen erreicht, wofür sie damals, auch in meiner Heimatstadt Merseburg, auf die Straßen gegangen sind? Warum sind heute so viele Menschen, vor allem hier bei uns im Osten, unzufrieden mit der Politik und mit den Politikern? Warum haben wir bis heute keine vom Volke legitimierte gesamtdeutsche Verfassung? Warum gibt es in Deutschland immer noch keine Volksentscheide auf Bundesebene, obwohl das fast drei Viertel aller Deutschen wollen und es in jedem anderen europäischen Land möglich ist? Warum dürfen wir nicht selber entscheiden, wie wir unsere Vertreter in die Parlamente wählen wollen? Warum „verdienen" „Volksvertreter" ein Vielfaches von dem, was der normale Bürger, den sie angeblich im Parlament vertreten, verdient? Warum dürfen „Volksvertreter" in eigener Sache selber über ihre Diäten, Nebeneinkünfte und Renten entscheiden? Warum dürfen wir Deutschen immer noch nicht so selbst bestimmt und ohne Bevormundung leben, wie es beispielsweise für jeden Schweizer oder US-Amerikaner eine Selbstverständlichkeit ist? In was für einem Land werden meine Tochter und meine Enkel nach mir leben? Wenn auch Ihnen solche oder ähnliche Gedanken manchmal in schlaflosen Nächten durch den Kopf flattern, dann lade ich Sie herzlich ein, mit mir und vielen anderen gemeinsam ein wenig über die DDR 1989/90 und DEUTSCHLAND HEUTE nachzudenken.

Auch in Merseburg fanden Montagsdemonstrationen statt. Ab September 1989 trafen sich von Woche zu Woche immer mehr Menschen im Merseburger Dom zu den Friedensgebeten. Diese wurden von der evangelischen Gemeinde organisiert und begründeten mit der zentralen Forderung „Keine Gewalt!" wohl den erstaunlich friedlichen Verlauf der Revolution. In den wöchentlichen Predigten wurden nach und nach und mit wohlüberlegten Worten Forderungen nach mehr Demokratie in der DDR an die Partei- und Staatsführung erhoben. Gebannt hörte auch ich den Worten der Pfarrer zu und bewunderte ihren Mut. Wenn sie von freien Wahlen, Meinungs- und Pressefreiheit und vom Recht auf friedliche Demonstrationen sprachen, jubelten die Menschen und klatschten stürmisch Beifall. Solche Reden hatte ich zuvor noch niemals gehört. Mein Herz klopfte, und auch ich spürte die Kraft einer Bewegung von unten. Nach dem Friedensgebet zogen die Menschen mit brennenden Kerzen in den Händen durch die Merseburger Innenstadt. Im Zug wurden zahlreiche Spruchbänder und Transparente mitgeführt. Der friedliche Zug von Menschen, die nicht länger bereit waren, sich von einer Partei bevormunden zu lassen, mit nichts als brennenden Kerzen in den Händen, wird mir unvergessen bleiben.

„Das Debakel der Bundestagswahl ist ein Ausdruck der allgemeinen Hilflosigkeit der Bürger. Ich halte die Flüchtlingsproblematik nur für ein vorgeschobenes Argument. Im Hintergrund verbergen sich noch ganz andere Probleme: Kinderarmut, die sich abzeichnende Altersarmut, eine desaströse Bildungspolitik, marode öffentliche Gebäude und Straßen, überschuldete Kommunen, Personalmangel in Bildung, Polizei, Justiz und Lehrkräften, Ärztemangel auf dem Land … Das sind alles reale Themen, die uns Bürger in West und Ost begleiten und die in den Programmen der Parteien kaum eine Rolle spielen. Dabei ist das alles schon lange bekannt. Allein die Politiker beschönigen und vernebeln alles, reden die Probleme klein. Offensichtlich wollen sie nichts für uns Bürger tun. Für das Lösen der Probleme ist kein Geld da in einem der angeblich reichsten Länder der Welt? Sprudelnde Steuereinnahmen, 430 Milliarden Euro für Banken, die beste Konjunktur seit langem, Vollbeschäftigung … Die Reichen werden immer reicher, der Mittelstand langsam ärmer. Aber Geld ist nicht alles. Noch schlimmer finde ich, dass den Ossis ihre Lebensleistung abgesprochen wurde, ihr Selbstwertgefühl beschädigt, ihre Identität beschmutzt. Bis heute gibt es keine Gleichheit in den

Arbeits- und Lebenswelten. Gleicher Lohn für gleiche Arbeit? Im Osten gibt es das noch lange nicht. Dann wundert man sich, dass in diesem Vakuum die AfD ihre Stimmen sammelt – ernsthaft?"

Leserbrief von Wolfgang Fritze,
Mitteldeutsche Zeitung vom 6.10.2017

Nach dem Sturz Honeckers, unter Egon Krenz, änderte die SED-Führung ihre Taktik um 180 Grad. Plötzlich waren Dialoge mit den Bürgern angesagt. In Merseburg waren das die „Rathausgespräche". Die örtliche Partei- und Staatsführung lud zu unterschiedlichen Themen in den großen Saal des Alten Rathauses ein. Wer nicht frühzeitig kam, hatte keine Chance mehr, einen Stehplatz zu ergattern. Noch auf der Treppe, bis hinunter auf die Burgstraße, standen die Menschen dicht gedrängt wie die Heringe. Die „Rathausgespräche" wurden schnell zum Volkstribunal. Die SED-Bonzen waren nicht zu beneiden, sie wurden oft durch laute Zwischenrufe unterbrochen, ausgebuht und ausgelacht. Weil der Rathaussaal nicht mehr ausreichte, bot die evangelische Gemeinde die Stadtkirche an.

„Was gibt es nach dem Wahldebakel der CDU eigentlich noch zu lachen? Muss die AfD erst 50 Prozent bei der nächsten Wahl bekommen, bevor die Politiker endlich aufwachen und verstehen, was in diesem Lande eigentlich alles schief läuft? Es ist ein Desaster, weil es jetzt wieder heißen wird: Weiter so, wie bisher."

Leserbrief von Lutz Rainer Buro,
Mitteldeutsche Zeitung vom 29.9.2017

„Wichtige Themen fehlen: Sie saßen eine ganze Legislatur am Regierungstisch und fanden sich als Wahlverlierer zu Sondierungen wieder. Eigenartig ist das schon, wie die beiden großen Parteien sich nun präsentieren. Vor den Kameras erklären sie, wie sie das Gesicht ihrer Partei gewahrt haben. Sie verrenken sich in Wortakrobatik. Wer hat sich am besten durchgesetzt? Aber die meisten Themen liegen auch nach den Sondierungen brach. Die bizarre soziale Ungerechtigkeit etwa war und ist kein Thema. Als hätte es die Wahlen nicht gegeben. Die Hartz-IV-Gesetze wirken knallhart weiter. Änderungen sind nicht einmal angedeutet. Niedriglöhne, unsichere Jobs, Lohn- und Rentenungerechtigkeit, Kinder- und Altersarmut … Ich habe noch von keinem gehört, der sagte: Na endlich werden die Probleme angegangen, die uns bewegen."

Leserbrief von Rolf-Dieter Reiber,
Mitteldeutsche Zeitung vom 19.1.2018

Die Grenzöffnung am 9. November 1989 war ein historisches Ereignis, welches kaum jemand erwartet hatte. Vielleicht war es aber auch nur ein Versehen gewesen, was da Günter Schabowski im Fernsehen der DDR von einem Zettel ablas. Reisefreiheit – das war eine zentrale Forderung der Revolution von 1989. Nun war sie plötzlich da. Am 10. November, in aller Frühe, war auch ich mit der Bahn nach Berlin unterwegs. An einen Sitzplatz in den völlig überfüllten Waggons war nicht zu denken. Doch wen störte das schon. Über Nacht waren an der Berliner Mauer, diesem zynischen Jahrhundertbauwerk, einige provisorische Grenzübergänge eingerichtet worden, vor der die Menschen erwartungsvoll in langen Schlangen standen. Die Grenzkontrollen durch die Soldaten waren lasch und nur noch der Form halber. Als ich die Grenze passierte, hatte ich Tränen in den Augen und ein Gefühl von Freiheit im Herzen. Dass ich das noch erleben durfte! Im Sommer 1961 war ich als Elfjähriger mit meiner Mutter zum letzten Mal im Westen gewesen, zu Besuch bei meinen Großeltern, die damals in Oberhausen-Osterfeld lebten. Seitdem kannte ich den Westen, so wie fast alle, nur noch aus dem Fernsehen.

„Die mündigen Bürger haben über die Politik der vergangenen Jahre abgestimmt und die Große Koalition abgewählt. Ein klares Signal gegen die bisherige Politik. Wenn man den großen Politikern kurz nach der Wahl zuhört, muss man erneut feststellen: Die sogenannten Volksparteien haben das Volk immer noch nicht verstanden. Sie sollten sich endlich um die Probleme des Landes und die dringendsten Sorgen der Bürger bemühen. … Es steht zu befürchten, dass auch dieses Mal keine Lehren gezogen werden und man ein weiter so betreibt. In Sachsen-Anhalt hat sich nach der Landtagswahl nichts geändert, und dafür gab es die erste Klatsche.“

Leserbrief von Volker Kluge,
Mitteldeutsche Zeitung vom 30.9./1.10.2017

Wenn ein Herr Jemand im öffentlichen Dienst arbeiten möchte, dann muss er zuvor einige Hürden überspringen. Nehmen wir mal an, dass er Hausmeister im Dienste des Landesschulamtes werden möchte. Zuerst einmal muss eine Stelle frei sein, die dann öffentlich ausgeschrieben wird. Nun kann sich Herr Jemand, so wie viele andere auch, für diese Stelle bewerben. Er hat nur eine reale Chance, wenn er die erforderlichen schulischen und beruflichen Abschlüsse vorweisen kann, wenn er eine möglichst langjährige und vielfältige berufliche Erfahrung auf diesem Gebiet hat und wenn ihm in einem polizeilichen Führungszeugnis bescheinigt wird, dass er ein braver Bürger ist. Dann wird er vielleicht mit einigen anderen Bewerbern zu einem Gespräch eingeladen. Eine Kommission wird anschließend darüber entscheiden, wer die Stelle bekommt. Wenn dieser Herr Jemand aber, sagen wir mal, Landes- bzw. Bundesminister oder vielleicht auch Staatssekretär werden möchte, dann reichen dagegen schon das richtige Parteibuch und die Zugehörigkeit zur mächtigsten innerparteilichen Seilschaft aus. Wenn man sich die beruflichen Biografien mancher Minister oder Staatssekretäre einmal genauer anschaut, dann wird schnell klar, dass wir in Deutschland leider nicht von den fachlich und charakterlich fähigsten Persönlichkeiten regiert werden. Die Ergebnisse ihrer „Politik" sind dementsprechend und tagtäglich in der Zeitung nachzulesen.

Zu DDR-Zeiten gab es in Merseburg zwei Buchhandlungen: die größere Volksbuchhandlung in der Kleinen Ritterstraße und die kleinere Buchhandlung Stollberg in der Bahnhofstraße. Als „Bücherwurm" war ich in beiden regelmäßig Kunde. In Erinnerung geblieben ist mir die mutige Schaufensterauslage in der Stollbergschen Buchhandlung, ich glaube es war im Oktober 1989. Bücher zum Thema Freiheit und Demokratie waren im Schaufenster so platziert worden, dass sie eine klare Botschaft vermittelten. An die einzelnen Titel kann ich mich heute nicht mehr erinnern, aber auf jeden Fall waren Bücher von und über Michail Gorbatschow dabei.

„Die Tinte unter dem Entwurf eines neuen Groko-Vertrages ist noch nicht trocken, da zeigen die an den Verhandlungen beteiligten großen Volksparteien ihr wahres Gesicht. Befeuert von den TV-Medien, geht es in endlosen Debatten nicht mehr um Inhalte, sondern in unerträglicher, ja beschämender Weise nur noch um Posten und Personen, die am Regierungstisch oder im engeren Machtzentrum (der Futterkrippe) Platz nehmen wollen oder sollen. Innerparteiliche Grabenkämpfe, Intrigen und persönliche Feindschaften oder auch gute Beziehungen lassen das viel beschworene Wohl des Volkes völlig in den Hintergrund treten. Machterhalt und die Machterlangung stehen im Vordergrund, insbesondere bei der CDU. Wer diesen Entwurf des Koalitionsvertrages aufmerksam liest, wird feststellen, dass er in vielen entscheidenden Punkten sehr unbestimmt, wenig verpflichtend und nebulös formuliert ist.“

Leserbrief von U. Scheppach,
Mitteldeutsche Zeitung vom 23.2.2018

„Unter der Führung von Katrin Budde hat die SPD ihr schlechtestes Wahlergebnis in ihrer Geschichte eingefahren. Anstelle in der Versenkung zu verschwinden, haben sie einige Genossen als Dank für diese Leistung zur Bundestagswahl auf den ersten Listenplatz gesetzt. Sie selbst nennt das ‚auf Grund meines Netzwerkes‘. Ich nenne so etwas Korruption. Aber so etwas gibt es ja hier im Lande nicht. Die Genossen in Magdeburg sind die ehemalige SPD-Vorsitzende von Sachsen-Anhalt Katrin Budde damit elegant losgeworden, und von Berlin aus kann sie wahrscheinlich weniger Schaden anrichten. Ein kleines Trostpfläster-

*chen mit einer höheren Diät hat die Dame auf alle Fälle mitbe-
kommen."*

*Leserbrief von A. Richter,
Mitteldeutsche Zeitung vom 5.2.2018*

Über Wahlgesetze, also über die Art und Weise, wie Volksvertreter gewählt werden, entscheiden in Deutschland nicht etwa die Wähler selber durch Volksentscheide, sondern ausschließlich die Parteien. Diese sind aber bei Wahlen selber Akteure mit eigenen Interessen, also befangen. Was Politik in eigener Sache bewirkt, verdeutlicht der gegenwärtige Bundestag. Die über Jahre von vielen Experten angemahnte Reform des Bundestagswahlrechts wurde von den Parteien bewusst und im eigenen Interesse ignoriert. Mit dem Ergebnis, dass aktuell 709 statt 588 (wie es das Gesetz vorschreibt) hoch dotierte „Volksvertreter" im Deutschen Bundestag sitzen. Damit leistet sich Deutschland, bezogen auf die Einwohnerzahl, das „größte Parlament der Welt", alles auf Kosten der Steuerzahler.

„Die große Koalition ist kein Ausweg (MZ vom 24.1.2018): Dieser Kommentar trifft den Nagel auf den Kopf, weil er die deutsche und die europäische Politik der vergangenen Jahre auf entscheidenden Gebieten schonungslos analysiert und kritisiert. Zudem wird richtigerweise geschlussfolgert, dass es mit der erneut bevorstehenden GroKo und dem Spitzenpersonal der beteiligten Parteien nicht den geringsten Ansatz für eine Besserung gibt. Da wäre eine Minderheitsregierung nach dem langjährigen erfolgreichen Beispiel der nordeuropäischen Staaten (deren Bevölkerung das Glücksranking anführt!) eine Chance für eine echte parlamentari-

sche Demokratie und ein Beitrag zur Eindämmung der wachsenden Politikverdrossenheit in der Bevölkerung."

Leserbrief von Dr. Ina Pawluk,
Mitteldeutsche Zeitung vom 1.2.2018

Nach der Gründung des Merseburger Ortsvereins Anfang 1990 trafen wir Sozialdemokraten uns wöchentlich. Der Zulauf war enorm. Von Woche zu Woche mussten wir neue Aufnahmeanträge kopieren und verteilen, von Woche zu Woche in größere Lokalitäten ausweichen. Schließlich landeten wir im großen Saal der Alu-Folie Merseburg, so groß war der Andrang. Doch das sollte sich schon bald ändern: Mit seinem Gerede von den Kosten der Einheit lieferte Oskar Lafontaine Helmut Kohl eine Steilvorlage. Der versprach den Ostdeutschen die schnelle Wiedervereinigung, die D-Mark und „blühende Landschaften".

Ein Zug von vielleicht 500 Menschen bewegte sich, von der Hälterstraße her kommend, langsam die Poststraße hinauf, unmittelbar am damaligen Stasi-Gebäude vorbei. Viele hielten brennende Kerzen in den Händen. Ein paar junge Leute, wahrscheinlich Studenten von der Technischen Hochschule, stellten ihre Kerzen vor die vergitterten Kellerfenster des Stasi-Gebäudes. „Keine Gewalt!", riefen die Menschen immer wieder. Auf einem Transparent las ich: „Stasi in den Tagebau!"

„Zu teure Frühpensionäre: Als ich diesen Artikel las, wurde mir übel. Was glaubt der Staatskanzleichef Rainer Robra eigentlich, mit wie viel Enthusiasmus zigtausende Arbeitnehmer früh aufste-

hen, zur Arbeit fahren und dann Knall auf Fall auf der Straße stehen, wenn der Chef pleite macht oder aus anderen Gründen Mitarbeitern kündigt? Da fragt kein Mensch, ob derjenige ein Sicherheitsnetz hat oder zum Amt gehen muss. Unsere Regierenden haben keinen Bezug mehr zur Realität. Schade. Hauptsache sie haben einen Posten ergattert, ob sie fähig sind, diesen auszufüllen oder nicht. Die Diäten zählen.“

Leserbrief von A. Hartmann,
Mitteldeutsche Zeitung vom 3./4.2.2018

Schon zu DDR-Zeiten hatte Merseburg Partnerstädte in Italien, Frankreich und in der BRD. Das war damals selten und bedurfte der Genehmigung von oberster Stelle. Allen Partnerstädten war gemeinsam, dass sie von kommunistischen Bürgermeistern regiert wurden bzw. eine starke kommunistische Fraktion im Rat vertreten war. Bis 1990 hatten diese Partnerschaftsbeziehungen allerdings mehr „im Verborgenen geblüht“. Nach Öffnung der innerdeutschen Grenze sollte sich das aber fundamental ändern. Besonders die Beziehungen zu Bottrop im Ruhrpott entwickelten sich nun rasant. Viele Delegationen aus beiden Städten fuhren jetzt häufig hin und her. Freundschaften wurden geknüpft oder gepflegt, Erfahrungen ausgetauscht oder Wettkämpfe veranstaltet. So lernte man sich „innerdeutsch“ kennen und damit besser verstehen. Ich war sehr vom vielen Grün in Bottrop angetan, kam ich doch aus dem Chemie-Dreckloch Merseburg.

„Über die demokratischen Praktiken im Lande kann ich nur staunen. Jeder Arbeitnehmer muss zusehen, wie er weiterkommt,

wenn er in seinem Betrieb nicht mehr gebraucht wird. Hier aber wird eine 57-Jährige nach einem Einsatz von 21 Monaten mit einem üppigen Salär bedacht. Was hat denn diese Frau für das Land geleistet, um so versorgt zu werden?, frage ich mich als Rentner nach 45 Arbeitsjahren. Wenn ich laut darüber nachdenke, sagen mir die geborenen Demokraten, dass die Gesetzeslage so ist. Aber wer hat denn diese Gesetze so für sich gemacht? Die Gesetze, die die Mandatsträger für andere machen, fallen bei weitem bescheidener aus. Aber das ist ja gerade das Schöne und Wertvolle an der Demokratie, sagt man uns."

Leserbrief von E.A. Henke,
Mitteldeutsche Zeitung vom 26.1.2018

Herzstück von Demokratie ist Volkssouveränität, d.h. dass alle Staatsgewalt stets vom Volke ausgehen muss. Dementsprechend heißt es auch in Artikel 20 (2) Grundgesetz: „Alle Staatsgewalt geht vom Volke aus. Sie wird vom Volke in Wahlen und Abstimmungen und durch besondere Organe der Gesetzgebung, der vollziehenden Gewalt und der Rechtsprechung ausgeübt." Zu den politischen Parteien steht in Artikel 21 (1) dagegen lediglich lapidar: „Die Parteien wirken bei der politischen Willensbildung des Volkes mit." Eigentlich also klar geregelt, wer Ross und wer Reiter ist. Aber die heutige Realität sieht leider ganz anders aus. Die politischen Parteien (genauer: die Parteiführer) herrschen in Deutschland nahezu absolutistisch und sind de facto der eigentliche Souverän. In der Bundes- und Europapolitik können wir Bürger im Grunde nichts selber entscheiden. Uns bleiben hier lediglich Wahlen alle paar Jahre. Dann dürfen wir nach Regeln (Wahlgesetzen), die uns wiederum die Parteien in ihrem Sinne vorgeben, unsere „Volksvertreter" in die Parlamente wählen. Über die Mehrzahl dieser „Volksvertreter" entscheiden aber wiederum die Parteien selber durch „geschlossene Listen".

„Über vier Monate sind seit der Bundestagswahl vergangen, ohne dass eine neue Regierung hätte gebildet werden können. Nun sieht es so aus, als würde dieses Manko demnächst behoben. Doch selbst wenn: Der Prozess der letzten Wochen hat vor allem eines gezeigt: Wir haben eine Krise der Demokratie. Die schwierige Regierungsbildung ist nicht die Ursache dieses Problems, sondern eines der Indizien, an denen sich die Krise ablesen lässt. Weitere Indizien sind: die bisweilen miese Wahlbeteiligung, die nachlassenden Mitgliederzahlen von Parteien, das Erstarken des Rechtsextremismus und des Islamismus, die Politik- und Politikerverachtung, der um sich greifende Hass. Aus all dem folgt, dass es mit der Regierungsbildung nicht getan ist. Wir brauchen einen organisierten Dialog darüber, was genau die Krise der Demokratie in Deutschland ausmacht und wie sie zu beheben wäre …"

Leserbrief von Markus Decker,
Mitteldeutsche Zeitung vom 6.2.2018

Die Revolution von 1989 in der DDR war eine friedliche, ein Novum in der deutschen Geschichte. Sie war möglich, weil sich zuvor in der Sowjetunion eine Menge geändert hatte. Der neue Generalsekretär der Kommunistischen Partei der Sowjetunion, Michail Gorbatschow, wollte das riesige, aber zugleich rückständige Land modernisieren. Deshalb leitete er demokratische Reformen ein. Glasnost und Perestroika hießen seine Schlagworte, die bald auch den Menschen in der DDR

Hoffnung auf politische Veränderungen machten. Die überalterte Funktionärsriege der SED unter Erich Honecker blockte aber ab und weigerte sich hartnäckig, politische Reformen auch in der DDR einzuleiten. Das isolierte sie zunehmend vom eigenen Volk. Nach ersten kleineren Protesten schaukelten sich die Proteste auf der Straße von Woche zu Woche immer weiter hoch, bis hin zu Massendemonstrationen in allen wichtigen Städten. Jetzt blieb den SED-Funktionären nur noch, die militärische Karte auszuspielen, so wie schon einmal 1953. Aber im Unterschied zu damals gaben ihnen die Russen unter Michail Gorbatschow dieses Mal keine Rückendeckung. Dafür gebührt ihm unser Dank. Wann wird endlich auch in Merseburg eine Straße nach ihm benannt?

„Nassforsch und provokativ macht Jens Spahn schon vor seinem Amtsantritt als Gesundheitsminister aus seiner Welt auf sich aufmerksam. Keiner muss hungern, kann problemlos mit Hartz IV über die Runden kommen, meint er und sonnt sich im besten Sozialsystem der Welt. Seine Sicht auf Probleme, die es nicht gäbe, kommt aus seiner überheblichen Unkenntnis, wie zunehmend mehr Menschen nicht über die Runden kommen. Nicht nur für ihn wäre nach dem Wahldesaster vom 24. September 2017 ein Praktikum als Tafel-Mitarbeiter mit einem Hartz-IV-Einkommen mehr als angebracht. Wer sich so abgehoben und arrogant über die Armen und Schwachen dieser Gesellschaft äußert, hat in einem Ministeramt nichts zu suchen. Leider bewegt er sich im Rahmen des Koalitionsvertrages, der für diesen Teil der Menschen wenig zu bieten hat, ganz zu schweigen von denen, die jeden Tag ihrer Arbeit nachgehen und, eingefangen von der Agenda 2010, permanent benachteiligt werden. Wie soll denn so ein

künftiger Gesundheitsminister, mit so einem verklärten Blick, solche großen Probleme wie den Pflegenotstand, Ärztemangel und Krankenhaus-Missstände lösen? Politisch motiviert und klein gerechnet werden die tatsächlichen Probleme ins Abseits schwadroniert. Die Lobbyisten stehen sicher schon an. Zu verteilen sind in diesem Ministerium 344 Milliarden Euro. Wer wieder den Kürzeren zieht, ist offensichtlich. Die ersten ‚Spähne‘ sind schon geflogen.“

*Leserbrief von Rolf-Dieter Relber,
Mitteldeutsche Zeitung vom 14.3.2018*

Die Revolution in der DDR im Herbst 1989 wäre ohne die mutige Politik eines Michail Gorbatschow in der Sowjetunion einige Jahre zuvor niemals möglich gewesen. Sein Aufbruch zu einem demokratischen Sozialismus, verbunden mit Glasnost und Perestroika, ließ auch bei den Menschen in der DDR die Hoffnung auf Veränderungen keimen. Er war der eigentliche Hoffnungsträger der friedlichen Demonstranten. „Gorbi, Gorbi“-Rufe waren immer wieder zu hören. Die greise Männerriege der SED-Führung reagierte darauf hilflos und überfordert mit Verschweigen, Aussitzen und Verboten.

„Staatskanzleichef Rainer Robra (CDU) begründet die maßlosen Absicherungen von Regierungsbeamten mit null-Komma-null-Arbeitsplatzschutz. Aber: Welcher ganz normale Arbeitnehmer hat diese Absicherung? Nach dem Arbeitsplatzverlust gibt es kein Ausruhen in der existentiellen Hängematte. Dazu: Ralf Seibicke hat als Präsident des Landesrechnungshofes sehr streitbar agiert. Nun, als Frühpensionär und damit Nutznießer, hält er die Regelungen noch im Rahmen. „Das Sein bestimmt das Bewusstsein“,

709 „Volksvertreter" sitzen gegenwärtig im Deutschen Bundestag. Davon wurden lediglich 299 mit der Erststimme in ihren Wahlkreisen unmittelbar, d.h. direkt, gewählt. Die restlichen 410 Abgeordneten, das sind insgesamt 57,8 Prozent, verdanken ihr hoch dotiertes Mandat dagegen lediglich ihren Parteien. Sie wurden mit der Zweitstimme über „geschlossene", d.h. vom Wähler nicht mehr zu beeinflussende Parteilisten, „gewählt". Die Mehrzahl der Mitglieder des Deutschen Bundestages sind also Parteifunktionäre, die über einen „sicheren Listenplatz" in das Parlament eingezogen sind.

„Ich fasse es nicht: Katrin Budde ist jetzt im Bundestag. Ihr hat die SPD ein katastrophales Absacken zur Landtagswahl in Sachsen-Anhalt, von 21,5 Prozent auf 10,6 Prozent, in entscheidendem Maße mit zu verdanken. Die machtbesessene Dame sei, wie sie selbst sagt, gut vernetzt. Aber außerhalb der Politik hat sie nie richtig gearbeitet. Deshalb ist sie auf dem normalen Arbeitsmarkt nur schwer zu vermitteln. Jetzt sitzt sie im Bundestag. Wie leider so oft in der Politik kommt einer, der durch die Vordertür rausfliegt, durch die Hintertür wieder rein. Und ist so auf lange Zeit, meist bis zur Pension, sehr gut versorgt. Die SPD hat noch immer nichts dazugelernt. Sie sollte die Wähler nicht unterschätzen. Postenschieberei kommt nicht gut an und spielt leider der AfD in die Hände."

Leserbrief von Maria Krüger,
Mitteldeutsche Zeitung vom 27.9.2017

„Schorlemmers Worte lösen Verwunderung aus: Von dem Theologen Friedrich Schorlemmer an die Undankbarkeit der Ostdeutschen und 140-Mark-Rentner der DDR erinnert zu werden, hätte ich nie geglaubt. War er doch einer der wenigen eher real Denkenden, mit wenig Schaum vorm Munde und nie der Schwarz-Weiß-Maler. Es muss sich viel Frust in ihm aufgestaut haben angesichts dieser Wahl. Ich frage mich: Wie konnte ein so kluger Mann der Kirche, kein Hetzer, Hasser oder Demagoge, zu solchen Worten greifen? Wer hat so viele Alte und nicht nur diese in der DDR Flaschen sammeln sehen, nach Lebensmitteln suchen, an Tafeln Schlange stehen oder Miete nicht bezahlen können? Im Alter von 70 Jahren und nach 40 Jahren DDR noch nicht dement, kein Schönfärber oder Wegredner, wie es sie heute weit mehr gibt. Ich jedenfalls habe solches nicht gesehen. Der VW-Konzern in Sachsen schickt 1000 Mitarbeiter in Altersteilzeit, ist zu lesen. Politik hat auch in diesem Land nach der Bundestagswahl nur blendende Bilanzen und Erfolge vorzuweisen. Kann es sein, dass Bürger und Wähler ihre Lebensumstände — und das eben nicht nur vereinzelt — etwas anders erleben und wahrnehmen? Darf darüber nicht mehr geredet werden und wenn, dann nur schöngeredet oder mit einer Bemerkung, wie in der DDR alles viel ärmer, schlimmer und diktatorischer war? Ob das gegenüber der Politik der letzten Jahre Dankbarkeit erzeugt? Und ob das AfD-Wähler nachdenklich macht?"

Leserbrief von Roland Winkler,
Mitteldeutsche Zeitung vom 26.9.2017

Ein Freund von mir holte sich hin und wieder am Zeitungskiosk im Merseburger Bahnhof den „Sputnik". Wenn ich bei ihm war, blätterte ich manchmal in der Zeitschrift. Auf bestem Hochglanzpapier vierfarbig gedruckt wurde in Deutsch über Politik, Kultur und Alltag in der Sowjetunion berichtet, ein Langweiler. In der Gorbatschow-Ära änderte sich das grundlegend. Plötzlich wurden im „Sputnik" Artikel über die Verbrechen in der Stalinzeit gedruckt: über die politischen Schauprozesse, die russischen Konzentrationslager (Gulags) und die millionenfachen Hinrichtungen. Gebannt las ich die Artikel über Themen, die bisher in der DDR absolut tabu gewesen waren. Jetzt war der „Sputnik" immer schon kurz nach Erscheinen am Kiosk vergriffen. Dann passierte Unglaubliches: Die ideologischen Betonköpfe in der SED-Führung wussten sich nicht mehr zu helfen und verboten kurzerhand den „Sputnik" in der DDR.

Die Gründung des Neuen Forums, als erster staatlich unabhängiger Bürgerbewegung im September 1989, war eine äußerst wichtige Etappe der Revolution in der DDR. Ein Antrag auf Zulassung wurde Ende September noch abgelehnt, das Neue Forum als „verfassungs- und staatsfeindlich" bezeichnet. Den Aufruf „Die Zeit ist reif – Aufbruch 89" unterschrieben anfangs 30 Persönlichkeiten des öffentlichen Lebens, darunter die Malerin Bärbel Bohley, der Jurist Rolf Henrich und der Arzt Jens Reich, später dann Hunderttausende. Im Oktober fanden erste inoffizielle Gespräche von Vertretern des Neuen Forums mit denen der Staatsmacht statt, bevor die Bürgerbewegung Anfang November dann doch offiziell zugelassen werden musste. Politisches Ziel des Neuen Forums war die Ingangsetzung eines demokratischen Dialogs in der DDR. Auch in Merseburg gab es in dieser Zeit eine sehr aktive Gruppe des Neuen Forums um Dr. Peter Ramm, Hans-Hubert Werner und Evelyne Timme.

„Ein unglaublicher Machtmissbrauch: Diese geradezu feudale Abgehobenheit, der Missbrauch des Amtes bei üppigstem Salär ist leider typisch für viele Menschen, die in Ämter gehoben werden. Von Leistungen und Erfolgen der Edwina Koch-Kupfer hörte und las ich bisher nichts. Symptomatisch ist, wie sie in das Amt kam: Sie verpasste die Wahl des OB von Magdeburg und als Trostpflästerchen bekam sie den Job als Staatssekretärin. Nicht Eignung und fundiertes fachliches Wissen zählen. Nein, Postenschieberei ist angesagt. Wie soll das uns Bürgern und Wählern vermittelt werden?"

Leserbrief von Volker Reichardt,
Mitteldeutsche Zeitung vom 19.1.2018

Jede Revolution bringt ihre Helden hervor. Menschen, die durch ihren Mut und ihre Persönlichkeit andere mitreißen können. In Merseburg fallen mir da Studentenpfarrer König und Herr Dr. Peter Ramm ein. Ich lernte Dr. Ramm bei einem „Rathausgespräch", ich glaube es war im September 1989, erstmals kennen. Die örtliche SED-Führung hatte dazu in die Stadtkirche eingeladen. Das Gotteshaus war bis auf den letzten Platz besetzt, selbst Stehplätze gab es keine mehr. Nachdem ein Vertreter der SED die uns seit Jahren bekannten Argumente vorgetragen hatte, meldete sich

Dr. Ramm zu Wort. Aus dem Stegreif hielt er eine kluge und äußerst mutige Rede und bekam dafür tosenden Beifall. Das war wohlgemerkt zu einer Zeit, als die Grenzen der DDR noch geschlossen waren und noch keiner wusste, wie es politisch weitergehen wird. Später war Dr. Ramm dann sehr aktiv beim Aufbau einer Merseburger Ortsgruppe des Neuen Forums und lange Jahre deren Sprecher. Zum Dank für seinen persönlichen Mut und sein Engagement wählte ihn der Merseburger Stadtrat 1990 zu seinem Vorsitzenden.

So wie jedes Jahr fuhren wir auch 1989 in der Ferienwoche im Herbst mit dem „Trabant" von Merseburg in die Sächsische Schweiz. Unterwegs machten wir Halt in Dresden. In der Kreuzkirche lagen Dokumente aus, die Fälschungen bei der Kommunalwahl im Frühjahr 1989 belegten. Viele Menschen hatten dazu ihre Kommentare geschrieben. Bei sonnigem Herbstwetter wanderten wir durch die bunt belaubten Wälder der Sächsischen Schweiz. Einmal, wir waren in Grenznähe zur Tschechoslowakei gekommen, hielten uns plötzlich bewaffnete NVA-Soldaten an und verlangten nach unseren Ausweisen. Nachdem sie unsere Daten registriert hatten, mussten wir wieder umkehren. Am Abend im Hotel erfuhren wir, dass Hunderte DDR-Bürger in die Prager Botschaft der BRD geflüchtet waren.

„Wenn der Autor des Kommentars sagt: ‚In der Bundesrepublik hat das große Gären eingesetzt', dann kann ich mich nur darüber freuen. Endlich gibt es wieder richtige Debatten im Parlament, und unterschiedliche Standpunkte werden ausgetauscht. So funktioniert Demokratie. Und wenn die Kanzlerin Angela Merkel in

„Geschlossene Parteilisten", wie sie in Deutschland bei vielen Landtagswahlen sowie bei der Bundestags- und Europawahl üblich sind, bringen automatisch „sichere Listenplätze" mit sich. Im Klartext heißt das, diese Kandidaten haben ihr Mandat schon vor der Wahl sicher. Ein „Volksvertreter", der über solch einen „sicheren Listenplatz" ins Parlament „gewählt" wurde, verdankt sein hoch dotiertes Mandat und all seine damit verbundenen Privilegien ausschließlich seiner Partei. Er wird sich dementsprechend an den Interessen seiner Partei und nicht an denen der Wähler orientieren, denn er möchte ja seine Vorteile möglichst lange, im Idealfall ein Leben lang, genießen. Tut er das nicht, wird er bei der nächsten Wahl von seiner Partei keinen „sicheren Listenplatz" mehr bekommen. Dieser offiziell gern verschwiegene Zusammenhang bringt zwangsläufig Fraktionszwang, persönliche Abhängigkeiten und innerparteiliche Seilschaften mit sich.

Durch die evangelische Kirche wurde die 89er Revolution in der DDR von Anfang an maßgeblich unterstützt. Die Kirche in der DDR musste sich jahrzehntelang und gezwungenermaßen mit der SED und der Staatsmacht in gewisser Weise arrangieren. „Kirche im Sozialismus" hieß die Kompromissformel, die ihre Existenz sicherte und gleichzeitig einige Freiräume schuf. In Merseburg konnte so beispielsweise die Kirche die Bürgerbewegung von 1989 durch die Bereitstellung des Domes und der Stadtkirche als Versammlungsorte unterstützen. Einige Bedienstete der Kirche engagierten sich zudem persönlich im Neuen Forum sowie in der neu gegründeten SDP oder nahmen an den Runden Tischen teil. Besonders positiv in Erinnerung geblieben ist mir Studentenpfarrer König. Er wohnte damals in der Unteraltenburg. Neben seiner Haustür hing ein Schaukasten der Jungen Gemeinde, den er regelmäßig mit aktuellen Informationen, Einladungen, Fotos und persönlichen Kommentaren bestückte. Seine mutigen Aktivitäten stießen aber nicht bei allen Verantwortlichen der Kirchengemeinde auf Zustimmung. Sie gefährdeten ihrer Meinung nach den „politisch neutralen Status" der Kirche. Noch waren die SED und ihr Staat allmächtig. Pfarrer König, für Stasi und SED-Kreisleitung ein rotes Tuch, wurde deshalb in eine andere Kirchengemeinde nach Thüringen „strafversetzt". Gerne erinnere ich mich auch an meinen jahrelangen Mitstreiter und Freund im Merseburger SPD-Ortsverein, Hans Ulrich Schlase. Durch seine bescheidene, kluge und menschliche Art war er bei allen hoch geachtet. Hans-Dieter Schubert, damals Studentenpfarrer in Merseburg, sowie seine Frau erwarben sich große Verdienste bei der Gründung eines SDP-Kreisverbandes. Schubert, ein hoch gebildeter und kluger Kopf, war dessen erster Vorsitzender.

„Demokratie geht anders: Was hat die SPD-Fraktionsvorsitzende Katja Pähle für ein Demokratieverständnis, wenn sie sagt: Wenn Abgeordnete der CDU mit der AfD stimmen – das geht gar nicht. Man muss die SPD daran erinnern, dass die AfD zu den Landtagswahlen von Sachsen-Anhalt im Jahre 2016 ganze 24,3 Prozent der Wählerstimmen bekommen hat und damit zweitstärkste Kraft im Landtag ist. Es ist das gute Recht der SPD, die AfD mit demokratischen Mitteln zu bekämpfen. Wenn aber die AfD vernünftige Anträge einreicht, die dem Land und seinen Menschen helfen, finde ich es normal, dass die CDU dem zustimmt. Wenn die SPD als Zehnprozent-Partei posaunt,

aus Pflichtgefühl in der Regierung bleiben zu wollen, ist das reiner Opportunismus. Einige Abgeordnete der SPD und der Grünen müssen die Realität zur Kenntnis nehmen und noch ein wenig Demokratie lernen."

Leserbrief von Dr. Hartmut Bredereck,
Mitteldeutsche Zeitung vom 23.1.2018

„Die Aussage von Katja Pähle ist eine Zumutung für alle Sachsen-Anhalter – unabhängig von der politischen Zugehörigkeit. Alle Parteien, auch die AfD, wurden in einer demokratischen Wahl in den Landtag gewählt, um in erster Linie für Sachsen-Anhalt zu arbeiten und nicht um irgendwelche parteipolitischen Spielchen zu betreiben. Wenn es von der AfD geeignete Anträge zum Vorteil für Sachsen-Anhalt im Landtag gibt, dann erwarte ich von allen gewählten Volksvertretern, dass sie diese Anträge prüfen und dann erst entscheiden. Es wird Zeit, den sogenannten Fraktionszwang aufzuheben und es jedem Abgeordneten selbst zu überlassen, nach seinem Gewissen abzustimmen."

Leserbrief von W. Stäuber,
Mitteldeutsche Zeitung vom 23.1.2018

Am 2. Januar 1990 wurde im Haus der evangelischen Gemeinde in der Hälterstraße der Merseburger Ortsverein der Sozialdemokratischen Partei in der DDR (SDP) gegründet. Eigentlich wurde er wieder gegründet, denn er hatte ja bereits bis zur Zwangsvereinigung von KPD und SPD in der sowjetischen Besatzungszone 1947 existiert, ausgenommen die Zeit, in der die SPD von den Nationalsozialisten verboten war. Im Gemeinderaum war kein Stuhl mehr frei. Nach einer einleitenden

Information durch einen Vertreter des Kreisverbandes der SDP, dieser war bereits im November 1989 gegründet worden, wurden Fragen gestellt und häufig emotional diskutiert. Nach einer vorbereiteten Tagesordnung wurden dann die erforderlichen Beschlüsse gemäß Satzung gefasst. Die Unsicherheit bei der Einhaltung der Formalitäten war noch zu spüren. Als dringendste Aufgabe wurde die Unumkehrbarkeit der Ergebnisse der Revolution in der DDR vom Herbst 1989 angesehen. Die alten SED-Eliten durften nicht mehr zurück an die Macht kommen, auch wenn sie sich jetzt als PDS ein demokratisches Mäntelchen umgehängt hatten. Da ich mich aktiv an der Diskussion beteiligt hatte, wurde ich für den Vorsitz des Merseburger Ortsvereins vorgeschlagen und gewählt.

Deutschland ist das einzige Land in der Europäischen Union, in dem bundesweite (landesweite) Volksentscheide nicht möglich sind. Dabei steht im Grundgesetz: „Alle Staatsgewalt geht vom Volke aus. Sie wird vom Volke in Wahlen und Abstimmungen … ausgeübt." Bei einer aktuellen Umfrage haben sich 72 Prozent der Befragten für bundesweite Volksentscheide ausgesprochen. (Quelle: Repräsentative Umfrage von infratest dimap im Auftrag von OMNIBUS für Direkte Demokratie gGmbH und Mehr Demokratie e.V. vom April 2017)

Die Revolution von 1989 hatte ursprünglich eine Demokratisierung der DDR zum Ziel. Das, was unter Gorbatschow in der Sowjetunion eingeleitet worden war, wollten viele Menschen endlich auch in der DDR haben: Freie und demokratische Wahlen, Meinungs-, Reise-, Presse- und Versammlungsfreiheit, ein pluralistisches Parteiensystem, Abschaffung der Stasi usw. In Merseburg gab es damals noch ein anderes wichtiges Thema: Der Ruf nach einer sauberen Umwelt. Dieses Problem wurde bisher von verantwortlichen SED-Funktionären einfach ignoriert, ja sogar unterdrückt. Durch die chemische Industrie in Leuna und Schkopau waren über die Jahrzehnte Umweltschäden in unvorstellbarem Ausmaße verursacht worden. Das war im Grunde menschenverachtend, ja kriminell. Ich erinnere mich heute noch an einen „Bürgerdialog" zu diesem Thema in der Merseburger Stadtkirche. Der damalige Kombinatsdirektor von BUNA trat dabei arrogant und überheblich auf. Er war ein uneinsichtiger Vertreter der Tonnenideologie, die damals in der DDR weit verbreitet war. Im Januar 1990 fand auf dem Merseburger Marktplatz eine große Umweltdemonstration statt. Auf selbst bemalten Spruchbändern und Transparenten drückten die Teilnehmer ihren Wunsch nach einer neuen Umweltpolitik aus.

„Politiker fallen immer wieder auf die Füße: In einer Randnotiz konnte ich lesen, dass die SPD-Politikerin Katrin Budde in Berlin zur Leiterin des Ausschusses für Kultur und Medien berufen wurde. Budde war bekanntlich SPD-Vorsitzende von Sachsen-Anhalt. Sie hat als Spitzenkandidatin im Wahljahr 2016 eine vernichtende Niederlage erlitten und alle Ämter verloren. Sie behauptete damals von sich, eine Expertin für Wirtschaft zu sein. Nunmehr ist sie plötzlich im Bundestag Expertin für Kultur und Medien. Es ist unglaublich, dass unfähige Politiker immer wieder auf die Füße fallen und Spitzenämter bekleiden.

Katrin Budde sollte mal ein paar Jahre ihr Geld in der Produktion verdienen."

Leserbrief von Dr. Hartmut Bredereck,
Mitteldeutsche Zeitung vom 5.2.2018

Zur Revolution von 1989 in der DDR gehören auch die „Runden Tische". In Berlin wurde der Zentrale Runde Tisch eingerichtet, der Anfang Dezember 1989 zum ersten Mal zusammentrat und die Politik der Regierung Modrow bis zur Volkskammerwahl im März 1990 stark beeinflusste. Nach diesem Vorbild arbeiteten bald auch regionale und kommunale Runde Tische, so für längere Zeit auch in Merseburg. Moderiert wurden diese zumeist von Vertretern der Kirchen.

Auch die Westdeutschen hatten nach dem zweiten Weltkrieg die Demokratie nicht selber neu „erfunden". Vielmehr wurde sie ihnen von den drei Westalliierten mit dem Grundgesetz von 1949 „geschenkt". Allerdings, durch den nach dem verlorenen Krieg gegebenen Besatzungsstatus und damit die fehlende staatsrechtliche Souveränität der alten Bundesrepublik, mit entscheidenden Einschränkungen im Vergleich zu den Mutterländern der westlichen Demokratie. „Nachdem die Westmächte im Frühjahr 1948 die Gründung eines Teilstaates auf dem Gebiet ihrer Zonen beschlossen und den westdeutschen Ministerpräsidenten den Auftrag zur Einberufung einer verfassungsgebenden Versammlung erteilt hatten, traten im Parlamentarischen Rat Abgeordnete aus den schon bestehenden Landtagen zusammen, die von diesen entsprechend der Stärke der dort vertretenen Parteien entsandt worden waren. … Von

244

einem geringeren Einfluss der Parteien, wie ihn die Publizistik so nachdrücklich gefordert hatte, konnte keine Rede sein. … Nach Prüfung des Verfassungsentwurfs durch die Westalliierten und Verhandlung mit ihnen" wurde das Grundgesetz ohne demokratische Legitimation durch das Volk am 23.5.1949 lediglich verkündet. Von Anfang an war es immer nur als Provisorium im geteilten Nachkriegsdeutschland gedacht, bis gemäß Artikel 146 Grundgesetz eine „von dem deutschen Volke in freier Entscheidung zu beschließende Verfassung" dieses einmal ersetzen sollte. Bis 1990 konnte deshalb in der alten Bundesrepublik von wirklicher „Volkssouveränität" und damit von Demokratie keine Rede sein, denn der „Souverän" waren bis dahin immer die drei Besatzungsmächte gewesen. Deshalb konnte Artikel 20 (2) Grundgesetz, in dem es heißt: „Alle Staatsgewalt geht vom Volke aus. Sie wird vom Volke in Wahlen und Abstimmungen und durch besondere Organe der Gesetzgebung, der vollziehenden Gewalt und der Rechtsprechung ausgeübt." auch niemals durch entsprechende Gesetzgebung mit Leben erfüllt werden. Folglich entwickelte sich zwangsläufig und Schritt für Schritt eine sogenannte parlamentarische „Demokratie", in der die Parteien immer mächtiger wurden und heute nahezu absolutistisch über den eigentlichen Souverän, das deutsche Volk, herrschen. 1990 jedoch, nach Beendigung der Verhandlungen mit den vier Siegermächten und dem von allen unterzeichneten „Vertrag über die abschließende Regelung in Bezug auf Deutschland" (Zweiplus-Vier-Vertrag) wäre der Weg frei gewesen für eine vom Volke legitimierte gesamtdeutsche Verfassung als wichtigster Voraussetzung für wirkliche Demokratie in

Deutschland. Vom Zentralen Runden Tisch in der ehemaligen DDR war ein entsprechender Entwurf ausgearbeitet worden. Bekanntermaßen haben die westdeutschen Parteien damals diesen Weg aber bewusst nicht beschritten und einen „Beitritt" der ehemaligen DDR nach Artikel 23 Grundgesetz vorgezogen. Sie hatten und haben kein wirkliches Interesse an Volkssouveränität, weil diese ihre Macht und ihre damit verbundenen Privilegien gefährden könnte. Nach meiner Meinung ist dies der „Gordische Knoten", der durchschlagen werden muss, damit wir endlich auch in Deutschland wirklich demokratische Verhältnisse bekommen und nicht länger von Parteien, ganz egal welcher Couleur, bevormundet und de facto entrechtet werden. (Zitate nach: Dietmar Willoweit: „Reich und Staat – Eine kleine deutsche Verfassungsgeschichte", Verlag C.H.Beck oHG, München 2013)

„Verdiente Abstrafung: Martin Schulz wurde – sehr zu Recht – furchtbar abgestraft. Auch Angela Merkel und ihre Union wurden zusammengestutzt. Wie kann man aus diesen Fakten einen Wählerauftrag für sich ableiten? Es gibt kaum noch Parteien, die sich für die Belange der Bürger vor Ort einsetzen und entsprechend regieren. Es gibt eben auch keine wirklich gravierenden Unterschiede mehr zwischen den Parteien. Es werden in der EU und in Deutschland nur noch die Kapitalinteressen der Großkonzerne und ihrer Eigner bedient. Der normale Bürger hat zu zahlen, zu konsumieren, die Klappe zu halten und zu gehorchen."

*Leserbrief von Eberhard Höffken,
Mitteldeutsche Zeitung vom 19.1.2018*

„In hohe Staatsämter gehören nur die Tüchtigsten: Der Kommentar von Markus Decker zeugt von klugem, aufrichtigem und verantwortungsvollem Journalismus. Zuweilen wünschte ich mir solche Leute an der Spitze des Staates. Denn jede Staatsform ist gut, wenn der Geist, der in ihr waltet, gut ist, schrieb einst schon Albert Schweitzer. Ausgehend von Rousseau, der den Hauptvorteil der Republik darin sah, dass der Volkswille in der Regel die Tüchtigsten in die hohen Staatsämter beruft, muss man heute einschränken, dass die Tüchtigsten oft zu kurze Zeit in ihren Ämtern bleiben. Zudem nehmen oft nicht immer die Tüchtigsten, sondern jene hohe Ämter ein, die sich im parlamentarischen Geschehen als die Geschicktesten erweisen. Hinzu kommt, dass bei dem üblichen Parteiwesen immer Konzessionen gemacht werden müssen, worunter die moralische Autorität leidet. Bereits Jean Cocteau wies darauf hin, dass die Wahrheit nicht mit der Mehrheit verwechselt werden darf. Mahatma Gandhi benannte sechs politische Sünden: Politik ohne Prinzipien, Reichtum ohne Arbeit, Genuss ohne Gewissen, Wissen ohne Moral, Wissenschaft ohne Menschlichkeit und Religion ohne Opferbereitschaft. Demokratie setzt nach meiner Ansicht ein hinreichend gebildetes und wahrheitsgetreu informiertes Volk, eine dem Geist der Ehrfurcht vor dem Leben zugewandte Regierung und die Einsicht aller voraus, dass das Recht auf Freiheit mit der Pflicht zur Verantwortung verbunden ist.“

Leserbrief von Prof. Hartmut Kegler,
Mitteldeutsche Zeitung vom 9.2.2018

„Komme ich noch einmal auf die Welt, dann werde ich Bundespräsident nach dem Muster eines Herrn Wulff: arbeite 22 Monate, werde aufgrund einer Dummheit zurücktreten, versetze meine Frau vorübergehend in den einstweiligen Ruhestand und wenn *alles in Papier und Tüten ist, das heißt die Versorgung gesichert, beginnen wir ein herrliches Leben, spazieren auf der Berlinale herum oder zum Dresdner Opernball. Das dumme Volk bezahlt aus dem Steueraufkommen monatlich mehr als 10 000 Euro, einschließlich Büro mit Gefolge. Ein Vorbild?"*

Leserbrief von Siegfried Funke,
Mitteldeutsche Zeitung vom 24./25.2.2018

Auch nach Öffnung der innerdeutschen Grenze wurde in Merseburg weiter Montag für Montag demonstriert. Aber aus dem Ruf „Wir sind das Volk!" wurde „Wir sind ein Volk!"

„Dieser Riss in der SPD ist nicht neu und verläuft auch nicht vertikal zwischen GroKo-Befürwortern und GroKo-Gegnern. Er ist historisch und trennt mit wachsender Tendenz die Partei horizontal in eine Basis mit dem Wunsch nach mehr sozialer Gerechtigkeit und eine sehr anpassungsfähige und zufriedene Spitzenfunktionärsebene, die sich mit den jeweiligen Machtverhältnissen immer arrangiert hat. Da der Anteil von Menschen mit zunehmenden Existenzsorgen immer größer wird, wirkt sich das auch weiterhin dramatisch auf künftige Wahlergebnisse aus."

Leserbrief von Thoralf Zeller,
Mitteldeutsche Zeitung vom 25.1.2018

„Die Reden von Martin Schulz, Andrea Nahles und Co. waren nichts weiter als blanker Populismus. Für mich wurde hier deutlich, was für Blender und Wendehälse sie sind. Nach lautstarken Sprüchen wie: Wir gehen in die Opposition und kündigen die Zusammenarbeit mit der bisherigen GroKo auf, dauerte es gar

nicht lange, da hat der SPD-Vorstand erkannt: Wenn wir das machen, verlieren wir Macht und Posten. Sofort hat man sich um 180 Grad gewendet. Schulz, Nahles sowie der gesamte Vorstand haben somit Verrat am Wähler, an ihren Genossen und besonders an ihren Neumitgliedern begangen. Hier muss doch die Frage erlaubt sein: Was sind denn das für Populisten?"*

*Leserbrief von P. Springer,
Mitteldeutsche Zeitung vom 26.1.2018*

Ich gehörte nicht zu den Privilegierten, die schon zu DDR-Zeiten Westgeld besaßen. An einem Intershop drückte ich mir deshalb immer nur die Nase platt. Für mich war es also ein ganz großer Tag, als ich zum ersten Mal einhundert D-Mark in den Händen halten durfte. Diesen stolzen Betrag bekam ich als „Begrüßungsgeld" an einer Sparkasse in Westberlin ausgezahlt, als ich zum ersten Mal in meinem Leben den Kurfürstendamm hoch und runter schlenderte. Ich bedankte mich in Gedanken bei Helmut Kohl und überlegte lange, was ich mir davon Schönes kaufen könnte. Ich weiß heute nur noch, dass ein paar Musikkassetten dabei waren, die immer noch in einem Schubfach liegen.

„Die Kanzlerin hat ein geradezu perfektes Machterhaltungssystem entwickelt und aufgebaut – sowohl innerhalb ihrer eigenen Partei als auch im Bundestag. Wenn man die politischen Koordinaten nach links verschiebt, heißt das noch lange nicht, dass die Wähler mitmarschieren. Die Wahl hat gezeigt, dass es nur noch um Ampel- und Koalitionsfarben geht, nicht um politische Alternativen. Wie wäre es mit einer Super-GroKo? In der DDR nannte man das Nationale Front."

Leserbrief von Jürgen Frick,
Mitteldeutsche Zeitung vom 29.9.2017

„Zweifel an Unabhängigkeit der Abgeordneten: Die Demokratie, also die Herrschaft des Volkes und deren Übertragung auf nur ihrem Gewissen verantwortliche Abgeordnete ist im Grundgesetz geregelt: Der Bundestag wählt den Bundeskanzler, nicht Parteivorsitzende, Vorstände oder die Parteibasis. Natürlich bleibt es dabei. Wer aber glaubt, dass die Unabhängigkeit der Abgeordneten das Papier wert sei, auf dem sie gedruckt ist, irrt. Viele Gespräche mit Abgeordneten, Staatssekretären und Ministern bestätigen: Zwischen persönlichen Einsichten und Werten meiner Gesprächspartner und deren öffentlichem Reden liegen Welten. Wenn die Parteien wirklich mehr Demokratie wollen, sollten sie Vorwahlen wie in den USA veranstalten, in denen das Volk über die Mandatsbewerber entscheidet.“

Leserbrief von Prof. Peter Heimann,
Mitteldeutsche Zeitung vom 8.2.2018

„Fehlende Pädagogen an den Schulen sind ja keine neue Erscheinung. Weshalb in den zurückliegenden Jahren niemand in unserer Landesregierung eine exakte Analyse des tatsächlichen Lehrerbedarfs vornehmen konnte und dies für die Lehrerausbildung berücksichtigt wurde, ist mir ein Rätsel. Nunmehr alles auf die Sparpolitik der vorhergegangenen Minister zu schieben, ist sicher sehr einfach. Hat nicht auch ein Ministerpräsident, der nun schon länger im Amt ist, eine Gesamtverantwortung, die er wahrnehmen muss, wenn es in einem Ressort ständig gravierende Probleme gibt? Ich denke ja! Aber Bildung ist offenbar keine so wichtige Angelegenheit, wenn man sich anschaut, nach welchen Kriterien unsere Kanzlerin auf Bundesebene sich die künftige neue Ministerin für

250

Bildung und Forschung aussucht: Eine Banklehre und eine Lehre als Hotelkauffrau sowie ein Fernstudium für Betriebswirtschaft reichen völlig aus, um die Bildung und Forschung in diesem Lande voranzubringen und Eckpunkte für die Zukunft unseres Bildungswesens zu setzen. Da braucht man sich nicht zu wundern, wenn es auch in Sachsen-Anhalt in der Lehrerausbildung und an unseren Schulen so trostlos aussieht."

Leserbrief von Dr. Rainer Birkenhauer,
Mitteldeutsche Zeitung vom 2.3.2018

In jedem Menschenleben gibt es wohl ein oder auch mehrere Schlüsselereignisse, die das eigene Leben grundlegend verändern. Dass ich die Revolution von 1989 in der DDR miterleben durfte, ist wahrscheinlich das Schlüsselereignis meines Lebens. Während mein Vater und auch mein Großvater noch Soldaten in schrecklichen Weltkriegen sein mussten, bin ich in einer relativ friedlichen Zeit aufgewachsen. Die Nachkriegszeit war aber auch geprägt durch den „Kalten Krieg", die ständige Auseinandersetzung der Siegermächte des zweiten Weltkrieges um die Vorherrschaft. In Deutschland, das über Jahrzehnte in vier Besatzungszonen aufgeteilt war, prallten die Interessen und Ideologien der neuen Supermächte besonders hart aufeinander. Ich bin in der sowjetischen Besatzungszone aufgewachsen, die sich ab 1949 DDR nannte. In der Schule wurden wir im Geiste des Kommunismus sowjetischer Prägung erzogen. Die ständige ideologische Gehirnwäsche dieser Zeit hatte auch in meinem Denken Spuren hinterlassen. Die angeblich unvermeidliche Auseinandersetzung zwischen Kapitalismus und Sozialismus war auch mir in Fleisch und Blut übergegangen. Von „Demokratie" dagegen hatte ich nur sehr verschwommene Vorstellungen. Heute denke ich, dass unser gemeinsames Engagement für wirkliche Demokratie in Deutschland, aber auch in Europa und auf der ganzen Welt, die wichtigste Herausforderung in unserer Zeit ist.

Weihnachtsgeschichten aus dem Leseturm
Festtagsfreuden rund um Gänsebraten, Westpakete und
die Liebe unterm Weihnachtsbaum
*Autorinnen und Autoren des Leseturm
Literaturkreises Merseburg*

K i n d e r b ü c h e r

Der Spatzenjunge Flori
Ingeborg Schmelz

Die kleine Brockenhexe Walpurgis
Johanna Adler

F a n t a s y

Die Geheimnisse von Surania
Selenia Night

Jared – Vampir meiner Träume
Selenia Night

Orgonomie

OrgonEnergieSysteme I
Wolkenzerstäuben, Cloudbuster und Regenmachen: Zur
Orgonomie der Atmosphärenbeeinflussung
Pierre Kynast

Philosophie

Trialektik
Entwurf eines metaphysischen Schemas zur
Beschreibung und Beherrschung der Wirklichkeit
Pierre Kynast

Friedrich Nietzsches Übermensch
Eine philosophische Einlassung
Pierre Kynast

pkp Verlag – Postfach 1602 – 06206 Merseburg
Deutschland
www.pkp-verlag.de